세 가지 열쇠말로 여는 문학이야기

전국국어교사모임 지음

다섯 번째 이야기

인간과 예술

세 가지 열쇠말로 여는 문학 이야기
다섯 번째 이야기_ 인간과 예술

초판 1쇄 2025년 6월 20일

지은이 전국국어교사모임
펴낸이 송영석

개발 총괄 정덕균
기획 및 편집 조성진, 한은주
마케팅 이원영, 이종오
플랫폼 한종수, 최해리
도서 관리 송우석, 박진숙
표지 디자인 임진성
표지 일러스트 신진호
본문 디자인 정선명
펴낸곳 (주)해냄에듀

신고번호 제406-2005-000107
주소 서울시 마포구 잔다리로 30 해냄빌딩 3,4층
전화 (02)323-9953
팩스 (02)323-9950
홈페이지 http://www.hnedu.co.kr

ISBN 978-89-6446-272-0 43810

- 이 책은 저작권법에 따라 보호받는 저작물이므로 무단 전재와 무단 복제를 금합니다.
- 파본은 ㈜해냄에듀나 구입하신 서점에서 교환해 드립니다.

세 가지
열쇠말로 여는
문학이야기

전국국어교사모임 지음

다섯 번째 이야기

인간과 예술

05

해냄에듀

여는 말

    문학은 경험해 보지 못한 다양한 삶의 공간으로 우리를 데려다줍니다. 이를 통해 우리는 재미를 느끼고, 때로는 삶의 지혜를 얻기도 합니다. 그래서 학창 시절에 문학 작품을 배우고, 어른이 되어서도 읽는 것이겠지요. 많은 작품이 세상에 쏟아져 나오다 보니, 무엇을 읽어야 할까 고민되기도 합니다. 조금 난해한 작품을 만났을 때는, 내가 이해한 것과 내가 느낀 재미를 남들도 비슷하게 느꼈을지 궁금하기도 합니다. 때로는 조금 더 깊이 있는 감상을 하고 싶을 때도 있습니다.

    국어 교사는 직업적인 이유로 문학 작품을 많이 읽는 편입니다. 이를 바탕으로 전국국어교사모임에서는 '세 가지 열쇠말로 여는 문학 이야기'라는 오디오 채널을 운영하고 있습니다. 우리 모임의 국어 교사들이 문학 작품을 골라 소개하며, 3개의 열쇠말(키워드)을 바탕으로 작품을 해설하는 채널입니다. 2018년 4월에 시작하여 지금까지 600개가 넘는 작품 해설이 올라갔는데, 댓글을 살펴보면 청소년에서부터 어른까지 다양한 분들이 듣고 있다는 것을 확인할 수 있습니다.

    이 책은 바로 이 오디오 채널에 올린 작품 중 일부를 골라 엮은 것입니다. 지금까지 소개된 작품들을 모두 모아 보니 시대도 다양하고 내용도 제각각이었습니다. 고민 끝에 주제별로 작품을 분류하였고, 각기 주제가 다른 책을 순차적으로 발간하게 되었습니다.

    이 책은 오디오 방송의 대본을 바탕으로 하고 있습니다. 그런데 오디오 방송 매체와 책은 서로 성격이 다르다 보니, 정리하는 과정에서 방송 대본을 책에 맞게 수정, 보완한 부분이 있습니다. 오디오 방송의 성격을 살리기 위해 말하는 어투는 그대로 살렸으나, 읽기에 알맞도록 한 명이 설명하는 것으로 각색하여 수록하였습니다. 교사와 학생 간의 대화로 이루어진 것은 '국어 교사'라는 우리 모임의 정체성과 어울렸기 때문에 그대로 두었습니다.

　작품을 해설하는 방법에는 여러 가지가 있겠지만 이 책은 세 가지 열쇠말을 먼저 정하고 그것을 중심으로 이야기하는 방식을 선택했습니다. 그러나 작품의 해석과 감상은 독자마다 다양한 것이어서, 이 책에 실린 해설 역시 절대적인 것은 아닙니다. 다만, 이 책이 여러 문학 작품에 대한 마중물이자 해석의 한 길잡이가 되길 희망합니다. 청소년들은 물론, 문학에 관심 있는 성인들에게도 우리 문학을 다양하게 접할 수 있는 기회가 되길 바랍니다. 이 책에는 소개하는 작품의 전문이나 줄거리 요약이 별도로 실려 있지 않습니다. 독자분들이 이 책을 읽은 후, 관심 가는 작품은 꼭 전문을 읽고 자신만의 열쇠말과 해석을 찾아가길 기대합니다.

　전국국어교사모임의 '세 가지 열쇠말로 여는 문학 이야기' 오디오 클립 채널은 지금도 새 연재분을 꾸준히 올리고 있으며, 현대 소설 이외에도 시, 고전 소설, 세계 문학 등 다양한 장르의 작품을 소개하고 있습니다. 이 방송을 들은 적이 없는 분이라면, 오디오 방송 채널에도 관심을 보여 주시면 좋겠습니다. 감사합니다.

기획위원 일동

 차례

여는 말 • 4
차례 • 6

1부
인간 군상

양귀자/ 모순 • 11
임철우/ 사평역 • 19
정지아/ 아버지의 해방 일지 • 25
전광용/ 꺼삐딴 리 • 33
김경욱/ 페르난도 서커스단의 라라 양 • 41
김사량/ 빛 속에 • 49
서영은/ 사막을 건너는 법 • 57
김동인/ 태형 • 65
루쉰/ 아Q정전 • 73
김주영/ 새를 찾아서 • 80
김동리/ 역마 • 88
이문열/ 필론의 돼지 • 94
이범선/ 오발탄 • 102

2부
욕망과 결핍

김소진/ 자전거 도둑 • 113
정이현/ 안나 • 121
밀란 쿤데라/ 참을 수 없는 존재의 가벼움 • 127
김연수/ 파도가 바다의 일이라면 • 135
이청준/ 병신과 머저리 • 141
장류진/ 나의 후쿠오카 가이드 • 149
박경리/ 불신 시대 • 157
하성란/ 곰팡이 꽃 • 165
전상국/ 우상의 눈물 • 171
편혜영/ 홀(The Hole) • 179

3부
삶과 죽음 사이

김연수/ 이토록 평범한 미래 • 189
황순원/ 너와 나만의 시간 • 196
최진영/ 단 한 사람 • 204
정채봉/ 오세암 • 212
김완/ 죽은 자의 집 청소 • 218
구효서/ 시계가 걸렸던 자리 • 224
김희선/ 골든 에이지 • 232
김초엽/ 우리가 빛의 속도로 갈 수 없다면 • 240

4부
예술하는 인간

이청준/ 줄 • 251
김동인/ 배따라기 • 259
서이제/ 0%를 향하여 • 266
이문열/ 금시조 • 272
최일남/ 흐르는 북 • 280

양귀자/ 모순
임철우/ 사평역
정지아/ 아버지의 해방 일지
전광용/ 꺼삐딴 리
김경욱/ 페르난도 서커스단의 라라 양
김사량/ 빛 속에
서영은/ 사막을 건너는 법
김동인/ 태형
루쉰/ 아Q정전
김주영/ 새를 찾아서
김동리/ 역마
이문열/ 필론의 돼지
이범선/ 오발탄

1부

인간 군상

양귀자

모순

    양귀자 작가의 장편 소설 『모순』은 치밀한 구성과 속도감 있는 전개, 세련된 문체로 대중들로부터 폭발적인 인기를 한 몸에 받은 작품입니다. 1998년에 초판이 출간된 이후 132쇄를 찍으며 여전히 많은 사랑을 받고 있는데요. 1999년부터 2002년 사이에 도서관에서 가장 많이 대출한 책 1위로 선정되었을 정도입니다.

    소설의 주인공은 스물다섯 살의 안진진이라는 여성입니다. 이름이 특이하죠? 안진진은 등록금을 마련하기 위해 대학을 휴학하고, 현재는 사무원으로 일하고 있습니다. 시장에서 내복을 파는 억척스러운 어머니, 행방불명 상태로 떠돌다 가끔씩 귀가하는 아버지, 조폭의 보스가 꿈인 철딱서니 없는 남동생 안진모가 그녀의 가족입니다.

    진진의 어머니에게는 쌍둥이 여동생이 한 명 있는데요. 어머니와 이모는 일란성 쌍둥이로, 태어나면서부터 얼굴과 성격, 성적까지 무엇이든 똑같았지만 결혼과 동시에 서로 다른 길을 걷게 됩니다. 어머니는 아버지를 만나 가난과 불행에 맞서 싸우며 살아가고, 이모는 부자인 이모부를 만나 겉으로는 평온하고 안정적이고 고상한 삶을 살고 있지요.

그럼 지금부터 세 가지 열쇠말 '사랑', '이해', '모순'을 가지고 작품을 자세히 살펴보겠습니다.

첫 번째 열쇠말_ 사랑

먼저 이 작품 속에서 주인공 안진진은 두 남자를 동시에 만나고 있습니다. 한 명은 나영규라는 인물로, 유망한 직장에, 성실한 성격, 유복한 가정에서 태어났습니다. 진진이 생각했을 때 '이 남자가 왜 나를 좋아하지?'라는 생각이 들 정도로 조건이 좋은 남자입니다. 나영규는 굉장히 계획적인 성격으로, 데이트가 있으면 1에서 10까지 모든 것을 준비하고, 모든 게 계획대로 착착착 진행되어야 하는 사람입니다. '머릿속에 계산기를 넣고 다니는 남자'라고 표현되지요. 그런데 이 남자랑 있으면 앞으로 일어날 일들이 궁금하지 않습니다. 진진 자신과의 연애도, 결혼도 이 사람의 인생 계획 중 하나라는 생각이 들어 왠지 불편한 마음이 들기도 합니다.

다른 한 사람은 김장우입니다. 김장우는 부모님이 안 계시고 형과 의지하며 사는, 형편이 빠듯한 남자입니다. 전문적으로 야생화를 촬영하는 일을 하는데, 좀 우유부단한 면이 있지요. 그래서 데이트를 할 때도 계획 없이 나와서 진진이 하자는 대로 따라갑니다. '강함보다 약함을 편애하고, 뚜렷한 것보다 희미한 것을 먼저 보며, 진한 향기보다 연한 향기를 선호하는, 세상의 모든 희미한 존재를 사랑하는' 사람이라고 표현되는데, 안진진은 김장우에게 마음이 좀 더 있는 것처럼 보입니다.

당시 나이로 결혼 적령기에 있는 안진진은, 이 두 명의 남자 사이에서 자신의 삶의 부피를 늘려 줄 배우자를 결정하려고 합니다. 그러면서 진짜 사랑이 무엇인지에 대해 탐구하는 대목들이 작품 곳곳에 많이 나오지요.

진짜 사랑이란 무엇일까요? 저도 잘 모르겠지만, 안진진은 사랑이란 '켜지기만 하면 무조건 멈춰야 하는, 위험을 예고하면서 동시에 안전도 예고하는 붉은 신호등'이자, '보다 나은 나를 보여 주고 싶다는 욕망의 발현'이라고 말합니다. 동생이 감옥에 들어갔을 때, 안진진은 나영규에게는 모든 것을 있는 그대로 털어놓을 수 있었지만, 김장우에게는 자신의 동생 이야기도, 시장에서 일하는 어머니 이야기도, 툭하면 폭력을 휘두르는 아버지 이야기도, 무엇 하나 할 수 없었습니다. 그 사람이 자기 가족에 대해 알면 떠날 것 같아서가 아니라, 보다 나은 나를 보여 주고 싶다는 마음 때문이었지요. 그래서 안진진은 자신이 진짜 사랑하는 사람은 '김장우'라고 결론 내립니다. 그 사람 앞에서는 '착한 안진진', '활기찬 안진진', '어여쁜 안진진'이 되고 싶었기 때문입니다. 그런데 저는 이것이 사랑인지는 잘 모르겠어요. 저는 사랑하는 사람 앞에서 더 나은 모습을 보여 주고 싶은 마음, 부족한 모습을 감추고 싶은 마음도 사랑이고, 모든 것을 솔직히 털어놓을 수 있고 기댈 수 있는 마음도 사랑이라는 생각이 들어요. 사람마다 모습과 성격이 다르듯이 사랑의 모습도 모두 다른 게 아닐까요?

🗝 두 번째 열쇠말_ **모순**

안진진이 마지막에 결혼 상대로 고른 사람은 김장우가 아니라 나영규였습니다. 아니, 실컷 김장우를 사랑한다고 해 놓고 안진진은 왜 나영규를 선택했을까요? 사실 소설 속에서 나영규와의 결혼 생활은 이모와 이모부의 결혼 생활, 김장우와의 결혼 생활은 어머니와 아버지의 결혼 생활과 비슷할 것 같은 느낌을 줍니다. 여기서 어머니의 쌍둥이 동생인 이모에 대해 설명할 필요가 있을 것 같네요.

어머니와 이모는 똑같은 외모와 성격으로 태어나 비슷하게 자랐지만, 결혼이라는 과정을 통해 완전히 다른 삶을 살았습니다. 어머니는 폭력적이며 걸핏하면 집을 나가는 남편과 말썽을 피우는 아이들 때문에 평생을 고생하며 살고, 이모는 부유하고 안정적인 남편을 만나 부잣집 마나님 소리를 들으며 물질적으로 풍족한 삶을 살고 있지요. 더욱이 진진 아버지가 폭력을 휘두르며 난동을 피우는 날이면, 이모가 진모와 진진을 긴급하게 구조해 가고, 아침에 어머니가 다시 데려오는 일을 반복해야 했습니다. 또 이모네는 아들과 딸, 모두 해외에

유학 가서 명문대를 다니고 있는 반면, 어머니의 딸은 뻑하면 가출에, 아들은 조폭 흉내를 내고 있으니……. 이 책을 읽는 누가 봐도 안진진 어머니의 삶이 이모의 삶보다 훨씬 고달프고 괴로울 것이라는 생각을 할 겁니다. 어머니 자신도 그렇게 생각했지요.

 하지만 겉으로 화려해 보이고 부족한 것 하나 없어 보이는 이모의 삶이 과연 행복하기만 했을까요? 결말 부분에서 이모는 자살을 선택합니다. 풍족하고, 누구나 부러워하는 삶을 사는 이모가 왜 그런 선택을 했을까요? 이모는 유서에서 자신의 삶이 '무덤 속처럼 평온'했다고 표현합니다. 그리고 결핍조차 경험하지 못한 채 철저히 가로막힌, 늘 지루한 삶이었다고 토로합니다. 무능한 남편과 싸우고, 말 안 듣는 자식들을 쫓아다니며 바쁘게 사는 언니가 부러웠다고 하지요.

 이모는 낭만적이고 감성적인 사람이었습니다. 이모에게는 늘 짜여 있는 틀에서 한 치도 벗어나지 못한 채 살아야 하는 삶이 너무 지루하고 갑갑하게 느껴졌던 것 같아요. 언니는 자식들과 남편의 문제를 해결하며 그들에게 존재감을 확연히 드러내는 삶을 살고 있는 데 반해, 자신은 아이들이나 남편에게 어떠한 영향력도 미치지 못하는, 자신의 손으로는 이룰 수 있는 것이 아무것도 없는 사람이라는 생각에 무력감을 느끼지 않았을까요? 또, 다른 사람들 모두가 자신을 '행복한 여자'라고 생각하고, 그렇게 규정짓고 있기 때문에 속마음을 누구에게도 털어놓기 어려웠을 것입니다. 저는 이 책을 덮으면서, '그 누구도 다른 사람의 삶에 대해서 쉽게 판단 내리고, 평가할 수 없구나.' 그리고 '사람은 겉으로 행복해 보일지라도 그 나름의 결핍이 있구나.'라는 생각을 했습니다. 그리고 '과연 인생에서 행복은 어디에 있는 것일까?'라는 생각도 하게 되었어요. 여러분의 행복은 어디에서 찾을 수 있을까요? 여러 물음을 던져 주는 작품입니다.

이모가 비극적인 선택을 한 후에 안진진이 왜 나영규를 선택했는지, 앞뒤가 맞지 않는 결정이라는 생각이 들지만, 한편으로는 평생 안정적인 삶에 대한 결핍 속에서 이모의 여유 있고 우아한 삶을 동경했던 안진진임을 생각하면 그녀의 선택이 이해가 가기도 합니다. 그리고 불행이란 불행은 모두 거머쥐었다고 생각한 어머니와, 누가 봐도 훨씬 행복한 삶을 산다고 여겨졌던 이모 사이에서, 결국 삶의 무게를 견디지 못하고 자살한 사람이 이모라는 것 또한 삶의 아이러니가 아닐까 생각합니다.

작가는 '행복의 이면에는 불행이 있고, 불행의 이면에는 행복이 있다. 마찬가지다. 풍요의 뒷면을 들추면 반드시 빈곤이 있고, 빈곤의 뒷면에는 우리가 찾지 못한 풍요가 숨어 있다.'라고 말합니다. 작가의 말처럼 산다는 것, 그 자체가 '모순'의 연속이고, 이 '모순'이 우리네 삶을 더 깊고 풍요롭게 만드는 역할을 하는 게 아닐까요? 이것이 두 번째 열쇠말을 '모순'으로 고른 이유입니다.

🔑 세 번째 열쇠말_ 이해

안진진의 동생 진모는 사랑하는 여자가 자신을 배신하고 다른 조직폭력배에게 가자, 그 조직폭력배의 뒤통수를 몽둥이로 때려 살인미수로 감옥에 갇힙니다. 그런데 이모의 유학 간 딸이자 진진의 사촌인 주리가 마침 한국에 나왔다가 진모의 일을 알게 됩니다. 주리는 진진에게 진모의 일은 정말 안됐지만 진모가 한 일은 옳지 않은 행동이며, 진모가 왜 그렇게 사는지 모르겠다고 이야기하죠. 이때 안진진은 '그렇지만 나라면 주리처럼 말하지는 않을 것이다. 삶은 그렇게 간단히 말해지는 것이 아님을 정녕 주리는 모르고 있는 것일까. 인생이란 때때로 우리로 하여금 기꺼이 악을 선택하게 만들고 우리는 어쩔 수 없이 그 모순과 손잡으며 살아가야 한다는 사실을 주리는 정말 조금도 눈치채지 못하고 있는 것일까.'라고 생각합니다.

 아는 만큼 보인다고 하지요? 사실 우리는 타인이 될 수 없기에 그 사람에 대해 100퍼센트 안다고 할 수 없습니다. 그래서 그 사람의 고통이나 처지를 모두 알 수도, 이해할 수도 없습니다. 그렇게 행동하는 것은 잘못된 것이고, 너는 틀렸다고 말하는 것은 참 쉬운 일이지요. 하지만 진진의 말처럼, 인생이란 때때로 우리가 기꺼이 악을 선택하게 만들고, 우리는 어쩔 수 없이 그 모순과 손잡을 수밖에 없는 일들이 생기곤 합니다. 그렇기 때문에 우리는 타인의 선택에 대해서 함부로 비난의 말을 해서는 안 되는 것이지요. 특히 인터넷상에서 쉽게 남을 비난하는 것을 종종 볼 수 있는데요. 자신이 정한 기준으로 타인의 삶에 대해 평가하고, 어떠한 선택을 강요하는 분위기가 만연하지요. 그러나 세상은 옳거나 나쁜 것만 있는 것이 아니며, 그 사람의 상황에 처해 보지 않고서는 누군가의 선택이나 삶에 대해 함부로 평가할 수 없다는 생각이 듭니다.

　작품을 읽다 보면, 주인공 안진진이 굉장히 이해심 많은 사람이라고 생각됩니다. 살인 미수를 저지른 동생의 행동에 대해서도 무조건 비난만 하지 않고, 폭력적이고 무책임한 아버지에 대해서도 안타깝고 짠한 마음을 가지고 아버지를 이해하려는 모습을 볼 수 있어요. 폭력을 참고 이해하라는 말은 절대 아닙니다. 누군가에 대해서 주리처럼 쉽게 판단하고 평가하는 경우가 많은데, 자신의 잣대가 결코 절대적인 것이 아님을 생각해 볼 필요가 있다는 것입니다. 남을 쉽게 판단하려는 마음을 멈춘다면 다른 사람에게 덜 상처 주고, 자신의 인생을 유연하게 살 수 있겠다는 생각이 듭니다.

　이 작품은 읽으면서 줄 치고 싶은 문장도 많고, 현재 우리들의 고민과 맞닿아 있기에 마음을 울리는 이야기들도 많이 있습니다. 그리고 '나는 어떻지?'라고 나를 돌아보게 하는 지점도 많이 있지요. 무엇보다 재밌기 때문에 천천히 꼭꼭 씹어 읽어 보셨으면 합니다.

 배기연 (부산국어교사모임)

사평역

　단편 소설 「사평역」은 임철우 작가의 대표 작품입니다. 소설은 '내면 깊숙이 할 말들은 가득해도/청색의 손바닥을 불빛 속에 적셔 두고/모두들 아무 말도 하지 않았다.'라는 곽재구 시인의 시 「사평역에서」의 내용을 인용하면서 시작됩니다. 작가는 이 시에서 영감을 얻어 소설을 창작하였다고 하지요.

　임철우 작가는 1954년 전라남도 완도에서 태어나, 1981년 서울신문 신춘문예에 「개도둑」이 당선되어 등단하였습니다. 그의 작품들은 유려한 문체뿐 아니라 인간의 폭력과 그로 인한 인간성의 왜곡을 날카롭게 비판하면서도 인간에 대한 깊은 신뢰를 유지하는 것으로 높이 평가받습니다.

　그럼, 소설의 줄거리를 간단히 소개하겠습니다. 사평역은 간이역으로, 특급 열차는 정차하지 않고 완행열차만 정차합니다. 어느 눈 오는 날, 사평역 대합실에는 병원에 가자는 늙은 아버지와 그의 아들인 농부, 같이 감방에 있던 비전향 장기수 허씨의 부탁으로 그의 노모를 찾아온 중년 사내, 가난한 집안의 희망이지만 학생 운동을 하다가 제적을 당한 청년, 자신의 식당에서 돈을 훔쳐 고향으로 내려온 사평댁을 잡으러 왔다가 불쌍한 그녀의 몰골을 보고는 오히려 돈을 주고 온 서울 여자 등이 완행열차를 기다리며 난로를 쬐고 있습니다.

대합실 밖에서 기적 소리가 들리자 기차가 온 줄 알고 모두들 좋아하지만 특급 열차임을 알고는 실망합니다. 그리고 다시 시작된 기다림. 모두가 톱밥 난로를 쬐며 침묵하는 가운데, 누군가 '흐유, 산다는 게 대체 뭣이간디…….' 혼잣말을 하고, 사람들은 저마다 산다는 것에 대해서 곰곰이 생각해 봅니다. 결국 그들은 두 시간 연착한 야간 완행열차에 피곤함과 허탈감을 느끼며 승차하고, 미친 여자만 타지 않습니다. 역장은 미친 여자를 위해 난로에 넣을 톱밥을 가지러 사무실로 가면서 소설이 마무리됩니다.

어떠신가요? 어떤 느낌, 어떤 감정이 드시나요? 춥지만 따뜻함, 절망스럽지만 희망스러움, 불행하지만 행복함. 이런 느낌이 들지 않나요? 이제 눈 내리는 겨울에 간이역 대합실에서 톱밥 난로를 쬐고 있는 아홉 명의 인물들을 상상하면서, 세 가지 열쇠말을 실마리 삼아 소설을 함께 살펴볼까요?

🔑 첫 번째 열쇠말_ 시대적 상황

작품을 이해하기 위해서는 소설의 시대적 배경을 자세히 알아볼 필요가 있습니다. 이 소설 「사평역」의 시대적 배경은 1970년대에서 80년대로, 우리나라 근대 역사의 핵심인 산업화와 민주화가 이루어진 시기입니다.

먼저 산업화에 대한 이야기를 해 보겠습니다. 우리나라는 값싼 노동력을 바탕으로 높은 국민 소득과 눈부신 발전을 이루었습니다. 많은 사람들이 전보다 나은 삶을 살 수 있게 되었지요. 그러나 값싼 노동력을 활용하다 보니 도시에서는 생활비 문제와 주택 문제로 빈민이 발생했고, 농촌에서는 저곡가 정책 등으로 비료값도 나오지 않는 상황에서 삶의 터전을 잃는 농민들이 늘어났습니다. 그들은 농촌을 떠나 도시의 일용직 노동자로 전락해 버리는 안타까운 상황에 처하게 되었지요.

소설에서도 평생 농사를 짓고도 가난과 근심에서 헤어나지 못하는 농부, 아픈 남편과 어린 아이들을 버려두고 서울의 식당에서 일할 수밖에 없는 사평댁, 산업화의 그늘에서 어쩔 수 없이 몸을 팔 수밖에 없는 춘심이가 등장합니다. 우리는 이들을 통해, 안타깝고 가슴이 아픈 서민들의 모습을 보게 됩니다.

그러면, 또 다른 시대적 상황인 민주화에 대해서도 살펴볼까요? 한국 전쟁 이후 이승만, 박정희, 전두환으로 이어지는 독재 정권이 국민의 자유와 정치 참여를 제한하여, 1980년 3월부터 전국적으로 민주화를 요구하는 시위가 벌어집니다. 그 결과, 신군부에 의해 시민들의 요구가 강제 진압되는 과정에서 수많은 희생자가 발생했습니다. 그러나 민주화에 대한 국민들의 열망은 점점 커져 갔고, 결국 민주화를 이루어 냈습니다. 자신의 이념을 지키다가 감옥에 갇힌 후 출옥한 중년 사내나 학생 운동을 하다가 제적당한 대학생 청년의 모습에서 당시 민주화를 위해 애썼던 평범한 사람들의 힘겨운 상황을 볼 수 있습니다.

🗝 두 번째 열쇠말_ 간이역

이제, 사회적으로 소외된 인물들이 모여 막차를 기다리는 '사평역'에 대해 알아보겠습니다. 사평역은 간이역입니다. 간이역은 일반 역에 비해 규모가 작은 역이고, 많은 사람은 아니지만 여러 사람이 이용하는 공간입니다. 그리고 사람들은 그곳에 오래 머무르지 않고, 다른 곳으로 가기 위해 잠깐 머무릅니다. 그래서인지 간이역은 공간이 작고 아담해 누군가에게는 추억의 장소로, 누군가에게는 기다림과 떠남의 공간으로 기억됩니다.

이 소설은 '간이역'이라는 공간을 통해 등장인물들이 나누는 삶에 대한 교감과, 소외된 사람들의 애환과, 그에 대한 연민에 대해 이야기합니다. 소설 속의 간이역은 고작 초등학교 교실 하나 크기의 작은 대합실을 갖고 있습니다. 일제 강점기 때 지어졌는데, 역사는 두 칸으로 나뉘어 각각 사무실과 대합실로 쓰이고 있지요. 대합실 내부엔 눈에 띌 만한 시설물이라곤 거의 없고, 유난히 높은 천장과 하얗게 회

칠한 벽 때문에 열 평도 안 되는 공간이 턱없이 넓어 보여 을씨년스런 느낌을 줍니다.

　이렇듯 사평역의 대합실은 텅 빈 느낌에 작고 아담한 공간으로, 등장인물들이 열차를 기다리는 동안 겨울의 추위를 피해 몸과 마음을 녹일 수 있는 역할을 합니다. 또한 자신이 살아온 과거를 회상할 수 있는 곳이자 힘든 삶을 위로받는 곳이기도 합니다. 여러분에게는 간이역과 같은 장소가 있나요? 또는 누군가에게 간이역과 같은 존재가 되어 준 적은 있나요? 나는 간이역처럼 누군가에게 따뜻한 위로와 힘이 되는 존재로 살아가고 있는지 되돌아보게 됩니다.

🗝 세 번째 열쇠말_ **행복**

　이번에는 등장인물들에게 막차가 어떤 의미인지 '행복'과 연결시켜 살펴보도록 하겠습니다.

　이 소설의 등장인물로는 학생 운동을 하다 유치장에 수감되어 퇴학당한 대학생, 12년 동안 옥살이를 하다 출소한 중년 사내, 아버지의 병에 짜증을 내면서도 죄스러워하는 농부, 술로 현실을 도피하려는 술집 여자 춘심, 돈을 인생의 의미로 여기는 식당 주인인 서울 여자, 새벽부터 밤늦게까지 장사를 하며 힘겹게 살아가는 행상 아낙네들, 마지막으로 사람들에게서 떨어져 앉아 있는 미친 여자가 있습니다. 이러한 인물들의 삶을 들여다보면 고통, 힘겨움, 무의미, 도피, 이러한 단어들이 생각나 행복과는 거리가 먼 사람들처럼 보입니다. 그런데 각기 다른 삶을 살아가는 사람들이 눈 내리는 대합실에서 무엇인가를 기다리고 있습니다. 바로 '기차'입니다. 여기에서 '기차'는 단순히 교통수단을 뛰어넘어 '삶의 행복'이라는 상징적 의미를 가지고 있습니다.

행복은 누구나 소망하는 것이지만 쉽게 오지 않습니다. 이 소설에서도 등장인물들에게 '기차'라는 '행복'은 연착되어 기약할 수 없는 기다림으로 바뀝니다. 하지만, 이 기다림은 인물들이 자신들의 삶을 돌아볼 수 있게 하는 역할을 하기도 합니다.

소설은 산업화가 급속히 진행되는 시대 상황에서 모든 사람이 금방 행복을 얻을 수 있을 것으로 생각했지만, 현실은 그렇지 못했음을 보여 줍니다. 기차의 '연착'은 최대한 빠르게 목표를 달성하는 것을 주요 신조로 삼았던 산업화에 대한 비판 의식을 보여 줍니다. 동시에 삶에 대해 성찰하는 계기를 마련하는 중요한 역할도 하지요. 지금 이 시대를 살아가는 우리가 진정으로 추구해야 하는 행복이 무엇인지 잘 보여 주는 작품이라고 할 수 있습니다.

 박선훈 (전북국어교사모임)

아버지의 해방 일지

선생님: 안녕하세요? 이번 시간에는 정지아 작가의 장편 소설 『아버지의 해방 일지』에 대해 이야기하려고 합니다. 오늘은 두 명의 학생과 함께 하겠습니다. 두 친구는 선생님과 함께 이야기할 작품으로 이 소설을 고른 이유가 무엇인가요?

김세현: 저는 추천사를 통해 이 책을 알게 되었습니다. 추천사 내용 중에 '해학적인 문체로 어긋난 시대와 이념에서 이해와 화해를 풀어가는'이라는 구절이 있었는데, 어긋난 시대에서 화해를 풀어 간다는 말이 흥미로워서 책을 선택하게 되었어요.

김강비: 저는 문학 시간에 추천된 도서 중 하나여서 접하게 되었는데

요. '아버지가 죽었다. 전봇대에 머리를 박고.'라는 첫 문장부터 정말 흥미진진해 보이더라고요.

선생님: 그렇군요. 그럼, 먼저 책에 대한 소개를 짧게 할게요. 이 책은 2022년 9월에 출간된 정지아 작가의 장편 소설인데요. 제목에서 알 수 있듯이 아버지와 관련된 이야기입니다. 이야기는 중년의 딸이 전직 빨치산이었던 아버지가 돌아가시면서 마주하게 된 장례식장에서부터 출발해요. 아버지의 장례식장을 찾은 사람들의 사정을 하나씩 풀어 가면서, 아버지의 삶을 위트 있고 감동적으로 담아낸 소설이지요. 그 이야기가 유머러스하면서도 뭉클해서 한 편의 블랙 코미디를 보는 것 같아 인기가 아주 많았어요. 요산문학상을 수상하기도 했죠. 어떤 유명 작가는 2022년에 읽었던 책 중 가장 재밌고 강력한 책이라고 평했습니다.

그럼, 이 책을 쓴 작가에 대해서 알아볼까요?

김세현: 정지아 작가는 1965년에 전라남도 구례에서 태어났습니다. 대표작은 1990년에 발표한 『빨치산의 딸』인데요. 이 작품 역시 사회주의자인 부모님의 삶을 이야기하고 있습니다. 이후 단편 소설을 주로 발표하면서 이효석문학상, 김유정문학상, 올해의소설상 등을 수상했어요. 『아버지의 해방 일지』는 『빨치산의 딸』 이후 32년 만에 출간된 장편 소설입니다.

선생님: 32년 만의 장편 소설이라니, 기대되네요. 그럼 세 가지 열쇠말로 넘어가 본격적인 작품 풀이를 해 볼까요?

🔑 첫 번째 열쇠말_ 아버지

김강비: '아버지'는 소설의 서술자가 관찰하고 있는 핵심 인물이며, 작품의 핵심 내용이 아버지의 삶이기 때문에 열쇠말로 선정했어요.

아버지의 삶을 한번 소개해 볼게요. 해방 이후 모두가 평등하게 잘 사는 세상을 꿈꿨던 아버지는 지리산과 백운산을 누비며 사회주의 혁명 활동을 했습니다. 하지만 이념 탄압으로 동지들이 하나둘 죽어 가고, 조직 재건 시도까지 실패하며 사실상 세상에 패배합니다. 그리고 투쟁과 옥살이를 반복하다 농민으로 주저앉게 되지요. 그럼에도 아버지는 자본주의 한국에서 사회주의자를 주장하며 살아갑니다.

선생님: 한마디로 표현하면, 아버지는 소위 '빨치산', '빨갱이'라고 할 수 있네요.

김세현: 맞아요. 하지만 옛날에는 사회주의자에 대한 탄압이 심했기 때문에 아버지의 삶은 주변 사람들을 힘들게 해요. 우선 작은아버지가 어린 시절 형을 자랑한 것이 빌미가 되어 온 마을이 불타고 형제의 아버지, 즉 '나'의 할아버지가 죽게 되죠. 그리고 '나'의 사촌 오빠인 큰집의 길수 오빠는 육사에 합격하고도 신원 조회에 걸려 입학하

지 못했어요. 당시에는 친족 관계의 사람들에게도 사상과 죄를 묻는 연좌제가 있었거든요.

선생님: 당시의 연좌제는 정말 무서운 거였네요. 주변 사람들이 핍박을 받는 모습을 보면 자신의 신념을 바꿀 법도 한데, 아버지가 신념을 꺾지 않은 것도 참 대단해요.

김강비: 맞아요. 한국에서 사회주의자로 살아가는 것이 얼마나 힘든 것인지 온몸으로 겪었으면서도 아버지는 죽을 때까지 사회주의를 고집해요. 저는 그런 모습이 고집스럽고 독해 보이면서도 한편으로는 본받을 점이 있다고 생각했어요. 자신이 믿는 신념을 끝까지 지켜 냈으니까요. 아버지는 자신은 유물론자라서 죽음 뒤를 믿지 않는다고 말하기도 하고, 어려운 이웃이 바로 도와야 할 민중이라며 자신의 것을 마음껏 내어주기도 하지요. 누군가의 배신에도 '사람이 오죽하면 그러겠느냐'고 합니다.

김세현: 신념이 강한 아버지는 잘 못 참는 사람이었습니다. 해방된 조국에서 친일파가 득세하는 것도 참지 못했고, 사랑하지도 않는 여자와 결혼하라는 봉건 잔재도 참지 못했으며, 가진 자들의 횡포도 참지 못했어요. 결과적으로 옳았든 옳지 않았든 아버지는 목숨을 걸고 무언가를 지키려 했고, 무엇에도 목숨을 걸어 본 적 없는 '나'는 아버

지를 이해할 수 없었지요.

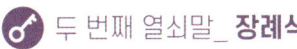 두 번째 열쇠말_ **장례식**

김강비: 앞서 언급했듯이 이 소설은 아버지의 장례식에서 시작되는 이야기이며, 서술자인 '나'는 장례식장에서 아버지와 비로소 화해하죠. 그러니까 장례식장은 아버지의 죽음으로 이별을 마주하는 곳이지만, 아버지의 진짜 모습을 만나게 되는 역설적인 장소입니다.

'나'는 아버지의 삶을 '늙은 혁명가의 비루한 현실'이라고 표현하며 다소 냉소적으로 생각합니다. 자신은 빨치산의 딸로 태어나길 선택하지 않았다고 항변하는 모습에서 서러움과 억울함이 보이기도 하고요. 왜냐하면 '나'에게 아버지는 오랜 수감 생활로 멀어진 부모이면서, 노동을 꺼리며 허구한 날 궤변만 늘어놓는 사람이었거든요.

선생님: 하지만 '나'는 아버지가 돌아가신 후 '내'가 알던 아버지의 얼굴이 아주 일부였음을 깨닫게 되죠?

김세현: 예. 장례식장에 찾아온 아버지의 친구들과 가족들을 만나 얽히고설킨 이야기를 들으면서, '나'는 아버지의 합리적이고 현실적인 면들을 알게 되요. 누군가를 살리기도 했던 담대한 모습도 드러나고, 나이를 뛰어넘어 다양한 우정을 나누는 따뜻한 모습도 보여 주지요. 그래서 이 장례식장이 단순히 '이별을 겪는 장소'가 아니라 '만남의

장소'일지도 모른다는 생각이 들었어요. '나'에게는 20년이라는 긴 세월을 좁힐 수 있는 장소가 바로 이 '장례식장'이었으니까요.

김강비: 소설에서는 '천수관음보살만 팔이 천 개인 것이 아니다. 사람에게도 천 개의 얼굴이 있다. 나는 아버지의 몇 개의 얼굴을 보았을까? 내 평생 알아 온 얼굴보다 장례식장에서 알게 된 얼굴이 더 많은 것도 같았다.……중략……누구나의 아버지가 그러할 터이듯. 그저 내가 몰랐을 뿐이다.'라고 묘사되고 있어요. 우리 모두의 마음을 참 잘 표현하고 있는 것 같아요.

세 번째 열쇠말_ 인연

선생님: 마지막 열쇠말을 '인연'으로 한 이유는, 이 작품이 아버지를 둘러싼 수많은 관계로 전개되기 때문인데요. 아버지의 인연은 크게 넷으로 살펴볼 수 있어요. 첫째, 작은아버지와 아버지. 둘째, 구례의 친구들과 아버지. 셋째, 나와 아버지. 넷째, 어머니와 아버지. 이들은 서로에게 크고 작은 파문을 일으키며 한 시절을 함께 건너옵니다. 일화 하나하나에 한국 현대사의 상흔이 그대로 묻어 있으면서도, 피식 웃음이 나오기도 하고, 뭉클해서 가슴이 짠해지기도 하죠.

김세현: 저는 '작은아버지' 이야기에서 눈물이 났어요.

선생님: 이 소설에서 가장 굵은 줄기를 차지하기도 하고, 가장 슬픈 이야기이기도 하지요. 작은아버지는 빨갱이인 형 때문에 집안이 망했다고 생각하고, 형의 죽음을 알리는 전화를 대꾸도 없이 끊을 만큼 냉담합니다. 평생을 술꾼으로 살며, 이따금 형을 찾아와 "니는 그리 잘나서 집안 말아묵었냐?"라며 행패를 부리기도 했지요. 하지만 작은아버지의 어린 시절 이야기를 듣고 나면, 단지 '원망'이라고만 정의 내릴 수는 없어요. 미안함, 존경, 자책감 등이 모두 섞인 복잡한 심경이거든요. 혈육이기에 이 모든 감정을 쉽게 떨칠 수 없고, 아픈 역사 때문이라는 걸 생각하면 마음이 아파 오지요.

김강비: 저는 '박 선생'과 '노란 머리 아이' 이야기도 인상적이었어요. 마치 한 편의 시트콤을 보는 듯했어요.

선생님: 아버지의 소학교 동창인 박 선생은 아버지와 대척점에 있는 인물이죠. 박 선생은 젊은 시절 군인이었고, 그 후 교련 선생으로 살아왔으니까요. 둘은 정치적 지향 차이로 투닥거리면서도, 둘도 없는 친구이기에 함께 늙어 갑니다. 또, 아버지의 담배 친구인 샛노란 머리의 열일곱 소녀는 아버지가 얼마나 허물없이 우정을 만드는 사람인지를 보여 주는 인물이에요. 이 밖에도 아들을 자처하는 '학수', 장례를 도맡아 처리하는 '황 사장' 등 톡톡 튀는 인물들이 많이 등장해요. 이들은 아버지와 깊고 끈끈하고 질긴 인연으로 이어져 있어요.

김세현: 보통은 조문을 한 번만 오는데, 그들은 자꾸만 또 온다고 해요. 미움, 우정, 은혜 등 질기고 질긴 그 마음들이 얽히고설켜 한 번으로는 끝내지지 않기 때문이겠죠. '나'는 그 마음들이 '무겁고 무섭고, 그리고 부러웠다.'고 해요.

선생님: 세 가지 열쇠말로 작품을 해설하다 보니, 왜 이 소설이 그렇게 인기가 많은지 알 것 같네요. 단순히 '빨갱이'로만 치부되었던 한 인간의 삶이 이렇듯 깊이 있고, 모든 관계에서 저마다의 인연과 의미를 간직한 삶이었음을 재미있게 그려 낸 작품이에요. 죽음을 통해 가족이 화해한다는 이야기도 매력적이고요.

김강비: 진중한 주제 의식을 이렇게 가볍고 유쾌하게 쓰다니, 작가님의 재능이 정말 탁월한 것 같아요. 울고 웃으며 마음이 아팠다가 가슴이 따뜻해졌다가, 책 읽는 내내 다른 세계에 흠뻑 빠져 있었어요.

선생님: 독자 여러분도 소설을 직접 읽으면서 정지아 작가가 들려주는 이야기의 매력에 흠뻑 빠져 보셨으면 좋겠네요. 그럼 여기서 『아버지의 해방 일지』편을 마치겠습니다. 감사합니다.

 정지윤 (부산국어교사모임)

꺼삐딴 리

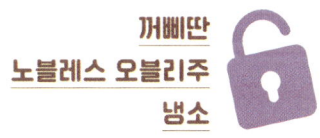

  전광용 작가의 「꺼삐딴 리」는 1962년 『사상계』에 발표된 단편 소설로, 일제 강점기에서부터 8·15 민족 해방과 6·25 전쟁을 거치는 우리 민족의 수난기를 배경으로 하고 있습니다. 종합 병원을 운영하는 50대 외과 의사인 이인국이라는 인물의 삶을 그리고 있는데요. 지금부터 이 작품을 '꺼삐딴', '노블레스 오블리주', '냉소'라는 세 가지 열쇠말을 이용해 자세히 살펴보고자 합니다.

🔑 첫 번째 열쇠말_ 꺼삐딴

  이 소설의 제목을 접하는 순간, 독자는 바로 '꺼삐딴'이 무슨 의미인지 의문에 빠지게 될 것 같습니다. 작품의 제목 '꺼삐딴 리'에서 '꺼삐딴'은 도대체 무슨 뜻일까요? 소설 속에서 '꺼삐딴'이라는 단어는 이인국 박사가 소련, 지금의 러시아 장교인 스텐코프의 왼쪽 뺨에 붙은 오리알만 한 혹을 제거한 뒤 스텐코프에게 칭찬을 듣는 장면에서 등장합니다. 스텐코프는 퇴원하는 날, 이인국 박사의 손을 부서져라 쥐며 "꺼삐딴 리, 스바씨보."라고 하지요. '스바씨보'는 러시아 말로 '고맙습니다'라는 뜻이고, '리'는 이인국의 성인 '이'를 가리킵니다. 이제, '꺼삐딴'의 뜻을 짐작할 수 있으신가요? 네, '꺼삐딴'은 바로 영어 '캡틴'에 해당하는 러시아 말입니다. '캡틴'이란 배의 선장, 항공기의 기장, 팀의 주장, 군대의 대위나 대령을 뜻합니다. 즉 '꺼삐딴'이라는 말은 각 분야의 '우두머리' 혹은 '최고'를 뜻하는 말이지요. 스텐코프가 쓴 '꺼삐딴'이라는 말에는 이인국의 수술 실력이 최고라는 칭찬의 의미가 담겨 있습니다.

그러나 이 소설을 읽어 본 독자라면 누구나 알 수 있듯이, 이인국이라는 의사는 수술 실력은 '꺼삐딴'일지 몰라도 격동의 현대사를 살아온 한 인간으로서는 '꺼삐딴'이라는 말을 붙일 수 없을 것입니다.

이인국은 일제 강점기에 제국 대학을 졸업하고, 일제 강점기 내내 잠꼬대도 일본어로 할 정도로 철저히 일본에 동화되어 살아갑니다. 그러다 광복을 맞이하고, 소련이 점령했던 격변기의 북한에서 민족의 반역자로 낙인찍혀 감옥 생활을 합니다. 그런데 감옥 안에 전염병이 돌아 환자 진료를 전담하는 행운을 얻게 되고, 이 기회를 이용하여 소련군 스텐코프 소좌의 뺨에 붙은 혹을 제거하는 수술에 성공합니다. 그 후 친소파로 돌변하여 영화를 누리고, 아내의 만류에도 불구하고 아들을 모스크바로 유학 보냅니다. 1·4 후퇴 때 아들의 소식도 모른 채 월남한 그는, 간호사였던 혜숙과 재혼해 아들을 둡니다. 그리고 미군이 주둔한 남한에서도 그 상황에 맞는 처세술을 발휘해 현실에 적응하며 살아갑니다.

어떻습니까? 그에게 '꺼삐딴'이라는 수식어를 붙여도 좋을까요? 일제 강점기 때는 철저한 친일파였다가 소련이 들어왔을 때는 재빨리 친소로 돌아서고, 그리고 월남한 후에는 미국인에게 국보급 문화재까지 가져다 바치면서 자기 살길만 찾아가는 이인국 박사. 이러한 이인국을 한마디로 표현한다면 무엇이라고 할 수 있을까요? 그렇습니다. 바로 '기회주의자'입니다.

절대로 '꺼삐딴'이 될 수 없는 인물을 '꺼삐딴'이라고 반대로 표현함으로써 작가는 비판의 강도를 높이고 있습니다. 아니면, '꺼삐딴'이라는 말은 기회주의자 중에서도 그야말로 '최고'라는 의미로 사용한 것인지도 모르겠네요. 어떻게 생각하더라도, 이 작품의 제목은 반어적인 의미를 담고 있습니다.

두 번째 열쇠말_ 노블레스 오블리주

혹시, 소설 속 주인공인 이인국 박사의 삶을 평가할 때 긍정적으로 평가할 만한 부분이 있을까요? 어려움과 죽을 고비를 여러 번 넘기면서도 악착같이 살아남아 그 노력에 대한 보상으로 종합 병원의 원장이 되었으니, 성실한 사람이라고 평가할 수는 없는 걸까요? 그렇게 평가하기 어려운 근거는, 다음과 같은 소설 속의 한 문장만을 보아도 드러납니다. '그는 새로 온 환자의 초진에서는 병에 앞서 우선 그 부담 능력을 감정하는 데서부터 시작한다.'

이인국은 의사입니다. 그런데, 환자의 병을 먼저 보는 것이 아니고 환자가 돈이 있는지 없는지를 먼저 본다고 합니다. 그는 환자가 병원비 부담 능력이 없으면 무슨 핑계를 대서라도 진료를 거부합니다. 뿐만 아닙니다. 사상범을 입원시키면 자신이 불이익을 당할까 두려워 환자를 제대로 치료하지도 않고 병원에서 내쫓아 버립니다. 이러한 그의 모습에서는 의사로서의 책임감이나 소명 의식 따위는 전혀 찾아볼 수 없습니다. 감옥 안에 '이질'이 돌았을 때에도, 죽어 가는 사람들을 치료하는 일보다 소련군에게 인정을 받는 일이나 스텐코프 소좌의 혹을 떼어 내는 일에 더 관심을 가졌지요. 자신에게 소중한 것, 자신의 안녕과 관계되는 일 이외에는 관심이 없는 그는, 의사의 본분이나 환자 따윈 안중에도 없는 무책임한 의사입니다.

더욱이 그는 자신의 이익을 위해 상감 청자를 미 대사관의 브라운에게 갖다 바치면서도, 귀중한 문화재를 국외로 보내는 것에 대한 죄책감 같은 것은 아예 없습니다. 청자가 비싼 것이어서 아깝다는 생각도 조금 들긴 하지만, 다른 사람이 준 선물보다 못한 것이 아닌가 하는 걱정을 할 뿐입니다. 이미 브라운의 집은 『이조실록』, 『대동야승』 같은 고서와 금동 불상, 병풍, 심지어 재떨이까지도 백자인 곳이었으니까요. 얼마나 많은 이인국들이 얼마나 많은 문화재를 뇌물로 바쳤을까요? 그들의 머릿속에 과연 양심이나 가치, 공동체 같은 말들이 있기나 할까요?

저는 이 부분을 읽으면서 '노블레스 오블리주'라는 말을 떠올렸습니다. 이 말은 '지배층의 도덕적 의무'를 뜻하는 프랑스어입니다. 정당하게 대접받기 위해서는 명예(노블레스)만큼 의무(오블리주)를 다해야 한다는 의미를 담고 있지요. 즉, 특권에는 반드시 책임이 따르고 고귀한 신분일수록 의무에 충실해야 한다는 것으로, 사회 지도층의 투철한 도덕의식과 솔선수범하는 자세를 강조하는 말입니다. 특히 나라가 어렵고 힘든 시기일수록 사회적으로 지위가 높은 사람들은 평소보다 더 높은 책임감과 도덕성을 보여 주어야 합니다.

이인국은 대학 병원에서 손쓰지 못하는 환자를 치료할 수 있는 유능한 의사이면서 종합 병원의 원장이고, 일본어, 러시아어, 영어도 잘하는 엘리트 지식인이며, 일제 강점기이긴 하지만 제국 대학을 졸업하고 관선 시의원을 지낸 인물입니다. 그러나 노블리스 오블리주는커녕 최소한의 도덕성이나 양심, 이타심, 사회적 책임감 따위도 전혀 없지요.

자기 자신의 이익을 위해서는 열심히 살았을지 모르지만, 과연 그렇게 자기 자신만을 위해 열심히 산 이인국의 삶을 높게 평가할 수 있을까요? 한 국가의 사회 지도층이나 높은 지위에 이인국 같은 인간들만 득실거린다면, 그 나라나 사회는 어떻게 될까요? 만약 여러분의 주변에 또 다른 이인국이 있다면, 과연 그를 칭찬하고, 본받고 싶다고 얘기할 수 있을까요?

세 번째 열쇠말_ **냉소**

'냉소'라는 말의 사전적 의미는 '쌀쌀한 태도로 비웃음, 또는 그런 웃음'이라는 뜻입니다. 작가는 시종일관 이 소설의 주인공인 이인국에게 냉소를 던지고 있습니다.

이 소설은 인간 이인국의 삶의 태도를 철저히 해부하고 있어요. 그는 민족의 비극과 역경을 정신으로 이겨 낸 승자가 아니라, 일신만을 위한 처세술로 개인의 영달만을 추구한 도덕 파탄자입니다. 그는 그러한 자기 삶의 태도에 대해 반성은커녕 오히려 정당화합니다. 잘못된 역사의 흐름을 올바른 방향으로 개선하기 위해 노력하기보다는, 그 흐름에 안주하고 오히려 이를 이용하는 반역사적이고 이기적인 인간의 전형적인 모습을 보여 주지요. 작가는 이런 주인공에게 '박사'라는 호칭을 붙임으로써 적당한 거리감을 유지하고 있습니다. 다분히 냉소적인 태도를 취하면서 말이죠.

소설의 문체 또한 진지하지 않습니다. 어두운 시대를 배경으로 하고 있지만 전혀 무겁지 않고 경쾌한 느낌마저 듭니다. 마치 이인국 박사처럼 말이죠. 어려운 시대를 살면서 여러 역경을 겪고 있지만, 이인국처럼 내적 갈등이 없는 인물도 드물 것입니다. 출세를 위해, 살아남기 위해, 부를 축적하기 위해, 뇌물을 바치고 아부하는 일은 너무나 당연한 일이기에 그는 전혀 고민하지 않습니다. 의사로서의 진료 거부에 대한 도덕적 갈등? 네, 전혀 없습니다. 과거부터 갈등 없이 살아왔기에 현재에도 갈등은 전혀 없습니다. 역사는 힘겨웠어도 개인인 그의 인생은 계속 잘 풀려나갔기에, 문체가 무겁거나 침울할 필요가 전혀 없지요.

물론 이인국에게도 아픔은 있습니다. 1·4 후퇴 때 월남해서 아내를 잃은 것, 첫 번째 부인과 결혼해서 낳은 딸 나미가 미국인과 결혼해서 '흰둥이 외손자'를 볼지도 모른다는 것, 6·25 전쟁 직전 모스크바로 유학을 보낸 큰아들의 생사를 현재까지 10년 넘게 모르고 있다는 것. 그러나 이런 것들도 그는 깊게 고민하지 않습니다. 아내를 잃은 아픔은 20년 연하의 간호사 혜숙과의 결혼으로 금세 회복되었고, 딸이 미국인 교수와 결혼하는 것도 이번 기회에 미국인과 혼인 관계를 맺는 것도 그리 나쁠 게 없다는 판단 뒤집기로 극복해 냅니다. 소식을 알 수 없는 아들에 대한 걱정이나 딸에 대한 고민은 미 국무성 초청으로 미국에 간다는 기쁨에 파묻혀 버리지요. 즉 이 소설은 이인국 박사에게 '적당한 거리'를 유지한 채로, 전혀 진지하지도 않고, 가벼운 문체로 끝없이 '꺼삐딴 리'를 냉소하고 있습니다.

역사의 격변기에 놓인 사람들은 각기 다른 가치와 신념으로 한 생을 살아 냈을 것입니다. 이렇게 다양한 사람들 중 결코 바람직하다고 할 수 없는, 한 기회주의자의 삶을 그려 낸 작가의 의도는 무엇일까요? 지식인이면서도 그 책무를 다하기는커녕, 무지렁이만도 못한 삶을 살았던 우리 역사의 이인국들을 고발하고 싶었던 것일까요? 역사를 잊은 민족에게는 미래가 없다는 말을 굳이 빌지 않더라도, 우리에게는 결코 잊지 말아야 할 역사가 있는 것은 분명합니다. 이러한 작가의 의도에 더해, 진정으로 가치 있는 삶이란 무엇인가를 고민해 보게 하는 작품이었습니다.

 권순보 (전북국어교사모임)

김경욱

페르난도 서커스단의 라라 양

프라이드
남들 사는 대로 사는 게 제일이야
시선

    김경욱 작가는 1971년 광주에서 태어났고, 1993년 작가세계 신인상에 중편 소설 「아웃사이더」가 당선되어 등단했습니다. 소설집으로 『바그다드 카페에는 커피가 없다』, 『베티를 만나러 가다』, 『누가 커트 코베인을 죽였는가』, 장편 소설로 『아크로폴리스』, 『개와 늑대의 시간』 등이 있습니다. 2004년 단편 소설 「장국영이 죽었다고?」로 한국일보문학상, 2016년 「천국의 문」으로 이상문학상을 수상했습니다.

    오늘 우리가 살펴볼 작품 「페르난도 서커스단의 라라 양」은 2005년에 발간한 소설집 『장국영이 죽었다고?』에 실린 단편 소설입니다. 소유하지 않는 것을 삶의 신념으로 삼고 있었던 서른네 살의 독신 소설가가 주인공인데요. 친구가 준 한 대의 자동차로 인해 주인공이 그동안 추구해 왔던 삶의 방식이 깨지는 과정을 보여 주고 있습니다.

🔑 첫 번째 열쇠말_ **프라이드**

주인공은 독신으로 살면서, 남들 다 갖고 있는 휴대 전화와 자가용을 갖고 있지 않았습니다. 친구들은 천연기념물이라고 놀렸지만, 주인공은 그런 자신의 생활에 자부심, 즉 프라이드를 느꼈지요. 너나 할 것 없이 앞다투어 이동 통신에 가입하고, 신용 카드 한 장으로도 자동차를 뽑는 과잉의 세상에서 '의도적인 결핍'은 되레 '자부심의 원천'이 된다고 생각하며 살고 있었습니다. 그런데 그 프라이드를 깨는 일이 생겨요. 친구들 중 주인공을 빼고 맨 마지막으로 결혼한 친구가 남편을 따라 중국으로 가면서 자신의 자동차 '프라이드'를 주인공에게 넘긴 겁니다. 친구는 그 차가 지금의 남편을 만나게 해 준 행운의 차라면서 주인공에게도 그런 행운이 찾아오기를 기대한다며 주고 갑니다. 하지만 주인공에게는 친구의 그런 의도가 반갑지 않았습니다.

결혼한 친구들이 다양한 삶의 문제들, 즉 육아, 남편의 외도 등과 같은 문제들을 겪으며 분주하게 살았다면, 주인공은 고적하게 살고 있었습니다. 하지만 차를 받고 나서는 삶의 리듬이 흐트러졌죠. 책상 앞에 앉아 밤을 지새워도 제대로 된 문장 하나 건질 수 없는 상황이 되었어요. '나는 친구의 프라이드를 방치함으로써 결핍에 근거한 나의 프라이드를 지킬 수 있다고 판단했다. 하지만 결과적으로 그것은 문제 회피에 불과했다.'는 소설 속의 구절을 보면 왜 삶의 리듬이 깨졌는지 짐작할 수 있습니다. 주인공은 방기된 차를 보면서 죄의식을 느꼈던 것이지요. 그리고 한 달 후 친구의 전화 때문에 주인공의 신념은 심각하게 흔들립니다. 친구는 다음 달에 귀국하는데, 인천 공항까지 차를 몰고 마중 나와 달라고 하지요. 주인공은 어쩔 수 없이 운전 연수를 받기로 합니다.

  이틀에 한 번 요가 학원에 가는 것을 제외하면 거의 집 밖에 나가지 않던 주인공이었는데, 차가 한 대 생기니 해야 할 일들이 수두룩하게 기다리고 있었죠. 일단 운전을 위해 연수도 받아야 했고, 앞으로 운전을 하게 되면 주유소, 주차장, 자동차 정비업소 등 새롭게 많은 것들을 알아야 하고, 또 해야 하죠. 번잡하지 않은 주인공의 삶에 그다지 필요 없는 차가 생긴 이후 뭔가가 자꾸 필요해집니다.

  이 소설에는 반복되는 구절이 있습니다. '페르난도 서커스단과 상관없는 이 이야기는 페르난도 서커스단의 라라 양과는 더욱 관계없는 이 이야기는 난데없는 자동차의 출현에서 비롯된다.' 소설의 첫 문장입니다. 그다음에 '페르난도 서커스단과 상관없고 페르난도 서커스단의 라라 양과는 더욱 관계없는 이 이야기의 빌미를 제공한 친구는 남편과 함께 중국으로 떠났고'라는 구절도 나옵니다. 운전 연수를 받기로 결정한 후에는 다음과 같은 문장이 나오지요. '페르난도 서커스단과 상관없고 페르난도 서커스단의 라라 양과는 더욱 관계없는 이 이야기는 이제 본격적인 항해를 시작한다.'고요. 소설의 제목이기도 하고, 같은 표현이 계속 반복되다 보니, 주인공의 삶이 페르난도 서커스단의 라라 양과 어떤 관계가 있을지 자꾸 생각하게 되는데요. 그 연관성은 왠지 소설을 끝까지 읽어야 의미를 알 수 있을 것 같죠?

🔑 두 번째 열쇠말_ 남들 사는 대로 사는 게 제일이야

　주인공에게 운전 연수를 해 주는 교회 권사이자 전직 고속버스 운전기사인 60대 중반의 남자는 4녀 1남을 둔 가장입니다. 15년 전에 찍은 가족사진을 지갑 속에 넣고 다니는 평범한 사람이었죠. 그는 체크무늬 양복에 분홍색 넥타이, 양복과 같은 색상의 베레모까지 쓴 옷차림으로 첫 만남에서 주인공에게 명함을 건넵니다. 명함에는 프리랜서 드라이버, 마포구 청소년 선도위원 등 갖가지 이력이 쓰여 있었고, 마지막에는 '시인'이라는 이력이 대미를 장식하고 있었죠. 그것도 한자로 '詩人'이라고 적어 놓은. 그는 명함이 없는 주인공을 신기하게 바라봅니다.

　그는 일하는 중에 아내와 통화를 하며 속 썩이는 아들 문제로 말다툼도 하지만, 자식들을 키우며 열심히 산 자신의 삶에 자부심을 느끼고 있습니다. 결혼해서 잘 살고 있는 딸 자랑도 하고요. 그러면서 결혼을 하지 않고 사는 주인공에게 여러 이야기를 합니다. 요즘 젊은 사람들이 결혼을 선택이라고 생각하는데 걱정이다, 게다가 이혼도 쉽게 하고, 결혼을 해도 자기들끼리 즐기겠다고 자식을 낳지 않아서 문제다, 등등. 주인공은 운전을 하느라 정신도 없었고, 자신의 사생활을 얘기하거나 그가 말하는 이런저런 얘기들에 대꾸할 마음이 없어 입을 다물고 있었는데도 그는 혼자 이런저런 얘기를 계속합니다. 그런데 알고 보니 그가 안내한 도로 주행 코스들이 그에게 다 사연이 있는 곳이었습니다. 그가 아내에게 청혼한 곳이었다든가, 처음 차를 사서 가족들과 함께 다닌 곳이었든가 하는 장소였죠.

성인이 된 자식들과 가족사진을 새로 찍을 법도 한데, 옛날 사진을 들고 다니는 데는 이유가 있었을 겁니다. 이제는 자식들이 다 컸으니 가장으로서 특별히 해야 할 역할도 없고, 무엇보다 현재 그의 삶은 그다지 행복해 보이지 않습니다. 자식에 대한 기대도 무너진 듯합니다. 법대에 진학하기를 바라지만 밴드 활동을 하고 오토바이를 사 달라고 떼를 쓰는 스무 살이 된 아들. 그 아들 때문에 아내와도 통화하며 싸우지요.

그런 그의 모습을 보며 주인공은 아버지를 떠올립니다. 사진관을 운영했고, 사진기를 절대로 남에게 맡기지 않아 가족사진 속에는 항상 없었던 아버지. 낡은 가족사진을 흐뭇한 표정으로 바라보는 그의 모습을 보면서 주인공은 그가 가족사진을 보는 것은 그의 인생에서 가장 좋았던 시절의 자신을, 그가 가장으로서의 존재감이 확실했던 과거 가족 속의 자신을 보고 있는 것이라고 생각하지요. 그런데 현재가 그다지 행복해 보이지 않는데도, 그는 '남들 사는 대로 사는 게 제일'이라고 얘기합니다. 주인공의 결혼한 친구들도 독신으로 살고 있는 주인공을 동정 어린 시선으로 바라보고요.

그는 흐뭇한 표정으로 과거를 회상하며 가족들 얘기를 하지만 정작 자신에 대한 이야기는 하지 않습니다. 그래서 주인공은 그의 아들이 어떤 노래를 즐겨 듣는지, 그의 아내가 어떤 브랜드 옷을 좋아하는지, 그의 딸들이 몇 평짜리 아파트에 사는지 알게 되었지만 그가 어떤 사람인지는 모르고 있죠. '첫눈'에 관한 시를 썼다는 사실 말고는요. 그가 교회 소식지에 발표한 「첫눈을 맞으며」라는 시도 과거를 회상하는 시였습니다.

그의 삶은 자기 자신이 아닌 가장으로서의 삶만 남은 것처럼 보입니다. 고단해도 자식들의 미래를 생각하며 즐겁게 일했던 시간을 그리워하는 거죠. 그런데 열심히 일했던 가장으로서의 노력이 결실을 맺지 못하니, 희망이 있었던 그 시절을 더 그리워하는 거겠죠. 가족들과 더 잘 살고 싶어 애쓰는 평범한 가장으로서의 삶, 그런 삶이 비록 힘들어도 행복하다고 생각하는 것입니다. 그래서 남들 사는 대로 사는 게 제일이라고 얘기하는 것이겠죠.

🗝 세 번째 열쇠말_ **시선**

이 소설의 제목 '페르난도 서커스단의 라라 양'은 프랑스의 인상파 화가 에드가 드가의 그림 제목이기도 합니다. 그림의 모델 '라라'는 실존 인물이라고 하는데요. 드가는 발레리나를 묘사한 작품으로 유명한 화가입니다. 움직이는 인체와 동물을 순간적으로 묘사하는 능력이 뛰어나죠. 그림 <페르난도 서커스단의 라라 양>은 천장으로 올려지는 라라 양의 모습을 잘 포착하고 있습니다. 그런데 이 작품은 아래에서 고개를 쳐들고 있는 관객의 입장에서 보게 되지요. 작품의 주인공은 라라 양인 것 같지만, 사실 라라 양은 다른 사람들의 시선을 받는 입장인 것이죠. 게다가 라라 양은 입에 줄을 물고 허공에 매달려 다른 사람들에게 보이기 위한 힘들고 위태로운 곡예를 하고 있습니다.

  소설 첫 문장과 소설 중간중간에 '페르난도 서커스단', '페르난도 서커스단의 라라 양과는 관계없는'이라는 표현이 자주 나오는데요, 무려 여섯 번이나 반복되어 나타납니다. 그런데 관계가 없다고 계속 얘기하니까 왠지 더 관계가 있어 보이죠? 소설의 마지막 부분에 '페르난도 서커스단과 상관없고 페르난도 서커스단의 라라 양과는 더욱 관계없는 이 이야기는 사실 한 장의 그림으로부터 비롯된 것이다.'라는 구절이 나옵니다. 작가는 소설 마지막 부분에 가서야 왜 이 이야기의 시작이, 그리고 소설의 제목이 '페르난도 서커스단의 라라 양'인지 추측할 수 있는 단서를 제공하고 있습니다.

  드가의 그림 <페르난도 서커스단의 라라 양>은 주인공의 책상 바로 앞 창문에 붙어 있습니다. 주인공은 매일 책상에 앉아 소설을 쓰는 사람이니, 소설을 쓰면서 계속 이 그림을 보고 있었을 겁니다. 사람들의 시선을 느끼며 자신의 연기를 펼쳐야 하는 라라 양의 모습에서 어쩌면 주인공은 자신의 모습을 본 것인지도 모르겠습니다. 주인공은 표구점에서 그 그림을 우연히 접했을 때 타인들의 시선에 갇힌 한 여자를 보았다고 말합니다. '그 여자는 타인들의 시선 속에서 올라가지도 내려오지도 못하고 허공에 매달려 있을 뿐이었다. 추락하지 않기 위해 이를 악문 채.'

  자신만의 신념을 갖고 신념대로 살려고 하지만 쉽지 않은 세상입니다. 소유하지 않고 살려고 했지만, 친구의 부탁을 거절할 수 없어서 자동차를 소유하게 되었고, 친구에게 거짓말을 할 수 없어서 운전 연수를 받았죠. 라라 양을 보면서 주인공은 주변 사람들의 시선에서 자유롭지 못한 자신을 본 것 같아요.

 소설 끝부분에서 다음 주 설에 가족사진을 찍을 거니까 내려오라는 엄마의 전화를 받고, 주인공은 고향에 내려갈지 말지 고민합니다. 설에 내려갈 때마다 선을 보게 해서 재작년부터 안 내려갔는데 말이죠. 과연 주인공은 프라이드를 운전해서 고향에 내려갈까요? 가족사진도 찍고 선도 볼까요? 주인공의 선택이 궁금해집니다.

 지금까지 세 가지 열쇠말로 김경욱의 단편 소설 「페르난도 서커스단의 라라 양」에 대해 살펴보았습니다.
 우리 삶을 이끌어 가는 것은 무엇일까요? 우리는 자신만의 생각을 가지고 그 생각대로 자신의 삶을 산다고 생각하지만, 우리의 생각과 우리 삶의 모습은 온전히 우리 자신만의 것이 되기 어렵습니다. 남들의 가치관과 시선에 얽매이지 않는 자유로운 삶을 소망해 봅니다.

박미연 (교육과정모임)

빛 속에

여러분은 일제 강점기의 현실을 배경으로 한 소설이라고 하면 어떤 이미지가 떠오르나요? 저는 일본의 억압과 멸시, 핍박받고 굶주리는 조선 민중들의 고통이 떠오릅니다. 오늘 소개할 작품 또한 조선인들의 고통을 드러내고 있으나, 조선 땅이 아닌 일본 땅에서 살아가는 재일 동포의 삶을 그리고 있습니다. 김사량 작가의 「빛 속에」는 일본인들 사이에서 자신의 정체성을 찾으며 성장하는 어린아이를 중심인물로 설정하여, 새로운 시각을 보여 줍니다.

작품을 쓴 김사량 작가의 본명은 시창으로, 1914년 평양에서 태어났습니다. 그는 평양 고등보통학교 재학 중이던 1931년에 일본군 배속 장교 배척 운동을 하다 퇴교를 당했습니다. 이후 일본으로 건너가 동경 제국 대학에 입학 후 본격적인 문학 활동을 시작했습니다. 작가는 문예지에 일본어로 된 소설을 발표하고, 연극으로 상연하기도 하였는데, 이 때문에 사상 문제로 일본 경찰에 구류당하기도 했습니다. 대학 졸업 후 귀국하여 1939년에 발표한 단편 소설 「빛 속에」는 이듬해 일본 최고 권위의 문학상 아쿠타가와상 후보로 올랐습니다. 김사량은 일본에서 직접 빈민 지역에 거주하면서 함께 생활하고 싸우는 세틀먼트 운동에 참여했는데, 「빛 속에」는 이때의 경험이 반영되어 있습니다. 김사량은 일제 강점기에 태어나 한국 전쟁에 이르기까지 현실의 문제를 외면하지 않고, 끊임없이 실천과 투쟁 속에 살아간 작가이지요.

그럼, 지금부터 세 가지 열쇠말을 가지고 작품을 자세히 살펴보도록 하겠습니다.

🔑 첫 번째 열쇠말_ **정체성**

우리는 살면서 어느 순간 '내가 누구인가?'라는 질문과 마주하게 됩니다. 그 답을 찾기 위해 혼란을 겪기도 하고, 다양한 경험과 도움을 통해 해답을 찾아 나가기도 하지요. 또 내가 누구인지 답을 찾는 과정 속에서, 나의 뿌리, 배경, 가족 등 주변의 영향을 많이 받습니다. 그리고 내가 좋아하는 것, 바라는 것, 이루고 싶은 가치 등을 찾아 표현하게 되지요. 그렇게 사람은 자신의 정체성을 찾아가며 성장합니다. 그런데 내가 누구인지 밝힐 수 없는 환경에 놓인다면 어떠할까요? 나의 정체성을 밝혔을 때, 온전한 삶을 유지할 수 없거나 불안과 공포에 시달려야 하는 상황이라면요. 내가 어느 나라 사람인지 밝히는 일 자체가 생존을 위협하는 경우도 있습니다. 일제 강점기에 식민지 국가의 국민으로서 일본 땅에서 살아가야 했던 사람들처럼 말입니다.

작품 속 일본 제국 대학 학생으로서 야학에서 영어를 가르치는 '남씨 성을 가진 조선인 선생님' 또한 아이들이 자신을 일본인으로 여기고, 미나미 선생님으로 부르는 것을 굳이 고치지 않습니다. 아이들을 실망시키거나 거리감을 느끼고 싶지 않다는 생각을 하지요. 보조 운전사 이 군은 이러한 남 선생님을 보며 비겁한 사람이라고 비난합니다. 그는 남 선생님의 마음속 깊은 곳에서 스스로 합리화했던, 떳떳하지 못한 부분을 마주하게 합니다.

야학에서 수업을 듣는 아이들 중 야마다 하루오라는 학생이 있습니다. 부모님도 모습을 보이지 않고, 학교에서 늦게까지 방황하다 돌아가는 학생이지요. 비뚤어지고 모난 성격의 하루오는 남 선생님이 조선인이라는 사실을 알고 놀리기까지 합니다. 그러면서도 남 선생님의 주변을 계속 맴돕니다. 하루오는 사실 조선인 어머니와 일본인 아버지 사이에서 태어난 아이입니다. 아버지의 칼에 찔린 어머니가 이 군의 등에 업혀 학교에 실려 오면서 이 사실이 밝혀지고, 하루오는 자신이 조선 사람이 아니라며 울부짖습니다. 하루오는 자신이 조선인이라는 사실을 인정하지 않기 위해 다른 조선인들을 더욱 거부하고 경멸했던 것입니다. 고등 교육을 받은 어른인 남 선생님 또한 자신의 정체성을 밝히는 일이 부담인 현실 속에서, 어린 소년인 하루오에게 자신이 조선 사람이라는 사실을 받아들이는 일은 너무나 가혹했을 것입니다.

하루오의 어머니는 조선 사람으로, 하루오의 아버지가 조선 술집에서 빚 대신 받아 온 처지입니다. 그녀는 조선에 있을 때부터 노예와 같은 삶을 살았고, 남편이 자신을 풀어 주었다고 여겨 남편을 은인으로 생각합니다. 폭력과 억압이 계속되는 또 다른 노예의 삶임에도 불구하고 도망칠 의지도 없습니다. 스스로 노예의 삶을 택한 것입니다. 하루오는 이러한 어머니를 보며 더욱더 조선인의 삶에 거부감을 느꼈겠지요.

한편, 깡패인 하루오의 아버지는 폭력을 일삼으며 살아가는데, 특히 자신의 아내를 조선인이라며 두들겨 팹니다. 그의 어머니도 조선 사람이지만, 하루오의 아버지 역시 그 사실을 부정하며 살아갈 뿐입니다. '모자란 사람'이라는 뜻을 가진 '한베에'라는 이름처럼 하루하루를 살아가지요.

하루오의 어머니와 아버지는 모두 결핍된 존재입니다. 아버지는 정체성의 혼란 속에서 폭력배가 되었고, 어머니는 스스로 주체적인 삶을 사는 것을 포기하지요. 하루오는 부모님을 통해 자신의 정체성을 건강하게 확립할 기회를 갖지 못했습니다. 단지 부모님처럼 되고 싶지 않다는 분노, 조선 사람에 대한 경멸만 남아 있을 뿐입니다. 이것은 하루오의 잘못일까요? 본인의 의지와 관계없이 삶의 환경이 주어진 어린아이에게는 자신이 누구인지 숨겨야 한다는 공포와 불안만이 남아 있습니다.

정체성을 가지고 자기 자신이 누구인지 자유롭게 밝힐 수 있다는 것은 자신을 사랑하고 보여 줄 수 있는 자유를 가진다는 것과 같은 말입니다. 모든 사람들은 자신만의 가치를 지니고 있기 때문입니다. 조선 사람이라는 사실 자체가 주체적인 삶을 살 수 없게 한다면, 이 자체가 비극이겠지요.

🗝 두 번째 열쇠말_ 관계

두 번째 열쇠말에서는 이러한 삶을 살아가는 하루오에게 희망이 되어 준 '관계'에 대해 이야기하려고 합니다. 하루오가 지금처럼 혼란을 겪으며 불신과 냉대 속에서 살아간다면 아버지와 다름없는 삶을 살게 되겠지요. 그러나 다행히 하루오에게는 남 선생님이 있습니다. 시대의 아픔, 이념, 그 어떤 악한 제도 아래에서도 사람들이 인간성을 잃지 않고 살아갈 수 있는 것은 서로에게 건네는 따뜻한 애정 때문입니다. 나에게 관심을 보여 주고, 나의 아픔을 알아주는 관계. 그런 사람을 단 한 사람이라도 곁에 둔다면 절망하지 않고 바르게 살아갈 수 있습니다.

하루오에게 남 선생님은 그러한 존재였습니다. 선생님이 조선 사람이라고 멸시하면서도 주변을 맴돌았던 이유는 하루오에게 온정을 베풀어 준 어른다운 어른이었기 때문입니다. 조선 사람인데도 대학에

다니고 공부를 가르치는 모습 또한 하루오에게는 새로운 경험이었을 것입니다. 여지껏 하루오에게 조선 사람은 제힘으로 서지 못하는 어머니의 모습이 전부였을 테니까요.

남 선생님은 이 군이 다녀간 뒤 스스로 합리화했던 부분을 자각하고, 자신이 조선 사람임을 밝힙니다. 그리고 변함없이 주변 사람들과 관계를 맺으며 살아갑니다.

하루오는 남 선생님을 통해 아픈 어머니를 병문안하고, 어머니가 자신을 걱정한다는 사실을 알게 됩니다. 어머니의 아픔에 함께 슬퍼하고, 연민을 느끼며, 인간다운 모습을 찾아갑니다. 그리고 다친 어머니를 도와준 이 군과 이 군의 어머니에게서도 따뜻한 정을 느낍니다. 하루오는 일본 땅에서 살아가는 조선 사람들이 어려움 속에서도 서로 정을 나누며 살아가는 모습을 보게 됩니다. 그리고 미래에 무용수가 되고 싶다는 꿈을 갖게 됩니다.

힘들 때 자신의 방에 불러 따뜻한 이불을 덮어 준 남 선생님의 관심과 애정이 한 아이를 성장하게 한 것입니다. 자신과 같은 정체성을 가진 사람이기에 더 큰 의미가 있겠지요.

🔑 세 번째 열쇠말_ **문학과 언어**

이 소설은 조선과 일본은 한 몸이라는 '내선일체'의 구호 아래 조선어 폐지, 징용 징병제 등 민족 말살 정책이 극에 달하던 일제 강점기 말에 쓰였습니다. 당대 많은 조선의 문학인들은 조선어를 사용하지 못한다면 글을 쓰지 않겠다는 절필 선언으로 일제에 저항했습니다. 김사량 작가는 조선어로 소설을 쓰면 출판 자체가 어려운 상황에서 일본어로 글을 집필하고, 권위 있는 문학상 후보에 오를 정도로 영향력을 미쳤지요. 이를 두고 조선 문학인들은 일제의 조선어 말살 정책에 편승한 것이라며 비난하기도 합니다. 이에 대해 김사량 작가는 일본어로 작품을 쓴 것은 사상이 아니라 언어만 사용한 것이며, 절필만이 저항의 유일한 길은 아니라고 말합니다. 주제와 정신만 바르게 담아낸다면 어떤 언어를 사용하든 그 뜻을 알리는 일이 더 효과적이라는 의미이지요.

여러분은 어떻게 생각하시나요? 언어는 삶의 양식이자, 그 언어를 사용하는 사람들의 정신을 반영합니다. 이 때문에 한 나라가 다른 나라를 지배할 때 가장 먼저 없애려고 하는 것도 언어이지요. 식민지 국가의 언어 사용을 금지하고 글을 쓰지 못하게 한다는 것은 모든 기록과 생산을 멈추게 하는 일이기도 합니다. 이 또한 식민지 국가의 도태를 불러오는 행위입니다. 그렇다고 일본어로 글을 쓴다면 식민지 정책에 편승하는 것으로 보일 수 있습니다. 절필로 저항한 문학인들과 김사량의 저항, 모두 각각의 의미를 지니고 있습니다. 여러분이 일제 강점기의 시대 상황에 놓여 있다면 어떤 선택을 했을지 생각해 보시기 바랍니다.

지금까지 이념과 정책과는 무관하게 자신이 살아가는 땅에서 사랑

받으며 자라길 바랐을 뿐인 한 소년의 이야기, 「빛 속에」를 살펴보았습니다. 이 소설을 읽으며, 그저 자신이 누구인지 자유롭게 말하며 살아가고 싶었던 소년의 상처를 보듬어 주고 싶은 마음이 들었습니다. 우리 주변에도 그런 손길을 필요로 하며, 자신을 숨기고 살아가는 사람들이 있지는 않은지, 독자 여러분들이 타인의 삶을 들여다보는 일에 조금이라도 도움이 되었길 바랍니다.

 이효선 (인천국어교사모임)

사막을 건너는 법

「사막을 건너는 법」은 『문학사상』 1975년 4월호에 발표된 작품입니다. 작가에 대해 먼저 살펴보겠습니다.

서영은 작가는 1943년 강릉에서 태어나, 강릉 남대천과 바다에서 수영하며 어린 시절을 보냈습니다. 17세 때 콜린 윌슨의 문학 비평서 『아웃사이더』를 읽은 감동으로 문학에 심취하게 되었다고 하죠. 특히 니체나 카프카의 영향을 많이 받아서 인간의 실존 문제에 관심을 많이 가졌습니다.

서영은 작가는 '작가란 가장 아프게, 가장 늦게까지 우는 자'라고 말했습니다. 산티아고를 순례한 뒤에 '인생의 짐은 타인과의 관계에서 빚어지는 것인데, 무거운 짐을 질 수 있는 영육의 능력을 키우는 것이 짐을 벗는 것보다 중요하다.'는 말을 했죠. 문학을 통해 구도의 길을 닦아 온 작가로 알려져 있습니다. 40대부터 50개 나라를 여행할 정도로 여행을 많이 했다고 합니다. 「먼 그대」라는 작품으로 이상문학상을 수상하기도 했습니다.

🗝 첫 번째 열쇠말_ **전선**

이 작품의 주인공인 '나'는 베트남 전쟁에 참전했다가 돌아왔습니다. 베트남 전쟁을 우리나라에서는 월남전이라고 불렀죠. 베트남은 프랑스의 식민 지배를 받았는데, 독립 전쟁 중에 제네바 협약으로 남북으로 나뉘었습니다. 베트남의 완전한 독립과 통일을 내세우며 남북이 내전 상태에 들어갔는데, 미국을 비롯하여 여러 나라가 개입하면서 동서 냉전의 대리전 성격으로 20년간 전쟁을 치렀습니다. 우리나라는 1965년부터 미국 다음으로 많은 병력을 베트남전에 파견했으며, 전사자가 5천 명에 이를 정도였습니다.

우리 문학에서도 베트남 전쟁을 다룬 작품이 많은데, 특히 직접 베트남 전쟁에 참전했던 작가들의 작품이 많이 알려졌죠. 박영한의 『머나먼 쏭바강』, 황석영의 『무기의 그늘』이나 단편 소설 「탑」, 그리고 안정효의 『하얀 전쟁』 등을 꼽을 수 있습니다.

이 작품에서 전쟁터라는 것을 실감할 수 있는 장면은 한 번 제시되는데, '나'가 애인인 나미에게 들려주는 이야기 속에 등장하죠. '나'는 D고지에서 전투 중인 부대에 물을 실어다 주라는 명령을 받았습니다. 그 부대는 식수가 떨어져서 심한 갈증과 싸우고 있었죠.

D고지까지는 80km 거리였는데, 일등병인 '나'는 한 병장과 함께 급수차를 몰고 밤중에 출발했습니다. 적의 정찰기에 노출되면 위험하기 때문이기도 하지만, 낮에는 불볕 같은 폭염이 쏟아지기 때문에 그걸 피하기 위해서도 밤중이 좋은 거죠. 한 치 앞도 분간할 수 없는 어둠과 정적을 헤치고 달리면서 '나'는 헤드라이트 빛 속에 드러나는 미세한 사물들마저 심장에 맞닿아 있는 듯한 느낌을 받습니다. 제대가 석 달 남은 한 병장은 잔뜩 겁에 질려 있지만 '나'는 별로 무섭지 않습니다. 한 병장이 안 무서우냐고 물었을 때 '나'는 적보다 무서운 건 무감각이라고 말하죠. 생명의 한가운데를 관통하는 느낌이라는 말을 덧붙입니다.

　그런데 중간에 엔진이 고장 나서 지체하는 바람에 날이 밝기 전에 목적지까지 가지 못합니다. 적의 정찰기에 발견될 수 있는 위험한 상황이어서 전속력으로 달렸으나, 목적지를 8km 정도 남겨 둔 상황에서 비행기 폭격과 사격을 받습니다. 군에서 제대하면 결혼할 거라고 했던 한 병장은 사망했고, '나'의 오른팔에서는 피가 쉴 새 없이 흘러나왔죠. 한쪽 팔이 마비되어 제대로 움직이지 않았지만 '나'는 팔을 묶고 안간힘을 다해 달리다가 저만큼 앞에 아군의 보초 막사가 보인다고 느낀 순간 정신을 잃었습니다. 일단 임무를 완수한 셈이죠.

두 번째 열쇠말_ **무의미**

　'나'는 이 이야기를 애인인 나미에게 들려주면서 당시의 긴장이 되살아나는 듯 온몸이 팽팽하게 부풀어 오르는 느낌이었습니다. 그런데 이야기를 듣던 나미는, 그 일로 훈장을 탄 거냐고 낭랑한 목소리로 묻습니다. 베트콩을 한 명도 못 죽여 봤느냐는 말도 하죠. 그 말을 들으니까 갑자기 그녀가 낯설어 보였습니다.

'나'는 '나'의 이야기가 그녀에게 하나도 전달되지 않았다고 생각합니다. 피비린내 나는 전투도, 죽어 넘어진 전우도, 작렬하는 포화 소리도 그녀에게는 모두 활자화된 이야기 정도로밖에 들리지 않았다는 생각이 든 거죠. 그래서 팔짱을 끼는 그녀의 손을 뿌리치고 뒤도 돌아보지 않고 마구 뛰어가 버렸죠.

'나'는 무언가 어긋난 것 같은 기분, 모든 사물과 사람들로부터 차단된 것 같은 기분을 제대해서 돌아오는 순간부터 느꼈습니다. 기차 안에서 너무 아무렇지도 않은 사람들을 보면서 그런 생각이 들었는데, 집에서 눈을 뜬 첫날 아침은 더 심해서 비현실적인 느낌마저 들었습니다. 두부 장수의 종소리, 텔레비전에서 흘러나오는 노랫소리, 수돗물이 넘치는 소리를 들으면서 '이런 전선에서……?'라는 생각을 했던 겁니다.

'나'의 안에 있는 긴박감에 비해 밖은 너무도 무의미하고 태평스러웠죠. 삶과 죽음은 너무도 밀착해 있고, 어느 순간 날아온 포탄이 전우의 목숨을 앗아 갔던 것처럼 죽음은 우리 곁에 있으나 사람들은 그걸 못 느끼고 있다는 생각을 했습니다. 애인의 반응에서 알 수 있듯이 '나'는 그걸 제대로 전달할 방법이 없다고 생각합니다. 그래서 모든 일에 흥미를 잃습니다. 월남에 가기 전에 '나'는 화단의 주목을 받는 미술학도였으나, 이제 미술도, 애인 나미도, 학교 공부도 모두 무의미해졌습니다. 그렇게 아무것에도 의욕을 가지지 못한 상태로 지낸 시간이 1년이 되어 갑니다. 이제는 식구들도 그런 '나'를 지겹게 여기는 듯합니다.

그러던 어느 날 집 주변 공터의 물웅덩이에서 무언가를 열심히 찾고 있는 노인을 발견합니다. 집요하게 뭔가를 찾고 있는 노인을 보면서 '나'는 자신의 무기력에 대한 도전이라는 느낌이 듭니다. 그런 생각은 '나'의 내면에서 분노 같은 걸 끓어오르게 했고, '나'는 아틀리에로 갔죠. 그러나 캔버스 앞에 앉았을 때 갑자기 꽉 막힌 느낌이 들었습니다.

세 번째 열쇠말_ 거짓

물웅덩이에서 열심히 뭔가를 찾고 있는 노인은 공터에 파라솔을 세워 놓고 조무래기들에게 뽑기 과자를 팔고 있습니다. 10원짜리 동전을 받고 설탕에 소다를 섞어서 과자를 만들어 주는 거죠. 노인은 하얗게 센 머리를 박박 깎고 검은색 바지에 국방색 점퍼 차림으로 늙은 누렁개를 끌고 다닙니다.

노인은 날마다 무척 진지하고 골똘한 표정으로 물웅덩이와 주변의 쓰레기 더미를 뒤지고 있습니다. 그러다 조무래기들이 뽑기 과자를 달라고 하면 파라솔 아래로 가서 만들어 주고 나서, 다시 개를 이

끌고 물웅덩이 쪽으로 가서 찾는 일을 계속하죠. 노인의 이런 모습을 보면서 무료한 가운데서도 나름대로 안정된 나날을 보내고 있던 '나'는 생활 리듬이 송두리째 흔들리는 느낌을 받습니다. 노인의 진지한 태도가 '나'를 자극하고 있었던 거죠.

　마침내 '나'는 무엇을 그렇게 진지하게 찾고 있는지 확인하고 싶어서 노인에게 다가갑니다. 노인에게 뽑기 과자를 주문한 뒤, 뭘 그렇게 열심히 찾느냐고 물었더니 훈장을 찾는다고 합니다. 아들이 월남전에서 공을 세우고 받은 훈장인데, 아이들이 구경한다고 들고 갔다가 웅덩이 부근에서 잃어버렸다고 합니다. 아들은 혼자 베트콩을 열 명이나 죽일 정도로 용맹스러웠다고 하죠. 아들은 치열한 전투로 유명한 앙케 고지 전투에 참여했다가 사망하고, 을지 무공 훈장을 받은 것 같습니다.

　그 얘기를 들으면서 '나'는 야릇한 기분이 들죠. '나'도 같은 훈장을 받았는데, 그것을 그냥 쇠붙이일 뿐이라고 생각하기 때문입니다. 그 쇠붙이 같은 것을 절대시하는 노인을 보면서 '나'는 죄인을 회유하는 기분으로 노인의 근황을 물어봅니다. 노인의 아내는 아들이 전사했다는 소식을 듣고 실신한 뒤 깨어나지 못했고, 며느리는 아들이 월남으로 간 뒤에 바람이 나서 아이도 버리고 가 버렸다고 합니다. 기특하게도 아홉 살짜리 손녀가 밥을 지어 놓고 자신을 기다린다고 하죠. 노인이 데리고 다니는 개는 아들이 키우던 개라고 합니다.

　노인의 얘기를 들은 '나'는 '내'가 받은 을지 무공 훈장을 몰래 물웅덩이 한쪽에다 던져둡니다. 훈장을 찾는 노인의 의지가 무지에서 비롯되었다는 사실을 확인시켜 주고 싶었던 겁니다. '나'는 '내' 방 창가에서 노인이 훈장을 찾아내는 순간을 기다리고 있었습니다. 하지만 노인은 그 근처를 뒤지면서도 훈장을 찾지 못합니다.

기다리다 못한 '나'는 장화를 신고 꼬챙이를 들고 노인에게로 가서 훈장 찾는 일을 돕겠다고 말하죠. 한참을 뒤적거리는 시늉을 하다가 마침내 훈장을 찾아 들고 노인을 불렀습니다. 그런데 의외로 노인은 노여움과 경멸로 일그러진 얼굴이 됩니다. 그리고 '바보 같으니라구!'라는 한마디를 뱉은 뒤 홱 돌아서서 가 버립니다.

'나'는 노인의 옆방에 살고 있다는 소년에게서 충격적인 이야기를 듣습니다. 노인은 훈장 따위는 아무 쓸모없다면서 자신이 직접 갖다 버렸다고 합니다. 그리고 노인이 한 얘기는 모두 거짓이라고 합니다. 손녀는 작년에 교통사고로 죽었고, 늙은 개는 아들이 키우던 개가 아니라 누군가 버린 개를 노인이 데려온 것이라고 합니다.

노인은 훈장이 아무 쓸데없다는 생각을 이미 하고 있었습니다. 훈장은 쇠붙이에 지나지 않으며, 허망한 집착의 끈일 뿐이라는 사실을 이미 잘 알고 있었던 거죠. 그래서 훈장을 버린 겁니다. 하지만 무의미와 허무의 상태를 견딜 수 있는 어떤 힘이 필요했을 겁니다. 그래서 고안된 것이 거짓말입니다. 노인은 거짓말로나마 이 허망한 사막 같은 삶을 긍정해 보고 싶었던 거죠. 그런데 '나'가 끼어들어서 노인이 혼을 모아 지은 그 거짓의 집을 망가뜨린 겁니다.

'나'는 떠나는 노인을 보면서 다시는 그가 나타나지 않을 것이라는 예감을 합니다. 그리고 한편으로는 어디에선가 다시 시작할 거라고 기대합니다. 그리고 자신이 정말 바보였다고 생각하죠. '정말 그렇지 않더라도 그런 것처럼 살아가는 것'이 사막을 건너는 법일 수도 있을 것 같습니다.

늘 죽음이 곁에 있는 전쟁터에서 공포와 허망함을 체험하고 돌아와 삶에 대한 의미를 찾지 못하고 있는 주인공, 그리고 거짓말로 허망함을 견디고 있는 노인의 이야기를 통해 인간의 실존에 대해 생각해 볼 수 있었습니다.

 고용우 (울산국어교사모임)

태형

볼기를 작은 몽둥이로 치던 형벌을 태형이라고 합니다. 단편 소설 「태형」은 1922년 12월에서 이듬해 1월까지 3회에 걸쳐 『동명(東明)』이라는 잡지에 연재되었습니다. 먼저 작가에 대해 알아보겠습니다.

김동인은 1900년 평양에서 대단한 부잣집 아들로 태어나 귀공자로 어린 시절을 보냈습니다. 「불놀이」를 쓴 시인 주요한과 소학교 때 같은 반 친구로 만났는데, 주요한에게 강한 경쟁의식을 느꼈다고 합니다. 15세에 일본 유학을 떠난 것이나, 문학을 시작한 것도 주요한에 대한 경쟁의식 때문이었습니다. 18세 때인 1919년에 주요한 등과 함께 문예 동인지 『창조』를 발행했는데, 이때 비용은 김동인이 전액 부담했습니다.

김동인은 자연주의와 사실주의를 바탕으로 근대 문학의 기초를 확립했다는 평가를 받고 있습니다. 그는 계몽주의에 반대하여 문학은 문학일 뿐이라는 입장에서 순수 문학을 강조했으며, 작가에게 필요한 역량은 인형 조종술이라고 했습니다. 작가는 신적인 존재가 되어서 등장인물들의 상황과 운명을 인형 조종하듯이 해야 한다는 것이 인형 조종술의 개념입니다.

김동인은 '친일 반민족 행위자'라는 꼬리표가 달린 작가이기도 합니다. 많은 친일 작가들이 그렇듯이 김동인도 처음부터 친일 활동을 하지는 않았습니다. 3·1 운동 때는 동생의 부탁으로 격문을 썼는데, 이 때문에 체포되어 감옥살이를 하기도 했죠. 그러나 방탕한 생활, 잡지와 영화 제작 등으로 인해 경제적으로 어려워지자 돈벌이가 되는 신문 연재 소설을 쓰기도 했으며, 1938년 2월 4일자 「매일신보」에 내선일체와 황민화를 선동하는 글을 쓰면서 일제에 협력하는 글쓰기를 시작했습니다.

🔑 첫 번째 열쇠말_ 감옥

이 작품은 '옥중기의 일절'이라는 부제(副題)가 달린 것에서도 짐작할 수 있듯이 감옥 체험을 다루고 있습니다. 3·1 운동 때 3개월 동안 미결수로 감옥살이를 했던 체험이 반영된 것 같습니다. 이야기가 감옥에서 시작하고 감옥에서 끝나는데, 감옥의 상황이 매우 끔찍하게 묘사되고 있죠. 감옥 안에서의 생활을 다룬 소설이나 영화에 비해 이 작품에서 묘사하고 있는 감옥은 훨씬 더 처참합니다.

계절은 더운 여름입니다. 감옥의 공간은 다섯 평이 좀 안 된다고 했습니다. 한 평이 3.3㎡니까, 5평이면 약 17㎡ 정도라고 보면 되겠네요. 우리나라 교실 표준이 70㎡ 정도니까, 교실 한 칸의 1/4보다 좀 작은 공간이죠. 이 좁은 공간에 수감된 사람이 처음엔 20명이었는데, 나중에 차츰 늘어나서 41명이 되었습니다. 숨을 쉬기도 어려울 지경이라고 묘사했어요. 앞에서 계산한 대로 하면 교실 한 칸에 160명 이상이 모여서 생활하는 셈이죠.

한꺼번에 누워서 잠을 잘 수 없어서 밤 시간대를 3등분으로 나누고, 사람들을 세 모둠으로 나눠서, 교대로 잠을 잡니다. 잠잘 순서가 아닌 사람들은 서 있어야 하는데, 그렇게 서서 자기도 하죠. 잠이 들면 몸뚱이 위에는 수많은 다리가 포개져 있다고 했습니다. 머리와 몸통은 보이지 않고 온통 다리 진열장 같다고 묘사하기도 했죠.

무척 더운 여름이어서 땀이 줄줄 흐르고, 악취 때문에 숨을 쉬기 힘들 지경입니다. 상처를 제대로 치료하지 않아서 썩는 냄새가 나기도 합니다. 이들에게는 바깥 공기를 쐬는 것, 그리고 물 한 모금을 마시는 것이 가장 간절한 소원입니다. 열흘에 한 번 정도 목욕할 기회가 주어지는데, 목욕 시간이 20초로 제한되어 있습니다. 20초면 세수만 하기에도 부족한 시간이지만, 그 틈에 목욕도 하고 가급적 수돗물도 실컷 들이켜요. 이처럼 감옥의 상황은 최악으로 묘사되어 있습니다. 그래서 이들은 재판을 받으러 가는 것이 희망이고, 환자로 인정되어서 진찰받으러 가는 것이 소원입니다.

🔑 두 번째 열쇠말_ 3·1 만세 운동

이 작품에서 감옥에 있는 사람들은 '3·1 만세 운동'에 가담했다가 잡혀 온 사람들로 추측됩니다. 서서 잠잘 순서를 기다리는 동안 사람들은 자신이 감옥에 오게 된 내력을 얘기합니다. 한 사람은 3월 8일 매골짜기에서 만세 부를 때 집안 사람들이 모두 나섰는데, 총소리가 들리고 맏아들과 둘째가 총에 맞았다고 합니다. 그 모습을 보고 정신없이 덤벼들다가 잡혀 온 거라고 합니다. 또 한 사람은 만세를 부르다가 헌병한테 쫓기게 되었는데, 더 이상 도망갈 곳이 없어서 헌병한테 대들었다고 합니다. 그런데 헌병들이 총을 쏘는 바람에 사람들이 쓰러지기 시작했고, 자기 동생도 총을 맞았다고 합니다. 총에 맞은 동생을 업고 도망가다가 이번에는 자신도 총탄을 맞고, 쓰러져 있다가 잡혀 왔다고 합니다.

이들이 감옥에 오게 된 사정을 들어 보면, 3·1 만세 운동은 매우 평범한 사람들이 소박하게 들고 일어난 저항 운동으로 보입니다. 특별한 의식을 가진 사람들만의 목숨을 건 독립운동이었다기보다는 전국 각지의 평범한 사람들이, 온 가족이 함께 만세를 외친 거였죠. 그야말로 범국민 평화 시위였다고 볼 수 있는 겁니다. 무력을 사용한 것도 아니고 그저 만세를 부르는 정도인데도 마구 총을 쐈으니, 일제가 그동안 어떤 방식으로 식민 통치를 해 왔는지 짐작할 수 있습니다. 결국 일제의 무리한 탄압 정책에 저항해서 전국적으로 시위가 일어난 것입니다.

감옥의 상황이 이렇게 열악한 것도 그런 맥락에서 이해할 수 있습니다. 감옥이 넘쳐날 정도로 많은 사람들을 잡아들인 것이죠. '나'는 잡혀 온 지 석 달이 지났으나 아직 공판을 받지 못할 정도로 재판을 받아야 할 사람들이 많습니다. 일반적으로 이런 경우 주동자나 기물을 파손한 사람들만 감옥에 잡아 두고 나머지는 훈방하는데, 일제는 조금이라도 가담한 사람이면 모두 가둬 놓고 제대로 재판도 하지 않는 거죠.

3·1 운동은 평화적인 만세 운동이어서 희생자가 많지 않을 거라고 생각하기 쉬운데, 실상은 그렇지 않습니다. 기록을 살펴보면 3·1 만세 운동 중에 7천5백여 명이 피살됐고, 1만 6천 명이 부상당했습니다. 5십만 명 이상이 만세 운동에 참여했고, 감옥에 갇힌 사람이 4만 6천 명이 넘었다고 합니다. 당시 우리나라 인구가 1천6백만 명이 좀 넘었다는 점을 감안하면, 남녀노소 신분을 가리지 않고 참여했다는 것을 알 수 있죠. 그 정도로 일치단결해서 외세의 압제에 저항한 사례는 세계사에서도 유례를 찾기 힘듭니다.

🗝 세 번째 열쇠말_ 의식의 마비

'나'는 좁고, 덥고, 악취가 진동하는 감방에 함께 있는 사람들을 보면서, 그들이 무엇 때문에 여기에 왔는가 하는 생각을 합니다. 바람도 불고, 잠잘 자리도 있고, 담배도 피울 수 있는 바깥세상을 놔두고 왜 여기에 왔는지 혼자 생각하는 건데, 여기에 온 것을 후회해서라기보다는 맑은 바람과 자유가 그리워서 그런 생각을 합니다.

그리고 이렇게 얘기합니다. '지금 그들의 머리에는 독립도 없고, 민족 자결도 없고, 자유도 없고, 사랑스러운 아내나 아들이며 부모도 없고 또는 더위를 깨달을 만한 새로운 신경도 없다.' 의식이 마비되어서 아무런 의식이 없는 상태라는 얘깁니다. 그리고 이런 모든 것이 사라진 그 자리에 냉수 한 모금만이 간절하게 남아 있다고 했습니다. 나라를 팔고, 고향을 팔고, 친척을 팔고, 또는 뒤에 올 모든 행복을 희생해서라도 냉수 한 모금을 간절하게 원할 정도입니다. 인간적인 모든 의식은 마비되고, 오직 생존 본능만 남아 있다는 얘기죠.

이런 상태에서 같은 방에 수감되어 있는 영원 영감이 공판에 나갔다가 태형 90대를 언도받고 송장 같은 얼굴로 돌아옵니다. 태형만 맞으면 감방에서 나가 자유를 누릴 수 있으니 잘 됐다고 '나'가 말했지만, 영원 영감은 항소했다고 합니다. 영원 영감은 나이 칠십 줄에 들어선 처지에서 태형 90대를 맞으면 죽을 거라는 생각에 항소를 한 거죠. 그러나 '나'는 몹시 어이없어 합니다. 항소를 하면 영원 영감은 감방에 더 머물러야 하고, 방은 계속 좁은 상태를 유지할 수밖에 없으니, 화를 내는 거죠.

'나'는 당신 하나 나가면 방 안에 있는 사십여 명의 공간이 그만큼 넓어지는 것 아니냐며 영원 염감에게 화를 냅니다. 심지어 아들 둘이 총 맞아 죽은 처지에 혼자 살아 무얼 하겠다는 거냐고 따지기도 하죠. 다른 사람들도 모두 '나'를 거들어서 '영감이 노망을 했다', '제 몸만 생각한다', '내쫓아라' 하고 떠들면서 영감을 몰아붙입니다.

신영복 선생님의 『감옥으로부터의 사색』에 여름 징역은 자기의 바로 옆 사람을 증오하게 한다는 내용이 나오는데, 그 부분을 떠오르게 하죠. 신영복 선생님은 '모로 누워 칼잠을 자야 하는 좁은 잠자리는 옆 사람을 단지 37℃의 열 덩어리로만 느끼게 합니다.'라고 했습니다. 열악한 환경 때문에 타인을 증오하게 된다는 건데, 이 작품에서는 한 발 더 나가서 공간이 조금이라도 넓어질 수 있다는 이유로 죽을지도 모르는 태형을 맞으라고 요구합니다. 결국 영원 영감은 항소를 포기하고 매를 맞으러 나가는데, 방 안에 남은 사람들의 표정에는 자리가 좀 넓어졌다는 기쁨이 빛나고 있었다고 묘사하고 있습니다.

그런데 40명이 넘는 공간에서 한 명이 없어지면 표가 많이 날까요? 만원 버스나 지하철에서 한두 사람이 내린 것처럼 별로 달라질 게 없을 겁니다. 하지만 감옥 속의 사람들은 이런 합리적인 생각을 할 수 없을 정도로 의식이 마비된 상태인 거죠.

다음 날, 창문 너머로 영원 영감이 비명도 제대로 지르지 못하고 힘없이 매 맞는 소리를 들으며 '나'는 저절로 눈물이 나오려고 하는 것을 참습니다. 전날 영원 영감이 끌려 나가던 모습을 떠올렸기 때문이죠. 그리고 영감을 앞장서서 쫓아낸 사람이 바로 자신이라는 자책감을 느낍니다. 스스로도 자신의 행동을 부끄러워하고 있는 거죠.

김동인의 소설은 환경 결정론을 바탕에 깔고 있다는 평가를 받습니다. 환경 결정론은 인간의 의식이나 행동은 절대적으로 환경의 지배를 받는다는 이론인데, 이 작품에서도 그런 특징을 찾아볼 수 있습니다. 나라와 민족을 위해 만세를 불렀으나 막상 감옥이라는 열악한 환경에 처하자 같이 만세를 불렀던 다른 사람을 죽음으로 내모는 비인간적인 모습을 보인다는 점에서 그렇죠.

어쩌면 나중에 친일 행위를 하는 작가의 선택도 작품 속 '나'의 심리와 비슷하지 않을까 하는 생각이 듭니다. 작가는 식민지 조선의 현실을 전혀 나아질 여지가 없는 감옥과 같은 상황으로 인식했는지도 모르겠습니다. 나라를 팔고 친척을 팔아서라도 물 한 모금을 간절히 원했던 '나'의 심정으로 친일하지 않았을까 추측할 수 있습니다.

이 작품을 통해서, 자연주의 혹은 환경 결정론을 바탕에 깔고 있다고 평가되는 김동인 소설의 특징을 확인할 수 있었습니다. 아울러 작가가 친일 활동을 하게 되는 배경 심리도 짐작해 볼 수 있는 작품이었습니다.

 고용우 (울산국어교사모임)

아Q정전

    이번에 이야기할 작품은 중국 현대 문학의 아버지로 평가받는 루쉰 작가의 대표작인 「아Q정전」입니다. 「아Q정전」은 최하층 날품팔이로 살아가는 '아Q'라는 인물의 삶을 짧은 전기 형식으로 쓴 중편 소설입니다.

    1881년에 태어난 루쉰은 애초 의학도가 되기를 꿈꾸며, 스물두 살에 일본으로 유학을 떠납니다. 그러나 중국인이 참수당하는 뉴스에 충격을 받아 다니던 대학을 자퇴합니다. 그를 충격에 빠뜨린 뉴스 영상에는 중국인 동포가 일본인에게 참수되는 장면을 구경하는 또 다른 중국인의 모습이 담겨 있었다고 하는데요. 이후 그는 중국인에게 필요한 것은 병든 몸을 고치는 것이 아니라 정신을 고치는 것이라고 생각하고, 청진기 대신 펜을 잡습니다. 그리고 후진적 의식에 젖어 있던 당시 중국인들의 모습을 적나라하게 폭로하는 문학 활동을 시작합니다.

이러한 작가의 의식은 「아Q정전」에도 반영되어 있습니다. 우선 작가는 '전기'라고 하지 않고 '정전'이라는 새로운 양식을 제목에서 표현하고 있는데요. '정전'은 '진실한 이야기'라는 뜻입니다. 낡고 오래된 것에서부터 새로운 것을 끌어내기 위한 작가의 실험 정신을 읽어 낼 수 있지요. '아Q'의 삶을 왜 '정전'으로 쓰게 되었는지는 소설의 1장에서 자세히 설명하고 있습니다. 작가가 바라본 중국인들의 삶과 작품 형식을 교차하여 생각해 보면, 정신과 형식의 개혁을 염두에 두고 창작한 작품이 아닌가 생각됩니다.

지금부터 '아Q', '정신 승리', '혁명'이라는 세 가지 열쇠말을 통해 작품을 좀 더 심도 있게 살펴보도록 하겠습니다.

첫 번째 열쇠말_ 아Q

'아Q'는 소설의 주인공인데요. '아(阿)'는 사람 이름 앞에 덧붙이는 접두사 정도로 생각하면 되고, 'Q'는 당시 중국인들의 머리 모양인 변발을 형상화한 것입니다. 그러니까 이 소설의 주인공인 '아Q'는 당시 일반적인 중국 민중을 상징하는 인물이라고 볼 수 있습니다.

아Q는 웨이좡에서 오래 살았지만 이름이나 본적이 모호합니다. 그는 집도 없이 마을의 사당 안에서 살고 있고, 고정된 일거리도 없이 남의 집에서 날품을 팔며 하루하루 살아가는 하층민입니다. 그런데

도 자존심은 매우 강해서, 웨이좡 사람들을 무시하곤 합니다. 사실 무시한다는 감정은 자신이 다른 사람보다 우월하다는 의식에서 나오는 것이지요. 아Q는 '옛날에는 잘살았고, 식견도 높았으며, 게다가 정말 일을 잘했다.'라고 스스로 자부하고 있습니다. 아Q가 사는 동네의 귀족이자 유지인 자오 나리의 아들이 수재에 급제했을 때, 아Q는 자신이 자오 나리와 같은 집안사람이며, 세밀히 따지면 자오 나리의 아들보다 3대나 위라는 말을 합니다. 그 때문에 자오 나리 댁에 끌려가 곤경을 치른 적도 있지요. 물론 정말 같은 집안사람인지 확인할 방법은 없습니다.

아Q는 순박하고 근면하긴 하지만, 판단력이 너무 부족해서 병적일 정도로 우둔한 모습을 보이곤 합니다. 거기다 매우 배타적이고 보수적인 가치관을 지니고 있어서 여승이나 가짜 양놈을 몹시 싫어합니다. 여승을 보면 중과 은밀한 관계를 맺고 있을 것이라고 생각하고, 가짜 양놈은 외국인과 내통하고 있을 것이라며 저주하죠. 자신이 죽은 뒤에 제사를 지내 줄 자손이 없다는 사실을 심각하게 생각하기도 합니다. 게다가 노예 같은 삶을 살면서도 도도한 자만심을 지니고 있지요. 이런 아Q의 모습은 당시 중국인들의 보편적인 양상이었다고 볼 수 있습니다.

중국이 세상의 중심이라고 믿고 있던 일부 중국인들은 신해혁명 당시 급변하는 세계 상황을 인식하지 못하고, 여전히 자신들이 세상의 중심이라는 생각을 고수하고 있었습니다. 작가는 소설 속 아Q의 모습을 통해 당시 중국인들의 독선과 아집에 사로잡힌 자기 과신적 태도를 예리하게 비판하고 있습니다. 그리고 스스로 자신의 결점을 인식하지 못하고 자만에 빠진 어리석은 아Q의 모습은 지금 우리 주변에서도 흔히 볼 수 있지요.

두 번째 열쇠말_ 정신 승리

아Q는 동네 건달들에게 얻어맞기 일쑤인데요. 그런 일이 있어도 십 초도 안 되어 금세 의기양양해집니다. 그럴 수 있는 이유는 건달들이 아Q에게 "나는 벌레야."라고 말하라고 했을 때, 그가 "나는 벌레야."라고 말했기 때문입니다. 자기 자신을 벌레처럼 하찮은 존재로 생각해 버린다면, 결국 건달들은 벌레를 골려 준 꼴이 되는 거라고 여기는 거지요. 그러면서 '스스로를 경멸하고 스스로를 낮추는 데는 자신이 으뜸'이라고 생각합니다. 여기서 '스스로를 경멸하고 스스로를 낮춘다'는 말을 빼고 나면 '자신이 으뜸'만 남게 되는데, 어쨌든 '자신이 으뜸'인 것은 좋다고 생각하며 금세 우쭐댑니다. 표면적으로는 건달들에게 졌지만, 정신적으로는 승리했다고 생각하는 건데요. 일종의 자기 합리화라고 볼 수 있습니다.

건달들에게 맞고 나서는 아들놈에게 얻어맞았다고 치자며, 아들이 아비를 때리다니 '세상 꼴이 말이 아니'라고 생각하기도 하고, 도박판에서 딴 돈을 야바위꾼들에게 뺏기고 난 후에는 자기 뺨을 세게 때리고 마치 복수를 한 양 승리감에 젖기도 하지요. 실제로는 누구에게나

조롱과 경멸을 당할 상황이지만 스스로 위안하며 합리화하는 못난 아Q의 모습을 통해 당대 중국 민중들의 어리석은 모습을 비판하고 있습니다. 급변하는 세계 정세를 읽지 못하고, 세상의 중심이라고 으스대는 우월주의에 대한 작가의 날 선 비판이 느껴진다고 할까요? 아Q의 정신 승리는 마지막에 누명을 쓰고 총살당하러 가면서도 스스로 그럴 수 있는 일이라 생각하는 장면에서 풍자의 절정을 이룹니다.

거기다 아Q는 강한 사람에게는 약하고, 약한 사람에게는 강한 비굴한 태도를 보이기도 하는데요. 왕털보에게 맞고 나서 지나가는 여승에게 화풀이를 하거나, 자오 나리 댁의 하녀 우씨 아줌마를 희롱하는 장면에서 그의 잘못된 차별 의식이 드러납니다. 이것은 실제로 여성이나 소수자에 대한 차별이 팽배했던 당시 중국 사회를 빗대어 비판한 것이라고 볼 수 있습니다.

세 번째 열쇠말_ **혁명**

'혁명'은 아Q의 마지막과 관련이 있습니다. 아Q는 사람들이 두려워하는 혁명 당원을 보고 이내 마음을 빼앗겨, 혁명 당원 행세를 합니다. 그러다 자신이 하지도 않은 약탈의 누명을 쓰고 총살당하지요. 그리고 앞에서도 언급했듯이, '사람이 이 세상에 태어나서 때로는 어쩔 수 없이 목이 잘리는 수도 있는 법'이라며 여전히 스스로를 위안하고 있습니다.

작품을 제대로 이해하기 위해서는 작품의 시대적 배경을 알 필요가 있지요. 이 작품은 1911년에 일어난 신해혁명을 배경으로 하고 있습니다. 중국은 왕이 백성을 통치하던 나라였어요. 하지만 마지막 왕조였던 청나라는 서양 세력에 의해 무너지고 말았지요. 이런 시기에 의사였던 쑨원이라는 인물이 나라를 구하기 위해 혁명 운동을 진행했습니다. 그가 일으킨 봉기는 전국으로 번졌고, 청 왕조로부터 독립해 지금의 중화민국을 세웠지요. 이 작품은 이런 혼란기를 배경으로 하고 있습니다.

그런데 소설을 보면, 이 혁명의 성격이 뚜렷하게 드러나지 않습니다. 등장인물들도 이 혁명에 대해 제대로 이해를 하지 못하고 있고요. 아Q가 그 대표적인 인물입니다. 현실이 바뀌어야 한다고 말하지만 허울뿐인 혁명일 뿐, 실상은 바뀐 것이 아무것도 없던 때가 신해혁명부터 1919년 5·4 운동까지 이어지는 중국의 사회상이었습니다.

죄 없는 아Q가 죽고 나서 마을 사람들은 모두 아Q가 나쁘다고 말합니다. 아Q가 총살당했다는 것이 바로 그가 나쁘다는 증거라는 말을 하지요. 아Q뿐만 아니라 등장인물 모두가 어리석다고 볼 수 있지요. 결국 이 소설은 중국 민중의 우매함을 총체적으로 비판하고 있는 셈입니다.

「아Q정전」은 분량은 길지 않지만 20세기 초 격변기의 중국을 엿볼 수 있는 소설입니다. 죄 없는 사람이 죽어 나가도, 혁명이 무엇인지도 모르는 사람들이 와서 마을을 약탈해 가도, 이내 동조하고 마는 우매

한 중국인들의 모습을 풍자적으로 비판하고 있습니다. 작가 루쉰은 중국인들이 '보아야 할 것을 볼 줄 아는, 아닌 것은 아니라고 당당히 말할 수 있는, 아는 것을 기꺼이 행동으로 옮길 줄 아는' 민중으로 깨어나기를 바라고 있었죠.

　루쉰은 소설뿐만 아니라 에세이, 비평 등 다양한 영역에서 중국의 '시대 정신'으로 추앙받고 있는 작가입니다. 이 작품 이외에도 「광인일기」를 비롯한 그의 다른 작품도 함께 읽어 보면서 중국 현대 문학의 초석을 다진 루쉰의 작품 세계에 빠져 보시기를 추천합니다.

 박수진 (울산국어교사모임)

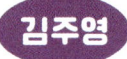

새를 찾아서

찾다
집착
새

    김주영 작가는 경북 청송의 산골 마을에서 태어나서, 어린 시절 지독한 가난에 시달렸습니다. 시인이 되기 위해 서라벌예대 문예창작과에 입학해서 당시 교수였던 박목월 시인에게 자신이 쓴 시를 보였으나, 운문에는 소질이 없는 것 같다는 답변을 들었습니다. 이후 작가는 시 대신 소설 쓰기로 방향을 바꿨습니다. 생계를 위해 엽연초 공장 경리 부서에 취직해서 6년쯤 일하다가, 어느 날 회사에 사표를 내고 소설을 쓰기 시작했습니다.

    대하소설 『객주』는 1979년부터 1984년까지 4년 9개월 동안 「서울신문」에 연재하고 9권으로 출간했다가, 2013년 4개월을 더 연재하여 10권으로 완성한 작가의 대표작입니다. 보부상들을 중심으로 이야기가 펼쳐지는 이 소설을 집필하기 위해 전국 200여 개의 시골 장터를 돌아다닌 탓에 '길 위의 작가'로 불리기도 합니다. 다른 작품들에도 장터나 여인숙 같은 곳을 배경으로 떠돌아다니는 민초들의 이야기가 많죠. 민중들의 삶을 다룬 작품이 많다 보니 사투리나 비속어 같은 민초들의 일상적인 언어를 많이 구사하는 작가로 알려져 있기도 합니다. 여행을 좋아해서 1년의 절반 정도를 여행으로 보낸다고 합니다.

이 작품은 1987년에 발간한 『새를 찾아서』라는 작품집에 수록되어 있습니다.

첫 번째 열쇠말_ 찾다

의미를 찾고, 좋은 걸 찾고, 맛있는 걸 찾고, 궁금한 걸 찾고, 가고 싶은 곳을 찾고, 답을 찾고……. 어쩌면 삶이란 무언가를 찾는 일의 연속이 아닌가 하는 생각이 들기도 합니다.

소설 『잃어버린 시간을 찾아서』나 영화 <행복을 찾아서>, <네버랜드를 찾아서>에서 보듯이 문학 작품이나 영화 제목에도 '~을 찾아서'라는 말이 많이 들어가죠. 무언가를 찾는 놀이도 많지요. 숨바꼭질, 보물찾기, 숨은그림찾기 같은 게 다 그런 유형이죠.

이 작품은 제목이 '새를 찾아서'인데, 정리해 보면 주인공은 세 가지를 찾고 있습니다. 이 작품의 중심 화제는 양양의 '선림원 사지'라는 곳으로 답사를 가는 것입니다. 답사지를 찾아가는 것이 첫 번째 찾기의 목표입니다. 그런데 '나'가 답사 출발 집결 장소로 갔을 때 일행이 먼저 떠나 버렸기 때문에 일행을 찾는 것이 새로운 목적이 됩니다. 그리고 그 이야기 속에 어린 시절 초가지붕을 뒤지며 새를 찾아다녔던 기억을 떠올립니다. '답사지를 찾아서', '일행을 찾아서', 그리고 '새를 찾아서'가 섞여서 이야기가 전개됩니다.

　답사회에서 강원도 양양의 '선림원 사지'를 답사한다는 연락을 받고 '나'는 출발 집결 장소로 나갔으나 버스도 사람도 없었습니다. 차가 너무 막혀서 약속 시간보다 20분 늦게 도착하긴 했으나 회원들이 흔적도 없이 사라진 상황은 무척 당혹스러웠죠. 이 답사회의 운영 원칙은 좀 특별해서 미리 답사에 참여할 사람을 신청받아서 진행하는 것이 아니라, 목적지를 공지한 뒤에 선착순으로 45인승 버스가 채워지면 출발하기로 되어 있습니다.

　'나'는 이렇게 길이 막히는 주말이라면 일행을 태운 버스가 멀리 못 갔을 거니까 택시를 타고 뒤쫓아 가면 도중에 만날 수 있을 거라 판단합니다. 하지만 택시를 타고 달리면서 관광버스를 살피고 휴게소마다 들러서 찾았으나 일행을 만날 수 없었습니다. 혹시 관광버스가 고속도로를 타고 강릉으로 돌아서 가는 길을 택했을 수도 있다는 생각에, 결국 택시로 양양까지 갑니다.

　그런데 금방 나타날 것 같던 일행이 안 보이니까 일행을 찾아야 한다는 생각이 절실해집니다. 사실 '나'는 이번 답사에 반드시 끼어야 할 의무도 없었고, 개인적으로 반드시 가야 한다는 당위성도 없었습니다. 안 가도 그만이었고, 그냥 쉽게 포기하는 게 아쉬운 정도였다고 할 수 있죠. 그런데 택시를 타고 일행을 뒤쫓기 시작하면서 점점 조바심이 생겼습니다. 그래서 답사지에 가는 것보다 일행을 찾는 일이 중요해진 거죠.

🔑 두 번째 열쇠말_ **집착**

뭔가를 찾기 위해서는 집중과 집착이 필요합니다. 집착이란 '어떤 것에 늘 마음이 쏠려서 잊지 못하고 매달리는 것'을 말하죠. 다른 말로 표현하면 열정이라고 할 수도 있으나, 집착은 부정적인 의미로 많이 쓰입니다. 무언가에 깊이 매달린다는 의미는 비슷하나, 사랑하는 것에 대한 애착이나, 관심 분야를 깊이 연구하는 천착과 달리 집착은 좀 부정적인 의미를 지니는 경우가 많죠. 맹목적이거나 병적인 경우가 있을 정도로 '지나치다'는 의미가 강해서 그런 것 같습니다.

결국 양양에 도착한 '나'는 택시를 돌려보내고, 군청으로 갑니다. 숙직하던 군청 직원에게 문의한 결과 '선림원 사지'는 오색에서 가깝다는 사실을 알게 됩니다. 일행이 오색에서 숙박할 것으로 추측한 '나'는 다시 택시를 타고 오색으로 가는데, 가는 동안 '나'의 추측은 점차 확신으로 변합니다. 그런데 오색에 도착해서 주차장에 서 있는 버스들을 일일이 살펴보았으나 일행이 단골로 이용하는 버스는 보이지 않습니다.

오색에는 여관이 많았으나 빈방은 남아 있지 않았고, 이미 밤이 깊은 데다 비마저 내리고 있었습니다. 밖에서 밤을 새우는 수밖에 없다고 생각한 '나'는 주차장 주변을 걷다가 불 켜진 매표소에 사람들이 있는 것을 발견합니다. 좁은 매표소에서 청년 셋이 소주를 마시고 있다가 '나'에게도 들어오도록 해서 술을 권합니다. 사정 얘기를 들은 청년들은 낙산사 입구에 숙소가 많으니까 거기 묵을 수도 있을 거라고 합니다. 그리고 자신들의 승용차로 가서 찾아보자고 합니다.

 음주 운전이 걱정되어 사양했으나 청년들은 운전 실력이 있고, 술을 많이 마시지 않았다면서 '나'를 데려다주겠다고 합니다. 음주 운전에 대한 처벌도 없었고, 음주 운전에 대한 경각심도 없던 시대였지요. '나'는 그들의 승용차로 낙산사까지 달려갔으나 이번에도 허탕이었습니다. 그리고 다시 청년들의 권유로 부근의 마지막 숙박 단지인 설악산 입구까지 갑니다. 설악산 입구에는 엄청나게 많은 관광버스들이 모여 있었고, 그들은 손전등을 비춰 가며 단골 관광버스를 찾았지만 역시 헛일이었습니다.

 소설에서는 '앙칼지게 찾는다'고 표현했는데, 정말 적절한 표현이죠. 처음부터 이렇게 일행을 찾는 일에 매달릴 생각은 없었지만, 찾으면서 점점 집착하게 된 겁니다. 살아가면서 우리가 더러 겪게 되는 일이기도 하죠. 처음엔 별다른 생각 없이 시작했으나 점점 집착하게 되는 경우인데, 나중엔 원래 목표도 잊어버리고 찾는 일 자체가 목적이 되기도 하죠.

 '나'는 택시를 타고 일행이 탄 버스를 쫓으면서 어린 시절 새를 잡기 위해 초가지붕을 뒤지고 다녔던 기억을 떠올립니다. 야맹증이 심한 누나와 함께였죠. 당시 겨우내 고기 맛을 볼 수 없었던 산골 아이들에게 참새는 상당히 소중한 먹거리이자 별미여서 모두가 참새 잡기에 열중했습니다.

참새는 겨울이 되면 초가지붕에 구멍을 파고 집을 짓는데, 거기 손을 집어넣어 잡는 겁니다. '나'는 누나의 등을 타고 올라가서 초가지붕 틈에 손을 넣었지만 늘 허탕이었습니다. 다른 아이들이 먼저 뒤지고 간 뒤였던 것이죠. 다른 아이들은 덴찌라는 손전등을 들고 불빛을 이용해 쉽게 참새를 잡았지만 '나'는 덴찌가 없어서 맨손으로 새를 잡으러 다녔습니다.

새를 한 마리도 못 잡는데도 갑자기 날이 추워진 밤이나 눈이 많이 내린 밤에는 어김없이 새를 후리러 나갔습니다. 어떤 날은 새벽까지 새집을 뒤지다가 누나의 귀밑머리에 서릿발이 하얗게 맺히는 모습을 볼 수도 있었습니다. 어떻게 보면 꼭 먹거리를 위해서 새를 잡으려고 한 것만은 아니었다는 생각이 들기도 합니다.

🗝 세 번째 열쇠말_ 새

새를 찾아다니던 어느 날 '나'는 새삼스러운 발견을 합니다. '나'의 집도 초가지붕이고 거기도 새가 있을 수 있는데, '나'의 집은 놔두고 여태껏 다른 집 지붕만 뒤지고 다녔다는 사실을 깨달은 겁니다. 그래서 '나'의 집 지붕을 뒤지는데, 마침내 처음으로 새의 깃털이 손에 닿는 것을 느꼈지만 새는 잽싸게 빠져나갑니다. 손아귀를 빠져나간 새는 멀리 가지 못하고 방 안에 들어갑니다. 방문을 닫아 새를 방 안에 가두고 잡으려고 하지만 방안에 든 참새라고 해서 호락호락하지 않습니다. 새가 파닥거리는 소리를 쫓아 이리저리 벽에 부딪히며 새벽까지 안간힘을 썼으나 새는 열린 문틈으로 날아가고 말았습니다.

처음엔 대수롭잖게 생각했으나 허탕을 치면서 점점 더 그만두지 못한다는 점에서, 일행을 찾는 일이나 새를 찾는 일은 비슷할 수도 있을 것입니다. 그런데 '나'는 결국 새와 일행을 만나게 됩니다.

'나'는 다시 빈 매표소로 가서 잠깐 눈을 붙인 뒤, 아침에 택시를 타고 선림원 사지로 갔습니다. 천 년 전에 지어진 선림원사는 돌보는 사람도 없이 정적에 싸여 있습니다. 대학교 발굴단이 다녀간 흔적이 남아 있을 뿐 찾아오는 사람도 없어 보입니다. '나'는 천 년 전에 입적한 선사의 사리를 봉안하고 있다는 탑인 부도(浮屠) 앞에 세 시간이나 꼼짝하지 않고 앉아 있었습니다.

'나'는 거기서 오랫동안 꼼짝도 하지 않고 똑같은 구도의 풍경만 보고 있으면서 아무것도 보이지 않는 체험을 합니다. 그때 숲을 뒤덮고 있는 고요 속에서 '나'는 이제 일행에 대한 집착을 버려야겠다고 생각하지요. 선림원 사지까지 오는 동안 우연히 만난 사람들이 친절하게 자신의 동행이 되어 주었다는 생각을 한 거죠. 자신이 아등바등 찾으려고 했던 일행은 자신을 기다려 주지 않았으나 예정에 없던 사람들이 그를 답사지까지 데려다주었다고 생각하게 된 것입니다.

그리고 또 한 가지 특별한 체험을 합니다. 자신이 앉아 있는 바로 앞 소나무 가지에 새 한 마리가 내려앉아 긴 시간 동안 움직이지 않더니 그대로 솔방울이 되어 버린 것입니다. 기이한 일인데도 너무나 확연해서 착시나 환영 같은 건 절대 아니라고 생각합니다. 그리고 '나'는 그런 상황 자체가 별로 이상하지 않다고 생각합니다. 그 이후 '나'는 선림원 사지에서 내려오는 길에 개울가에서 일행을 만나죠.

날아다니는 새를 산 채로 잡는 건 정말 어려운 일이죠. 그 새를 잡기 위해 추운 겨울밤을 떨며 지새웠던 때가 있었지만, 그 집착의 순간이 지나고 나니 새나 솔방울이나 별 차이가 없어진 겁니다. 그렇게 안달하며 찾아다녔던 일행보다 우연히 만났던 사람들이 오히려 답사지까지 오는 동행이었다는 사실과 비슷한 거죠.

가수 존 레논의 '인생이란 네가 다른 계획을 세우느라 바쁠 때 너에게 슬그머니 일어나는 일이다.'는 말이 떠올랐어요. 멀리 있는 이상을 좇아 발버둥을 치는 동안 내 주변에서 전혀 기대하지 않았던 일이 일어나는데, 그게 인생이라는 의미겠죠.

 고용우 (울산국어교사모임)

역마

화개 장터
사랑
운명애

   김동리는 교과서에서 자주 접하는 작가라서 독자들에게 익숙할 것이라고 생각합니다. 그래도 작품에 대한 이야기를 시작하기 전에 우선 작가에 대해 간략하게 소개하겠습니다.

   김동리 작가는 1913년에 태어나 1996년에 사망했습니다. 대표적인 작품으로 「등신불」, 「무녀도」, 「황토기」 등이 있습니다. 작품 제목들에서부터 토속적인 분위기가 느껴지지요? 김동리 작가는 정치 이념에 치우치지 않고 예술 자체를 중요시하는 순수 문학을 옹호한 작가로 알려져 있습니다.

   「역마」는 1948년에 『백민』이라는 잡지에 발표된 단편 소설입니다. 경상남도 하동에 있는 화개 장터를 배경으로 하는데요. 주인공 성기와 계연이라는 소녀의 서글픈 사랑 이야기가 담겨 있습니다.

첫 번째 열쇠말_ 화개 장터

'화개 장터'라고 하면 노래 <화개 장터>가 가장 먼저 떠오릅니다. 이 작품은 화개 장터의 세 갈래 물길에 대한 묘사로 시작합니다. 그리고 물길처럼 길도 세 갈래입니다. 첫 번째는 전라도 구례 방면으로 난 길이고, 두 번째는 경상도 하동 방면으로 향하는 길입니다. 그리고 마지막으로는 쌍계사 쪽으로 가는 길이지요. 각 방면으로 갈라지는 길목이어서 오고 가는 나그네로 이곳은 언제나 흥성거립니다. 많은 나그네, 즉 떠돌이가 모이는 화개 장터는 만남과 이별이 일상적으로 반복되는 곳입니다. 그래서 화개 장터의 주막에는 한 많고 멋들어진 노랫소리가 사계절 내내 흘러나온다고 하였습니다.

이 화개 장터에서 주막을 하는 옥화도 이곳을 찾는 떠돌이들처럼 한이 많은 삶을 살고 있지요. 옥화의 어머니는, 36년 전에 화개 장터를 찾은 떠돌이 남사당패에 반해, 하룻밤 인연으로 옥화를 낳았습니다. 옥화도 역시 떠돌이 중과 인연을 맺고, 아들인 성기를 낳았지요. 지금도 옥화는 돌아오지 않는 남편을 기다리며 살고 있습니다.

성기의 입장에서 보면, 외할아버지와 아버지 모두 떠돌이입니다. 성기 또한 떠돌이의 운명인 역마살을 타고났습니다. 그런데 성기가 정착하는 삶을 살기를 원하는 옥화는 성기를 10살 때부터 절에 보냅니다. 그럼에도 성기의 역마살이 다 풀리지 않아, 장날마다 화개 장터에서 책 장사를 시켜 성기를 안착시키려고 합니다.

그러던 옥화의 주막에 체 장수 영감이 찾아옵니다. 옥화는 체 장수 영감이 36년 전에 화개 장터에서 광대로 공연을 했었다는 말을 듣고는 깜짝 놀랍니다. 다음 날 체 장수 영감은 자신의 딸 계연이를 옥화에게 잠시 맡겨 두고, 다시 장사를 떠납니다. 이렇게 해서, 성기와 아리따운 계연이의 만남이 시작됩니다.

🔑 두 번째 열쇠말_ 사랑

흔히들 사랑에는 첫 만남이 중요하다고 하지요. 성기는 계연이를 보자마자, '가슴이 찌르르하며, 갑자기 생기 띤' 얼굴을 합니다. 소극적인 성격의 성기는 여자에게는 별로 관심이 없었습니다. 그런데 계연이를 보자마자, 첫눈에 반합니다. 여기에 옥화가 두 사람 사이를 적극적으로 중재를 하는데요. 옥화는 계연이에게만 성기의 시중을 맡깁니다. 또 성기에게는 계연이한테 칠불을 구경시켜 주라고 합니다.

칠불을 구경하러 갈 때, 성기는 둘만의 시간을 갖기 위해 사람이 잘 다니지 않는 산길을 택해서 갑니다. 그리고 산속에서 나뭇가지에 걸린 계연이의 치맛자락도 떼어 주고, 산딸기도 나눠 먹으면서 가까워집니다. 그리고 입맞춤도 하지요. 성기는 계연이의 입에서 달짝지근하고 고소한 냄새를 느꼈다고 하는데요. 사랑의 감정 때문에 계연이의 입냄새조차 달콤하게 느껴진 것입니다. 만약 두 사람이 결혼하여 가정을 이루면, 성기는 옥화의 바람대로 역마살을 치유하고 정착하는 삶을 살게 되겠지요.

하지만, 어느 순간 두 사람을 대하는 옥화의 태도가 변합니다. 어느 날 계연이의 머리를 땋아 주다가 왼쪽 귓바퀴 위에 있는 사마귀를 발견한 옥화는 무당을 만나고 옵니다. 그때부터 전과는 다르게 두 사람이 가까이 지내는 것을 경계하지요. 그래서 성기는 옥화를 야속하게 생각하고, 주막이 아닌 절에 자주 머무릅니다. 그러다가 군것질을 좋아하는 계연이가 이웃 남자와 함께 참외를 먹는 것을 보고, 성기는 계연이를 때립니다. 그렇다고 계연이를 사랑하는 성기의 마음이 변한 것은 아닙니다.

사흘 뒤, 절에 있던 성기가 집에 오자, 장사에서 돌아온 체 장수 영감이 계연이와 함께 떠납니다. 이렇게 두 사람의 사랑은 끝이 납니다. 체 장수 영감은 지리산에서 고향 친구의 아들을 만났는데, 그의 도움으로 여수에 가기로 했다고 합니다. 계연이는 성기가 자신을 붙잡아 주길 바랍니다. 하지만 성기는 산울림 같은 뻐꾸기 우는 소리를 들으며, 우두커니 계연이가 떠나는 모습을 바라만 봅니다. 옥화 때문에 어쩔 수 없이 계연이를 떠나보내는 것이지요. 그리고 생각지도 못한 갑작스러운 이별 때문에, 성기는 병을 앓기 시작합니다. 계연이에 대한 그리움 때문에 마음에 병이 생긴 것입니다.

🔑 세 번째 열쇠말_ **운명애**

'운명애'는 운명에 대한 사랑을 뜻하는 말인데요. 두 번째 열쇠말에서 옥화가 처음과는 달리 성기와 계연이가 가까워지는 것을 경계한 이유가 궁금하지 않으신가요? 실연 때문에 생긴 병으로 성기의 목숨이 위태로워지자, 옥화는 성기에게 자신의 왼쪽 귓바퀴 위에 있는 사마귀를 보여 줍니다. 그리고 체 장수 영감이 36년 전에 화개 장터를 찾은 남사당패로, 옥화 자신의 아버지라고 알려 줍니다. 그러니까 계연이는 옥화의 이복동생이고, 성기에게는 이모가 되는 겁니다. 그래서 무당을 만나고 온 후에 두 사람이 가깝게 지내지 못하게 한 것이지요. 결국 성기와 계연이의 사랑은 인륜을 거스르는 것입니다. 안타까운 사연이지요.

옥화의 말을 듣고, 성기는 오히려 힘을 얻고 몸을 회복합니다. 성기가 이별의 아픔을 인정하고 받아들였다는 의미로 해석할 수 있는 부분이지요. 만약에 성기와 계연이가 결혼한다면 성기는 정착하며 살겠지만, 이것은 역마살이라는 성기의 운명을 거스르는 일이 됩니다.

성기는 한 달 정도 지난 뒤에 옥화에게 엿판을 맞춰 달라고 합니다. 자신의 운명에 맞게 떠돌이 생활을 하려는 것이지요. 지금까지 옥화가 성기의 역마살을 없애려고 노력한 일은 모두 물거품이 되었습니다. 옥화는 무언가로 머리를 얻어맞은 듯한 충격을 느끼지요.

결국 성기는 집을 떠나면서, 화개 장터의 세 갈래 길 중에서 하동 쪽을 택합니다. 성기가 쌍계사가 있는 화갯골 쪽으로 간다면, 예전처럼 절에 들어가 생활한다는 뜻입니다. 그리고 구례 쪽은 계연이가 떠난 길이므로, 계연이를 찾아간다는 의미이지요. 그런데 성기는 하동 쪽을 선택합니다. 이것은 자신의 운명을 받아들이고 이리저리 떠돌아다니겠다는 의미입니다.

성기는 늘 어딘가로 떠나 보고 싶었습니다. 그러나 옥화 때문에 자신의 소망을 억누르며, 무료한 삶을 살았지요. 하지만 이제는 자신의 소망대로 자유롭게 떠돌 수 있게 되었습니다. 그래서 성기는 옥화의 주막이 시야에서 벗어나자 콧노래를 부릅니다. 그리고 이렇게 자유롭게 떠도는 삶은 역마살을 지닌 성기의 운명과도 일치합니다.

인간은 자신의 운명을 거부하지 않고 긍정적으로 받아들일 때, 즉 운명애를 가질 때, 비로소 자기 삶의 주인이 될 수 있다는, 작가의 생각을 엿볼 수 있는 작품이었습니다.

 김인 (울산국어교사모임)

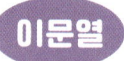

필론의 돼지

지식인
민중
폭력

    이문열 작가는 민주주의, 그리고 우리 사회의 시민적 역량과 지식인의 한계 등 여러 가지 사회 문제를 많이 다룬 작가입니다. 작가의 단편 소설 「필론의 돼지」는 이야기 전체가 하나의 총체적인 은유법으로 표현된 일종의 알레고리 기법의 소설입니다. 군용 열차 안에서의 사건을 통해, 1980년대 당시 우리 사회의 폭력적 권력의 문제를 다루고 있지요.

    소설은 3인칭 시점으로 이야기가 전개됩니다. 주인공인 '그'는 군 복무를 마치고 귀가하는 중 어쩔 수 없는 사정으로 군용 열차를 탑니다. '그'는 열차 안에서 훈련소 동기 홍동덕을 만납니다. 훈련소 생활에 적응이 어려울 정도로 배움이 부족하면서도 순진하던 홍동덕은 군 생활 30개월 만에 세상 때가 가득 묻은 속물로 변해 있었죠.

그런데 제대병들을 태운 이 군용 열차에 검은 각반을 두른 특수 부대 현역 군인 일당이 들어와 행패를 부립니다. 각반은 발목에서 무릎 아래까지 매는 헝겊 띠를 가리킵니다. 검은 각반 일당은 제대병들에게 위협을 가하며 강제로 돈을 뜯습니다. 주인공은 분노를 느끼면서도 그들에게 저항하지 못하고, 무력감과 자기혐오에 시달리며 돈을 뜯기지요. 그 과정에서 모멸감으로 일그러진 주인공의 표정 때문에 자칫 검은 각반들에게 휘둘릴 뻔했으나 홍동덕이 '아파서 그렇다'며 주인공을 보호합니다.

그때 백골섬에서 근무했다는 건장한 체구의 제대병이 그들에게 맞서자 검은 각반들은 한순간 멈칫하지만, 술이나 같이 하자며 회유해서 데려갑니다. 그러고는 돈을 계속 빼앗습니다. 어떤 꼬장꼬장한 제대병이 원칙과 법리를 앞세운 논리로 검은 각반들에게 맞서 보지만 무자비한 폭행을 당하고 맙니다. 잠시 후에는 같이 술 마시러 나갔던 백골섬 출신 제대병이 검은 각반들에게 맞아 곤죽이 되다시피 해서 제대병들 앞에 내팽개쳐집니다.

이때 열차 안 어디선가 얼굴을 드러내지 않은 어떤 사람이 제대병들에게 저항하라고 외치며 각성을 촉구합니다. 놀란 검은 각반들은 그를 찾으려 하지만, 그는 얼굴을 숨긴 채 몇 차례나 더 제대병들에게 외치지요. 그리고 이 외침에 의해 각성된 제대병들은 마침내 집단으로 검은 각반들에게 맞섭니다. 상황은 순식간에 반전되고, 제대병들의 분노에 겁을 먹은 검은 각반들이 도망가려 하지만, 분노한 제대병들은 이들을 둘러싸고 죽을 지경까지 구타합니다. 주인공은 난장판이 된 이 상황을 제어하려 하지만 제지할 수 없다고 판단하고, 다른 열차 칸으로 피합니다.

주인공이 피한 열차 칸에는 홍동덕이 먼저 피신해 있었습니다. 그때 주인공은 고대 철학자 필론이라는 현자(賢者)의 일화를 떠올립니다. 폭풍우로 위태롭게 흔들리는 배 안에서 많은 사람들이 절망에 빠져 아수라장이 되었을 때, 현자 필론이 할 수 있었던 일은 아무 생각 없이 그 배 안에서 쿨쿨 편안히 잠만 자던 돼지를 흉내 내는 일이었다는 일화를 떠올린 겁니다. 이상이 이 소설의 줄거리입니다.

저는 이 소설을 더 깊이 있게 읽기 위해, '지식인', '민중', 그리고 '폭력'이라는 세 개의 열쇠말을 설정해 보았습니다. 이 세 가지 개념은 소설 안에서 그 의미가 증폭되어 여러 가지 생각할 거리를 제공해 줄 것입니다.

🔑 첫 번째 열쇠말_ **지식인**

이 소설의 주인공인 '그'는 지식인입니다. 이 소설의 발표 시기가 1980년대 초반이었다는 점으로 미루어 볼 때, 소설의 시대적 배경은 1970년대로 볼 수 있습니다. 당시에 대학을 졸업했다는 사실, 그리고 그 열차 안의 상황에 대해 인식하는 '그'의 내면을 들여다보면, '그'가 스스로 지식인이라 자처하고 있다는 것을 알 수 있습니다. 그런데, '그'는 자신이 처한 상황에 대해 상당히 적절한 판단을 하고는 있지만, 그 상황을 해결하기 위한 방안을 행동으로 옮기지 못하는 무기력한 모습을 보입니다. 불의한 폭력 앞에 저항하지 못하는 자신에 대해 자괴감과 무력감을 느끼지만, 어쩔 도리 없이 폭력에 굴복하고 있지요. 이런 '그'의 모습은 당시 지식인들의 한 전형적인 모습을 보여 주고 있습니다.

그렇다면 지식인의 진정한 역할은 무엇일까요? 지식인은 무기력한 존재일 수밖에 없는 걸까요? 과거 사회에서 지식인은 정보를 독점하는 자들이었습니다. 책을 읽는 것도, 정보에 접근할 수 있는 것도 이들뿐이었지요. 그러나 오늘날 정보는 독점되지 않습니다. 누구나 정보에 대한 접근이 가능하지요. 그런데, 그 정보를 제대로 해석하고, 그 해석을 바탕으로 합리적 판단을 내리며, 나아가 민중들의 각성을 촉구하는 것은 누구나 할 수 있는 일이 아닙니다. 이것이 어쩌면 오늘날 지식인들이 수행해야 할 역할이 아닐까요?

이 소설에서는 지식인이라 자처하는 주인공 외에, 제대 군인들의 각성을 촉구해 사태를 역전시킨 '얼굴 없는 목소리'가 있었습니다. 비록 외형이나 성격이 구체적으로 묘사되지는 않았지만, 그 목소리야말로 지식인의 역할을 수행했다고 볼 수 있지 않을까요? 이 소설을 읽으면서 당시 지식인의 한 유형을 보여 주는 주인공에게 한계를 느끼곤 했습니다. 그러는 한편 소설 속에서 비중은 크지 않으면서도 결정적인 역할을 한 이 '얼굴 없는 목소리'에서 진취적인 지식인의 역할을 발견하게 됩니다.

🔑 두 번째 열쇠말_ **민중**

흔히 '민중은 세상의 중심'이라고들 말하지만, 문학 작품 속에 그려지는 민중은 약하고 어리석어서 권력에 짓밟히는 모습으로 많이 나타납니다. 이 소설에서는 불량한 검은 각반들에게 위협당하고 돈을 빼앗기는 제대 군인들의 모습으로 표현되고 있지요.

민중은 선량하지만 힘이 없는 존재입니다. 그래서 부당한 폭력에도 저항할 줄 모르고, 때로는 더 비굴한 면을 보이기도 합니다. 소설 속에서도 자발적으로 큰돈을 내놓는 제대병들이 있습니다. 민중은 이렇게 어리숙하고 심지어는 비굴해 보이기도 하지만, 사실은 가장 무서운 존재입니다. 이들이 세상을 뒤집으면 세상은 뒤집힙니다. 당대에 어렵다면 후대에라도 반드시 뒤집어집니다. 왜냐하면 그들이 바로 세상, 그 자체이기 때문입니다.

소설 속에서도 결국 얼굴을 숨긴 목소리에 각성된 민중이 열차 안의 사태를 역전시키지요. 민중의 힘을 얕본 검은 각반들은 호된 대가를 치르게 되고요. 민중의 각성은 역사적으로 드물게 나타납니다. 대개 민중은 현실의 권력을 두려워하고 망설이며 자신의 역량을 믿지 못하는 것처럼 보입니다. 그러나 일단 각성이 일면, 거대한 힘으로 일어나 세상을 바꿉니다. 우리 사회도 역사적으로 그런 경험을 몇 번이나 했지요. 커다란 역사의 변곡점에는 언제나 각성된 민중의 거친 바람이 휘몰아치곤 했습니다.

그런데, 주인공은 제대병들의 보복에 대해 비판적인 입장을 취하고,

그것을 비이성적인 폭력으로 받아들이고 있는 것 같습니다. 이러한 인식을 우리는 어떻게 이해해야 할까요? 민중 봉기를 우호적으로 보지 않는 지식인의 유형을 이문열 작가가 그려 내려고 한 것일까요? 이러한 점 때문에, 이 소설의 뒷부분을 두고 어떤 이들은 작가의 반민중성을 이야기하기도 합니다. 그러나 또 어떤 이들은 당대 일군의 지식인들에 대한 작가의 비판의식이 드러난 것일 뿐, 반민중성을 읽어 내는 것은 과도한 해석이라고 합니다.

🗝 세 번째 열쇠말_ **폭력**

어떤 경우에든 사람은 폭력 앞에서 위축됩니다. 그래서 악은 폭력을 앞세우는 게 아닌가 합니다. 소설에서도 검은 각반들은 폭력을 앞세워 등장하지요. 제대병들은 그들의 폭력 앞에서 위축되고요. 더구나 그들의 폭력은 야비합니다. 예컨대, 링 위에서 실력을 겨루는 권투 선수나 격투기 선수들의 행위를 폭력으로 보지는 않습니다. 규칙을 정해 두고 당당히 겨루는 것이니까요. 그러나 검은 각반들은 자기들에게 맞섰던 백골섬 제대병이 만만치 않으니까 회유하지요. 물론 회유에 넘어간 그는 결국 비참한 모습이 되어 돌아오지만. 어쨌든 그들의 폭력은 이렇게 야비한 모습으로 나타납니다. 많은 제대병들이 그 앞에서 기가 질리지요.

그런데 많은 이들이 이 소설의 끝부분에서 한 가지 의문을 갖습니다. '과연 모든 폭력은 나쁜 것인가?' 하는 의문입니다. 이 소설의 주인공은 검은 각반들의 야비한 폭력도 비판적으로 바라보지만, 나중에 분노한 제대병들이 검은 각반들에게 가하는 폭력에 대해서도 비판적으로 바라봅니다. 물론 작중 인물의 시각이 반드시 작가의 시각과 일치하지 않을 수도 있습니다. 그러나, 이 소설을 읽고 사람들이 가장 많이 제기하는 의문은 바로 주인공의 인식입니다.

주인공은 검은 각반들에 가해지는 제대병들의 폭력에 대해 이렇게 인식합니다. '만약 이들을 진실로 죽여야 할 대의가 있다면, 그에게도 동료 제대병들과 함께 살인죄를 나눌 양심과 용기는 있었다. 그러나 이미 그곳을 지배하는 것은 눈먼 증오와 격앙된 감정이 있을 뿐, 대의는 없었다.' 즉, 주인공은 모든 폭력은 나쁘다고 생각하는 듯합니다. 독자들은 이 구절에서 작가의 세계관이 반영되어 있지 않은가 하는 의구심을 가질 수 있습니다. 선량한 시민들이 그들에게 가해지는 부당한 폭력에 일방적으로 당하기만 하다가, 끝내 그에 분개하여 일어선 저항일지라도 그것이 이성을 잃은 상태에서 보복적으로 행해진다면 나쁜 것이라고 주인공은 판단하고 있는 듯합니다. 그것이 만약 작가의 세계관을 드러낸 것이라면, 작가는 폭력의 악순환을 염려하는 것일까요? 혹은 이유를 막론하고 폭력은 무조건 나쁜 것이라는 신경증적 양비론의 입장인 걸까요? 그러나 권력을 가진 힘 있는 소수가 휘두르는 부당한 폭력과 그에 맞서는 약한 다수 민중들의 저항을 같은 값으로 매기는 것은 문제가 있습니다.

부당한 폭력에 항거하는 과정에서 나온 무력을 과연 야만으로 치부해야 하는가 하는 문제가 제기되기도 합니다. 이에 대해서는 상당히 정교한 논의가 있어야 할 것입니다. 지배층이 피지배층에게 부당한 폭력을 행사할 때, 이에 저항하는 민중들의 항거가 언제나 이성적일 수는 없을 것입니다. 만약 이러한 항거가 이성적이지 않다고 비판하거나 보복적인 성격을 띤다고 비판한다면, 그것은 지배층의 부당한 폭력에 대해 민중은 저항하지 말라는 것과 다를 바가 없다고 할 것입니다.

우리는 이 소설을 통해 지식인은 어떤 한계를 지니는지, 또 어떤 역할을 해야 하는지, 그리고 민중들은 어떤 존재인지, 민중의 각성은 어떻게 이루어지는지, 또한 우리는 폭력을 어떻게 보아야 할 것인지에 대해 깊이 생각해 보게 됩니다. 그리고 소설 속에 나타난 작가의 세계관에 대해서도 다각도로, 혹은 비판적으로 살펴볼 필요가 있습니다. 물론 이 과정에서 작가의 인식과 주인공의 인식이 반드시 일치한다고 볼 것인가 하는 시각도 함께 생각해 봐야 할 과제입니다. 여러 가지 생각할 거리가 많은 소설이므로, 생각을 가다듬고 깊이 읽어 보면 좋겠습니다.

 서상호 (울산국어교사모임)

오발탄

사람
사회
오발탄

'오발탄'은 잘못 쏜 탄환이라는 뜻입니다. 이범선 작가의 「오발탄」에는 이 오발탄 같은 삶을 사는 인물의 이야기가 나옵니다. 조기 교육, 입학난, 취업난, 저출산 등 꽉 막혀 있는 듯한 현대 사회를 힘겹게 살아가는 현재의 우리들에게 '이 사회 속에서 누군가로 살아가는 것'이 어떤 의미가 있는지, 이 소설을 통해 살필 수 있는 기회가 될 것입니다.

이 소설은 현재와는 조금 다른 시대 상황 속에서 쓰였습니다. 한반도의 분단 체제를 당연하게 만든 6·25 전쟁의 상처가 마저 아물지 않은 전후 사회를 배경으로 하고 있지요. 전쟁은 많은 것을 파괴했습니다. 많은 인명 피해를 입어 소중한 가족 및 이웃들을 떠나보냈으며, 사회의 여러 기반 시설을 파괴해 먹고 살아가는 생존에도 많은 어려움을 안겨 주었습니다. 모든 것이 파괴되고 혼란한 사회 속에서 자신의 생명까지도 위협받으며 사람들은 극한의 상황에 몰렸습니다. 이렇게 극한의 상황에 내몰린 사람들은 인간 존재에 대해 심각하게 고민하기 시작했고, 이를 소설로 표현했습니다. 사회 시스템이 파괴되어 다시 작동하기까지 시간이 걸렸을 테고, 무법의 혼란한 사회 속에서 자신의 생존은 물론, 자신의 위치도 찾기 어려웠을 것입니다. 자신의 위치 찾기! 이범선의 단편 소설 「오발탄」은 전후 사회에서 어디로 가야 할지, 즉 어떻게 살아가야 할지 그 방향성을 잃어버린 사람의 이야기가 담겨 있습니다.

먼저 소설의 줄거리를 간단하게 살펴본 후, 세 가지 열쇠말로 이야기를 풀어 보겠습니다. 소설에는 가난한 집의 가장 송철호가 주인공으로 나옵니다. 치매에 걸려 '가자, 가자!'를 외치는 어머니를 모시고 있으며, 임신한 아내와 영양실조에 걸린 딸, 범죄자인 남동생, 양공주인 여동생과 함께 살아갑니다. 그의 동생 영호는 지금 세상에서 윤리, 도덕은 거추장스러우니 다 버리고 경제적 이득을 얻는 것이 중요하다고 생각하지만, 철호는 그렇게 생각하지 않아 언쟁이 일어납니다. 어느 날, 영호는 권총 강도를 벌이다 경찰서에 잡혀가고, 임신한 아내는 출산을 하다가 죽음을 맞이합니다. 철호는 짓눌린 가장의 무게를 느끼며 치과에 가서 앓고 있던 이를 뽑은 후 택시를 잡아타고 경찰서와 S병원, 집 중 어디를 가야 할지 몰라 방황하며 목적지를 명확히 대지 못하고 '가자, 가자!'만 외칩니다. 그리고 자신을 조물주가 잘못 쏜 오발탄으로 생각하며 이야기가 마무리됩니다.

그럼 지금부터 작품을 세 가지 열쇠말로 풀어 보겠습니다.

🗝 첫 번째 열쇠말_ **사람**

우리는 모두 사람입니다. 우리를 사람이라고 칭할 수 있는 근거는 무엇일까요? 사람을 사람답게 만드는 그 무언가가 있기 때문일 것입니다. 매슬로우의 '욕구 5단계'설에 따르면 사람은 가장 낮은 단계인 생리적 욕구에서부터 단계적으로 욕구가 충족되면, 가장 높은 단계인 자아실현의 욕구에 이르게 된다고 합니다.

하지만 당시 전후 사회는 어떠했나요? 욕구의 1단계조차 충족시키기 힘든 생존이 급급한 시대였습니다. 따라서 어머니가 '가자'고 외치는 모습은 인간다운 삶을 살 수 있었던 전쟁 이전의 과거로 돌아가자는, 인간으로서의 기본적인 욕구가 나타난 것으로 볼 수 있습니다. 또한 동생 명숙이 양공주로 살아가게 된 것도, 최소한의 생존을 지키기 위한 인간으로서의 선택이었던 것입니다.

그런데 우리는 1단계인 생리적 욕구만 충족해서는 참다운 인간이라고 생각하지 않습니다. 인간을 인간답게 하기 위해서는 도덕성을 갖추어야 한다고 생각합니다. 이러한 시각은 철호와 영호의 다툼에서 극적으로 나타납니다. 인간의 기본적인 생존이 보장되지 않은 상태에서는 윤리, 도덕을 다 버리고 생존권을 취득하는 것이 우선이라는 영호의 입장과, 삶이 힘들긴 하지만 사람이라면 윤리, 즉 도덕을 지켜서 인간답게 살아야 한다고 생각하는 철호의 입장이 대립되는 것이 바로 그것이지요.

그런데 도덕을 지킨다고 해서 생존을 보장받을 수는 없습니다. 특히 모든 것이 파괴돼 하루하루 생존에 급급한 전후 사회에서는 더욱 그렇습니다. 그래서 영호는 깨끗한 삶을 추구하는 형에게 그러한 형의 태도 때문에 가족이 희생당한다고 얘기하며 비난합니다. 이로 보아 생존이 극한으로 몰린 전후 사회에서 사람을 '도덕'이라는 하나의 잣대로만 평가하며 사람답게 살라고 하는 것은 과한 요구인 것같이 보입니다. 하지만 그런 영호에게도 인간적인 제한이 남아 있었습니다. 영호가 권총 강도 시 법률선까지는 넘었으나 인정선은 끝내 넘지 못해 총을 쏘지 못했다고 얘기하는 장면에서 이를 확인할 수 있습니다. 사람답게 살고 싶지만 뒷받침되지 않은 현실에서 '사람으로서 사람다운 위치를 찾아가기 위해 방황'하는 그 시절 사람들의 모습이 엿보입니다.

🗝 두 번째 열쇠말_ **사회**

전후 사회에서 '도덕'이라는 하나의 잣대로만 사람을 평가할 수는 없지만, '사람'은 양심을 지켜야 하고, 다른 사람에게 피해를 줘서는 안 된다는 건 여전합니다. 영호가 자신의 생존을 위해 권총 강도를 벌인 것은 정당할까요? 다른 사람에게 피해를 입혔기에 경찰서에 잡혀간 것은 아닐까요? 이 지점에서 떠오르는 건 아리스토텔레스가 말한

'사람은 사회적 동물이다.'라는 말입니다. 사람은 혼자서 독불장군처럼 살아갈 수 없고 반드시 다른 사람들과 함께 살아간다는 말로, 결국 사람은 모여 사회를 이루고, 그 사회의 구성원으로서 살아갈 수밖에 없다는 것입니다. 사람은 한 사회의 구성원이기 때문에 각자에게 어떠한 역할이 부여되죠.

주인공 철호는 생계를 책임지는 가장이자 아들, 남편, 아버지, 형, 오빠라는 많은 역할을 지니고 있습니다. 결국 이 많은 역할이 철호의 어깨를 무겁게 짓누르지만, 모든 역할을 제대로 수행하는 것이 자신의 책임이고, 그래야 '인간답다'는 생각을 하고 있는 것으로 보입니다. 철호가 그렇게 생각하지 않았더라면 벌써 그 역할들을 벗어던지고, 자기 한 몸만 건사하며 살았을 것이기 때문입니다.

그런데 사회 속에서 개개인만 자신의 역할을 잘 수행하면 삶이 편안해질까요? 지금 철호 가족은 전쟁 이후 사회가 정상적으로 작동되지 못하는 아주 특수한 상황에 놓여 있습니다. 생존조차 제대로 보장받지 못하고 있지요. 사회가 제대로 돌아가지 못해 생존이 보장받지 못하면 '인간답다'라는 것이 거추장스러운 것에 불과할 수밖에 없습니다. 인간이 인간답게 살기 위해선 사회가 이를 잘 뒷받침해 줘야 사람들이 자신의 역할을 포기하지 않고 안정적으로 수행할 수 있다는 점을 발견할 수 있습니다.

이러한 점을 현재 우리 사회에도 적용해 볼 수 있습니다. 한때 'N포 세대'라는 말이 많이 쓰였습니다. 많은 젊은이들이 현실의 어려움으로 인해 연애, 결혼, 출산 등을 포기한다는 뜻입니다. 이는 결국 힘든 사회 속에서 생존하기 위해 자신이 수행할 역할을 미리 포기하고 줄여 나가는 현상으로 볼 수 있습니다. 소설 속 인물들에게서도 사회 속에서 자신의 역할을 찾고 조율해 가는 모습이 엿보입니다.

세 번째 열쇠말_ 오발탄

'오발탄'은 전쟁 같은 특수한 경우가 아니면 일상생활 속에서 쉽게 접할 수 있는 단어가 아니지요. 작가가 굳이 이 단어를 제목으로까지 설정하고 있는 이유는 주인공 철호의 불행이 전쟁이라는 상황과 긴밀한 관계가 있음을 표현하고자 한 것으로 여겨집니다. 또한 이 오발탄이라는 단어는 작품의 마지막에 택시 기사의 입에서 나오는데, 이는 택시 기사의 은어로 사용된 것입니다. 승객이 목적지를 얘기하면 그 목적지로 데려다주는 택시 기사의 입장에서 '오발탄'이란, 어디로 데려다줘야 할지 모를, 목적과 방향을 상실한 사람이라는 의미로 사용한 것입니다. 마지막 장면에서 택시를 탄 철호는 자신의 목적지를 제대로 대지 못하고 갈팡질팡하고 있습니다.

'오발탄'이라는 단어는 그만큼 이 작품에서 전달하고자 하는 주제를 집약적으로 담아내고 있습니다. 성실하고 도덕적으로 살려고 노력하던 철호에게 그 노력의 결과로 남은 것은 범죄자 동생과 사랑하는 아내의 죽음, 여전히 치매에 걸린 어머니와 영양실조에 걸린 딸이 있는 집뿐입니다. 철호는 인간답게 열심히 사회에서 주어진 역할을 수행하고 살면 될 것이라는 실낱같은 희망을 갖고 있었는데, 이 희망 같은 신념마저 무너져 버린 것입니다. 조여 오는 이 상황에서 전부터 앓던 이가 유독 그의 신경을 건드리고 조금이라도 후련해지고 싶은 마음에 앓던 이를 무리하게 뽑습니다. 하지만 앓던 이를 뽑는다고 해서 문제가 해결되는 건 아니죠. 그가 갖고 있었던 신념이 사라져 버렸고, 그는 어디로 가야 할지 그 방향성을 잃어버렸습니다. 그럼에도 어디론가 가야 된다고 생각합니다. 그래서 정신이 오락가락하며 목적지를 한 곳으로 정하지 못하고 '가자'는 말만 반복하게 되는 것입니다. 마치 그의 어머니처럼 말입니다. 그런 철호를 보며 택시 기사는 '오발탄 같은 손님이 탔다'고 말하며 혀를 찹니다. 이 말을 들은 철호는 자신을 오발탄이라 느끼지요. 목적지와 방향성을 상실한 오발탄. 그의 모습과 똑같습니다.

철호는 힘든 사회 속에서도 인간답게 자신의 역할을 성실히 수행하며 주어진 삶을 살아가려다가 무너지는 모습을 보여 줍니다. 이를 통해 '사회 속에서 누군가로 살아가는 것'이 굉장히 어렵다는 것을 알 수 있습니다. 철호는 비록 '자신의 위치'를 '오발탄'으로 정의 내렸지만, 결코 그동안 철호가 살아왔던 삶의 과정과 그 노력은 오발탄이 아니었다고 말해 주고 싶습니다. 그 누구보다 치열했고 고통스러웠던 만큼 더욱 반짝이고 아름답다고 말입니다.

현재를 살아가는 우리에게도 작가가 제기하는 삶의 문제를 적용해 볼 수 있지 않을까 생각합니다. 우리는 대입, 취업 등 삶의 과정 속에서 주어지는 여러 과제와 역할들을 수행하며 너무나도 힘들고 버거운 삶을 살아가고 있습니다. 어쩌면 누군가는 스스로를 오발탄이라고 느끼고 있을지도 모르겠습니다. 하지만 스스로를 오발탄이라고 느낀 순간, 이렇게 생각해 보는 것은 어떨까요? 자신이 겪고 있는 문제가 결코 개인만의 문제가 아니라는 것을. 사회 속에서 여태까지 밟아 온 삶의 발자취와 궤적들은 고통스러웠던 만큼 너무나도 아름다웠다는 것을.

작가가 제기한 문제를 내 삶에 적용시켜 다양한 각도로 생각해 보는 것, 이것이 바로 소설 읽기의 매력이 아닐까 싶습니다.

 안소희 (고양파주국어교사모임)

김소진/ 자전거 도둑
정이현/ 안나
밀란 쿤데라/ 참을 수 없는 존재의 가벼움
김연수/ 파도가 바다의 일이라면
이청준/ 병신과 머저리
장류진/ 나의 후쿠오카 가이드
박경리/ 불신 시대
하성란/ 곰팡이 꽃
전상국/ 우상의 눈물
편혜영/ 홀(The Hole)

2부

욕망과 결핍

김소진

자전거 도둑

영화 <자전거 도둑>
상처
아버지

    오늘은 제가 아주 재미있게 읽은 작품을 소개하고자 합니다. 바로 김소진 작가의 「자전거 도둑」입니다. 작가가 한겨레신문사 기자 생활을 정리하고 전업 작가로 나설 무렵 발표한 작품입니다.

    김소진은 1963년 강원도 철원 출생으로, 병으로 일찍 요절했습니다. 1991년 경향신문 신춘문예에 단편 소설 「쥐잡기」가 당선되어 작가로 등단했습니다. 1991년에 등단해서 1997년에 사망했으니, 작품 활동을 한 시간이 그리 길지 않아요. 그래서 작품이 많이 남아 있지는 않지만, 우리말에 대한 애정이 남달라, 다양한 우리말의 아름다움을 작품 속에 녹여 낸 작가였지요. 군대 시절에는 국어사전을 옆에 끼고 다니면서 외웠다고 합니다. 실제 소설에서도 우리가 자주 쓰지 않는 풍부한 어휘들을 많이 사용했지요. 그리고 서민들의 삶을 사실적으로 잘 그려 내는 것으로 유명합니다. 대표작으로 「열린 사회와 그 적들」, 「장석조네 사람들」, 「고아떤 뺑덕어멈」 등이 있습니다.

🔑 첫 번째 열쇠말_ 영화 <자전거 도둑>

영화 <자전거 도둑>은 1948년 이탈리아의 감독 비토리오 데 시카가 만든 외국 영화인데요. 세계 2차 대전 후의 열악한 삶의 모습을 잘 나타낸 사실주의 작품입니다. 소설 속 주인공인 김승호는 이 영화를 매우 좋아해서, 비디오테이프를 따로 소장하고 있죠.

소설은 이렇게 시작합니다. 어느 날 주인공인 '나'는 자기 자전거를 훔쳐 타는 도둑이 있다는 걸 알게 되죠. 범인은 바로 윗집에 사는 에어로빅 강사 서미혜였습니다. 그녀가 자전거 도둑이라는 사실에, 주인공은 잊고 있던 영화 <자전거 도둑>을 떠올리게 됩니다.

여러분은 영화 <자전거 도둑>을 보신 적이 있으신가요? 영화 <자전거 도둑>이 작품의 전체 줄거리를 이끌어 가기 때문에, 영화를 파악하는 것이 작품을 이해하는 첫 번째 열쇠라고 할 수 있겠습니다. 영화를 못 보신 분들도 있을 테니 간단히 줄거리를 소개하겠습니다. 영화의 주인공 안토니오는 오랫동안 직업을 구하지 못하다가 어렵게 포스터 붙이는 일을 얻습니다. 일을 하기 위해서는 자전거가 필요했어요. 그래서 돈을 빌려 중고 자전거를 한 대 마련하고, 아들과 일을 다닙니다. 그런데, 간질병을 앓고 있는 가난한 청년에게 자전거를 도둑맞죠. 경찰을 불렀지만, 확실한 증거가 없습니다. 우유부단하게 행동하는 아버지 안토니오의 모습에 실망한 아들 부르노는 아버지와 다툰 뒤 사라집니다. 잠시 후 어린아이가 강에 빠졌다는 소식을 들은 안토니오는 아들을 찾아 나서지요. 마침내 아들을 찾은 안토니오는 그냥 집으로 돌아갈 수가 없어 남의 자전거를 훔쳐요. 하지만 곧 주인에게 붙잡혀 아들 앞에서 치욕을 당한 뒤 풀려납니다.

영화 속에는 아들 앞에서 모욕을 당하는 아버지와 그 아버지의 나약함을 목격하는 아들이 등장합니다. 소설의 주인공인 '나'는 영화를 보며 어린 시절 나약했던 '나'의 아버지와 상처받았던 '나'의 모습을 떠올리죠. 그리고 서미혜 역시 영화 속 자전거 도둑이 간질을 앓고 있는 청년이었다는 점에서 간질병을 앓다 죽은 오빠를 떠올려요.

소설 속의 두 사람은 모두 남에게 함부로 말할 수 없는 비밀스러운 상처를 가지고 있어요. 두 인물이 서로 자연스럽게 과거를 고백할 수 있도록 끌어내 주는 장치가 바로 영화 <자전거 도둑>인 셈이죠.

<자전거 도둑>이라는 영화는 소설의 내용에도 큰 영향을 미치고 있지만, 소설의 구성 단계에 있어서도 중요한 역할을 합니다. 두 사람은 '나'가 가져온 영화 <자전거 도둑>의 비디오테이프를 함께 보면서 서로의 과거를 고백합니다. 이 소설은 자전거에서 시작해 영화 <자전거 도둑>으로 이야기가 연결되고, 다시 '나'와 서미혜의 고백을 통해 서로의 과거가 밝혀지는 형식을 취하고 있습니다.

이쯤 되면 영화와 연결된 두 등장인물의 숨겨진 상처가 궁금해지지요? 그래서 준비한 두 번째 열쇠말이 바로 '상처'입니다.

🔑 두 번째 열쇠말_ **상처**

보통 우리가 '트라우마'라고 얘길 하는데, 이 '트라우마'는 '상처'를 뜻하는 그리스어입니다. 외부 요인에 의해 감당하기 어려운 정신적 충격을 받은 경우, 오랫동안 마음에 상처가 남습니다. 특히 어린 시절에 경험한 사건들은 이 상처가 무의식에 각인되어 성인이 된 뒤에도 영향을 미치는 경우가 많다고 합니다. 다들 잊을 수 없는 어린 시절의 기억들을 하나쯤 가지고 있지 않나요? 어떤 기억들은 그 당시에는 큰 문제를 일으키지 않지만, 전체 삶 속에 계속해서 영향을 미치면서 나중에 큰 고통을 유발하기도 하지요.

먼저, '나'가 갖고 있는 가장 큰 상처는 아버지에게 받은 실망감과 수치심입니다. '나'의 아버지는 자기가 저지른 잘못에 대한 위기를 모면하려고 아들인 '나'를 범인으로 몰아서 뺨을 때렸지요. 그래서 '나'는 이런 다짐을 합니다. '차라리 죽는 한이 있어도 애비라는 존재는 되지 말자.'라고요. 그리고 무능한 아버지를 대신해 복수를 합니다. 아버지를 무참히 무시했던 혹부리 영감의 가게인 수도상회에 몰래 숨어 들어가, 가게 안의 물건들을 모두 결딴냅니다. 심지어 혹부리 영감이 아끼던 돈 궤짝 위에 똥을 싸고 나오지요. 혹부리 영감은 그로 인해 충격을 받아 쓰러지고, 결국 죽고 말죠. 어떻게 보면 '나'가 혹부리 영감을 죽음에 이르게 한 원인인 셈입니다.

작품 속에서 '나'는 서미혜에게 "내가 어렸을 적에 죽음으로 몰아넣은 사람이 있었지. 혹부리 영감이라고."라고 먼저 말할 정도로 대수롭지 않은 일처럼 표현하고 있지만, 사실은 '나'의 무의식 속에 트라우마로 남았던 부분이 아닐까 생각됩니다. 그리고 '나'가 잊고 있던 모든 상처를 다시 떠올리게 만든 사람은 바로 자전거 도둑인 서미혜이지요. 만약 서미혜가 자전거를 훔치지 않았다면 '내'가 과거의 상처를 다시 끄집어낼 일은 없었을 테니까요.

'나'가 사람을 죽였다는 이야기에 서미혜는 "오래전에 죽었어요, 아니 죽였지, 내가."라면서 오빠 얘기를 시작합니다. 서미혜의 오빠는 자전거를 잘 탔는데요. 어느 날 자전거를 타고 가다가 간질로 쓰러지면서 정신적 성장을 멈추었고, 서미혜의 어머니는 오빠를 세상과 단절시킨 채 다락에서만 지내게 합니다. 서미혜가 고등학생이던 어느 날 오빠로부터 성적인 학대를 당할 뻔합니다. 그런데 어머니가 일주일간 집을 비우면서 오빠를 부탁합니다. 서미혜는 오빠가 두려운 나머지 집을 나가 버리죠. 결국 오빠는 잠긴 다락방 안에서 벽을 긁다가 굶어 죽게 됩니다. 그 후 서미혜는 오빠를 죽게 만들었다는 죄책감을 갖게 되죠. 직접은 아니더라도 자신의 어떤 행동이 상대방을 죽음에 이르게 했다는 생각이 두 사람에게 트라우마로 남지 않았을까요?

두 사람은 영화 <자전거 도둑>을 함께 보며 자기도 모르는 사이에 잊고 있던, 또는 잊고 싶었던 서로의 상처를 고백하고 확인합니다. 두 사람은 모두 죽음으로 인한 상처를 가지고 있지만, 그 양상은 조금 다릅니다. '나'는 인색한 자린고비 혹부리 영감이 아버지에게 자행한 인격 모독에 대한 복수를 하여 혹부리 영감의 죽음에 결정적 원인을 제공했습니다. 그에 비해, 서미혜는 자신에게 큰 잘못을 저지른 오빠를 방치하여 결국 죽음에 이르게 하였지요.

'나'는 어린 시절 경험한, 아버지의 무능력하고 비참한 모습과 자신이 받은 상처만 생각하기 때문에 자신이 저지른 일에 대해서는 깊이 통찰하지 못하고 있지요. 그러다 서미혜를 만난 겁니다. 이로 인해 잊고 있었던 자신의 죄를 들여다보고, 비로소 그 시절의 아버지를 용서하고 자신의 과거와 잘못을 성찰하게 되지요.

이 소설은 어린 시절의 상처가 어른이 된 뒤의 삶에 어떤 영향을 미치고, 또 어떤 식으로 극복되는지를 보여 주는 작품이라고 할 수 있습니다. 하지만 서미혜의 경우를 보면, 그 상처를 극복하기가 대단히 어렵다는 것을 알 수 있어요. 마지막 부분에서 서미혜가 주인공을 못 본 척하고 다른 사람의 자전거를 훔쳐 타고 지나가는 장면이 있는데요. 이는 서미혜가 함께 자전거를 타던 오빠를 죽음에 이르게 했다는 죄책감을 아직 극복하지 못했다는 의미로 보입니다. 오빠에 대한 죄책감과 죄의식이 이상 행동으로 나타나, 서미혜를 계속해서 남의 자전거를 훔쳐 타는 자전거 도둑이 되도록 한 것은 아닐까요?

🗝 세 번째 열쇠말_ **아버지**

김소진의 작품에서 늘 빠지지 않고 등장하는 것이 바로 '아버지'에 대한 이야기입니다. 소설의 주인공인 '나'가 바라보는 아버지와 영화에 나오는 아들 브루노가 바라보는 아버지에 대해 한번 더 얘기할 필요가 있을 것 같아요. 그리고 한 가지를 더 추가하자면, 서미혜의 오빠 역시 아버지로 치환해서 생각해 볼 수 있을 것 같습니다.

사실 김소진 작가는 그의 전 작품에 걸쳐서 아버지에 대한 이야기를 자주 합니다. 그의 작품 속에서 아버지는 애증의 대상이고, 또 권위적인 존재이지만, 한편으로는 나약하고 불완전한 존재이기도 하지요. 무능력해서 밉고 두렵지만, 결코 미워할 수 없는 대상이에요. 작가는 작품 전반에 걸쳐 아버지에 대해 이야기하면서 아버지로 인한 상처 극복과 화해를 다루고 있습니다.

'나'의 아버지, 부르노의 아버지, 또 서미혜의 오빠 역시 모두 무능력하고 소심하고 나약한 존재로 그려지고 있습니다. 영화 <자전거 도둑>을 볼 때 '나'는 처음에는 자신이 '부르노'였다고 말하지만, 실제로 영화를 보면서는 아버지 '안토니오'의 모습에 더 집중하며 영화를 감상합니다. 이 장면에서 '나'는 어른이 된 자신의 모습과 아버지의 모습을 중첩시키면서 아버지의 외로움과 고뇌를 이해하게 되었다고 볼 수 있습니다. 이런 과정을 통해 조금씩 자신의 상처를 극복해 나가는 모습을 보여 주고 있지요.

작가 또한 자신의 작품 속에서 아버지의 모습을 여러 차례 숨김없이 표현함으로써 아버지에 대한 이해와 화해를 시도하고 있는 것이 아닐까요? 결국 그 대상과 화해하기 위해서는 모르는 척 회피하거나 숨길 게 아니라 자신의 상황을 그대로 직시하고 솔직해지는 과정이 필요한 것이지요. 많은 남자들이 늘 하는 말이 있습니다. "아버지처럼 살기 싫었어."라고요. 하지만 정작 어른이 된 소년은 아버지처럼 살아가는 자신의 모습을 보게 됩니다. 결국 아버지가 되어서야 아버지를 이해하게 되는 것, 김소진의 소설에서는 이런 모습을 많이 보게 됩니다.

소설에서 '나'는 자전거 도둑인 서미혜로 인해 기억 속에 묻어 두었던 아버지에 대한 부끄러운 기억을 꺼내어 들여다보면서 아버지를 이해하고, 비로소 과거 '나'의 상처로부터 벗어날 수 있는 기회를 얻게 된 것은 아닐는지요.

모든 상처는 아프지만, 어쩌면 그 상처를 치유할 힘 또한 이미 내 안에 들어 있지 않을까 하는 생각을 다시 한번 하게 만든 작품이었습니다. 용기 있게 나의 과거와 마주하고, 나에게 상처 주었던 그 사람을 용서한다면, 오늘의 나는 어제보다 조금 더 자유로워질 수 있을 것 같습니다.

 윤기자 (고양파주국어교사모임)

안나

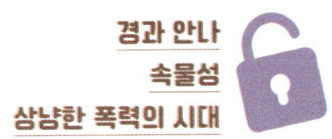

이번 시간에는 정이현 작가의 단편 소설 「안나」에 대해 이야기해 보겠습니다. 이 작품은 2015년에 발표되었고, 『상냥한 폭력의 시대』라는 소설집에 수록되어 있습니다.

정이현은 '도시 기록자'라고 불릴 정도로, 우리가 살고 있는 현시대의 삶을 사실적으로 이야기하는 대표적인 작가입니다. 장편 소설 『달콤한 나의 도시』는 드라마로 방영되어 인기를 얻기도 했지요.

지금부터 「안나」를 '경과 안나', '속물성', '상냥한 폭력의 시대'라는 세 가지 열쇠말로 설명하겠습니다.

 첫 번째 열쇠말_ **경과 안나**

소설의 서술자인 '경'은 주부이고, 박사 학위를 가지고 있으며, 지

방 대학 몇 군데에서 강의를 한 적도 있습니다. 경은 자신이 누군가의 인생에 대해 잘 안다고 자부할 만큼 오만한 사람은 아니라고 생각합니다. 그런데, 경은 이처럼 자신이 누군가의 인생을 판단하지 않는다고, 그렇게 오만한 사람이 아니라고 말하면서도, 속으로는 그 누구보다 안나에 대해 자기 멋대로 평가합니다.

경과 안나는 댄스 동호회에서 만났습니다. 댄스 동호회 모임에서 자기소개를 하던 날 가장 어린 나이였던 안나가 다른 사람들에게 주목을 받자, 가슴 깊은 곳에서 무언가가 뒤틀렸다고 서술합니다. 그러면서 다만 박수를 받을 일이 나이뿐이라니 왠지 안됐다는 생각이 들었던 것 같다고 합니다. 사실 경은 안나의 젊음을 질투했던 것인데, 그것을 인정하지 않은 것이죠. 그리고 경이 관심을 두었던 대희라는 남자가 안나에게 고백을 하자, 경은 안나에 대해 자신이 보는 대로만 이해하고 판단하려고 합니다.

8년이 지나 경의 아이가 영어 유치원을 다니게 되고, 그 유치원의 보조 교사로 일하는 안나를 다시 만납니다. 경의 아이가 영어 유치원에 적응하지 못하고 유치원 안에서는 말을 하지 않자, 경은 그러면 안 되는 줄 알면서도 안나를 따로 만나 도움을 청합니다. 그리고 안나는 경의 아이를 지켜 줍니다. 그러나 안나가 위기에 처했을 때, 경은 안나를 외면하지요.

반면, 안나는 경과 여러모로 대비되는 삶을 살고 있습니다. 안나는 씩씩하게 자신의 삶을 살고, 아이를 잘 보살피고, 사람을 믿는 웃음을 짓는 사람입니다. 할머니 손에서 자란 안나는 할머니가 쓰러지자 하던 일을 다 그만두고 간병에만 전념합니다. 할머니를 떠나보내고, 할머니와 살던 전셋집은 삼촌들 명의로 되어 있어, 안나에게는 마이너스 통장만 남게 됩니다. 하지만 각종 아르바이트를 전전하며 누구보다 열심히 삽니다. 열아홉 살 이후 안나는 열 개가 넘는 직업들을 거쳤고, 열 번이 넘는 이사를 했습니다. 그렇지만 "전 괜찮아요, 언니. 어차피 다 지나간 일인 걸요."라고 담담하게 이야기합니다.

  경은 안나를 만나 자기의 아이에 대해 이야기를 나누고 난 후, 이렇게 말합니다. '사람에게는 사람이 필요하다. 원망하기 위해서, 욕망하기 위해서, 털어놓기 위해서.' 그러면서 경은 안나와 만나기로 약속을 하면 마음이 편해졌다고 합니다. 안나와 만날 때면 어울리는 옷과 가방을 매치하기 위해 거울 앞에서 한참 시간을 보내지 않아도 되었고, 자신이 제안한 식당이 유행에 뒤처지는 곳이거나 맛이 없는 곳이라 상대가 실망할까 봐 마음 쓰지 않아도 되었기 때문이지요.

  경은 누구보다 다른 사람의 시선에 신경을 쓰고, 타인과 비교하여 자신이 비교 우위에 놓이길 원하고, 타인을 이해하고 너그럽게 받아들이는 척하지만, 자신의 이익에 있어서는 타인의 약점을 이용하는 그런 사람인 것입니다.

 두 번째 열쇠말_ **속물성**

  이 소설은 경이라는 여자의 입장에서 안나를 관찰하는 소설입니다.

경이 서술자이지만, 이 소설에서 작가가 애정을 가지고 바라보는 것은 경이 아니라 안나입니다. 대부분의 소설은 서술자의 입장에서 그를 옹호하는 이야기를 펼치지만, 이 소설은 경이 서술자임에도 불구하고 경의 속물성과 이중성, 이기적인 마음을 그대로 보여 줍니다.

'교양이 없거나 식견이 좁고 세속적인 일에만 신경을 쓰는 사람'을 속되게 일러 '속물'이라고 합니다. 우리는 경에게서 이러한 속물의 모습을 보게 됩니다. 경은 약자인 안나를 이용하고 버립니다. 그리고 소설은 그 과정을 경의 입장에서 적나라하게 보여 주지요.

경은 안나를 충분히 도울 수 있었습니다. 안나가 유통 기한이 지난 요구르트를 아이들에게 주었다고 다른 학부모들로부터 공격을 받았을 때, 그녀는 안나를 충분히 옹호해 줄 수 있었습니다. 그리고 안나가 식중독 사건으로 유치원에서 쫓겨났을 때도 먼저 연락해서 위로해 줄 수도 있었을 것입니다. 그러나 그녀는 그렇게 하지 않았습니다. 안나가 자신에게 연락을 하지 않았다고, 연락이 왔더라면 위로도 해 주고 조언도 해 주었을 것이라고 합니다. 하지만, 자기변명이고 자기합리화입니다.

유난히 심했던 꽃가루 탓에 야외 주차장 아르바이트를 오래 하지 못한 안나는 "제가 원래 그런 쪽으로 재수가 좀, 잘, 없어요."라고 담담하게 말합니다. 그러나 이 말은 그녀가 20대를 살아오면서 경과 같은 인물을 얼마나 많이 만나 상처를 받았는지를 보여 주는 말이 아닐까요? 안나의 이야기를 듣다 보면, 그녀와의 비교 우위에 서서 자신의 행복에 감사해하는 사람들이 얼마나 많은지, 그런 사람들 때문에 안나가 얼마나 상처를 받고 있는지를 새삼 깨닫게 됩니다.

그래서 이 소설을 읽으면 경의 입장에서 나를 돌아보게 됩니다. 나는 과연 경과 같은 사람이 아니라고 당당하게 말할 수 있는가, 나는 이러한 판단에서 얼마나 자유로운가, 나는 나보다 못한 사람을 보며 자기 위안을 삼고 있지는 않았는가, 돌아보게 됩니다. 나의 속물성과 마주하게 되지요.

세 번째 열쇠말_ 상냥한 폭력의 시대

「안나」를 포함한 일곱 편의 단편 소설이 수록된 소설집의 제목이 '상냥한 폭력의 시대'입니다. 책의 제목을 떠올려 보면, 이 소설에서 말하고자 하는 바가 무엇인지 잘 알 수 있습니다.

경은 상냥하고 교양 있는 사람입니다. 현시대에서 중산층으로 불리는 사람의 전형이라고 할 수 있지요. 경은 자신의 아이가 공부를 잘해서 좋은 대학, 좋은 직장에 들어가길 바라는 마음으로 아이를 영어 유치원에 보냅니다. 그리고 영어 유치원 입학식에서 다른 사람에게 기죽지 않으려고 날씨에도 맞지 않는 모피 코트를 입고 갑니다. 아이가 영어 유치원에 적응하지 못해 유치원에서 말 한마디 하지 않아도 끝까지 영어 유치원을 보냅니다. 그리고 자신이 누군가의 인생에 대해 잘 안다고 자부할 만큼 오만한 사람은 아니라고 스스로를 평가하지요. 자신은 교양 있는 사람이라고 생각하는 것입니다. 그러나 그 상냥함과 교양 속에 자리 잡은, 다른 사람에 대한 교묘한 멸시와 우월감이 안나에게는 더 큰 폭력이 되었을지도 모릅니다.

그래서 작가는 현재 우리 사회의 모습이 '상냥한 폭력의 시대'라고 말합니다. 어떻게 폭력이 상냥할 수 있을까요? 이 '상냥한 폭력'이란 역설의 말입니다. 역설이란, 표면적으로는 모순되거나 부조리한 것 같지만, 그 표면적인 진술 너머에서 진실을 드러내는 수사법을 말합니다. 즉, 겉으로는 도저히 어울리지 않는 이 두 단어의 조합이 우리 사회의 얼굴이며, 그것이 바로 우리가 마주하고 있는 불편한 진실이라는 것이지요.

우리는 살아가면서 누군가를 경의 얼굴로 대하기도 하고, 또 누군가에게 안나처럼 취급받기도 할 것입니다. 왜냐하면 지금은 '상냥한 폭력의 시대'이기 때문입니다. 이 소설을 읽은 독자도, 읽지 않은 독자도 경과 안나의 모습을 통해 작가가 말하고자 했던 것이 무엇인지 다시 한번 생각해 보는 계기가 되었기를 바라며 이야기를 마칩니다.

 권진희 (서울국어교사모임)

밀란 쿤데라

참을 수 없는 존재의 가벼움

인물
프라하의 봄
가벼움과 무거움

<u>선생님</u>: 안녕하세요? 이번 시간에는 세 명의 학생과 함께 밀란 쿤데라의 장편 소설 『참을 수 없는 존재의 가벼움』에 대해 이야기하려고 합니다. 본격적인 작품 소개에 앞서 작가에 대해 알고 있는 게 좋겠죠? 밀란 쿤데라는 어떤 사람인가요?

<u>김효은</u>: 밀란 쿤데라는 체코를 대표하는 작가예요. 독자 여러분에게는 『참을 수 없는 존재의 가벼움』과 『농담』이라는 작품으로 익숙한 작가일 거예요. 쿤데라는 1929년 체코에서 태어나, 문학과 미학을 전공했습니다. 그는 십 대 시절 공산당에 가입해 사회주의 운동에 주도적으로 참여했습니다. 1968년 '프라하의 봄'이 소련의 침공으로 무산된 이후에도 개혁을 계속 주장했지요.

선생님: 쿤데라는 자신의 목소리를 내고, 사회 운동에 앞장선 참여 작가라고 할 수 있겠네요.

김은혜: 이와 관련해 쿤데라가 소설의 정의에 대해 한 말이 있는데요, 읽어 드릴게요. '소설은 작가의 고백이 아니라 덫이 되어 버린 세계 속에서 인간의 삶이 무엇이냐를 탐구하는 것이다.' 이 말처럼 쿤데라는 자신의 개인적인 체험에서 나아가 삶에 대한 철학적인 질문을 소설을 통해 던지고 있어요. 그리고 사회에 관심이 많은 작가여서, 그의 작품에서는 체코와 유럽의 역사가 중요한 배경이 되기도 하죠.

선생님: 그러니까, 쿤데라는 역사적인 문제에서 출발해 인간의 삶이라는 보편 주제로 작품을 확장해 나가는 작가라고 할 수 있겠네요.
이제 열쇠말로 넘어가 본격적인 작품 풀이를 해 볼까요?

 첫 번째 열쇠말_ **인물**

성유정: 저희는 세 가지 열쇠말을 '인물', '프라하의 봄', '가벼움과 무거움'으로 선정해 봤어요. 첫 번째 열쇠말로 '인물'을 선정한 이유는 소설 구성의 가장 중요한 요소이기 때문이고, 작품의 줄거리를 설명할 수 있기 때문이에요.

김효은: 먼저 이 작품에 등장하는 인물은 여자인 테레자와 사비나,

남자인 토머시와 프란츠예요. 표면적으로 4명의 관계는 테레자와 토머시, 사비나와 프란츠를 연인으로 볼 수 있어요.

선생님: 작품은 토머시와 테레자의 이야기를 주축으로 전개되죠?

김은혜: 네, 맞아요. 시골 식당의 웨이트리스였던 테라자와 손님으로 온 토머시는 서로에게 끌립니다. 바람둥이였던 토머시는 테레자에게 다른 여자에게서는 느낄 수 없었던 동반 수면의 욕구를 느끼죠. 그는 그녀와 있었던 여섯 번의 우연을 필연으로 받아들이고 연인이 됩니다. 하지만 토머시의 바람기를 고칠 수 없었고, 테레자는 질투심으로 하루하루 괴로워하며 둘은 결별과 재회를 반복합니다. 그러던 중 사건이 하나 일어나요. 토머시가 공산주의자를 비판하는 글을 신문에 투고한 것이 문제가 되어 의사직을 잃게 되죠. 토머시는 유리창 닦는 일을 하며 자신의 명예, 체코 사회의 방향, 테레자와의 사랑 등을 끊임없이 고뇌합니다. 테레자는 그의 곁에서 하루하루 쇠약해져만 가고요. 마침내 토머시는 자신의 과거를 반성하고 모든 것을 접고 테레자와 함께 시골로 들어갑니다. 내면의 평화를 찾으며 목가적인 풍경을 즐길 때 둘은 자동차 사고로 세상을 떠납니다.

선생님: 두 연인의 사랑과 삶이 참으로 파란만장하네요. 그러면 남은 커플의 이야기는 어떻게 되나요?

성유정: 네, 이제 사비나와 프란츠 이야기를 해야겠네요. 사비나는 토머시의 애인 중 한 명으로 자유로운 화가예요. 그리고 그녀에게도 또 다른 애인이 있었는데요, 바로 대학교수인 프란츠입니다. 사비나는 어딘가 고리타분한 프란츠와의 관계에 한계를 느낍니다. 그리고 프란츠가 아내와의 결혼 생활을 정리하고 자신에게 오자, 보란 듯이 미국으로 떠나죠. 사비나는 자신이 동경하던 미국의 자유로움에 행복감을 느끼지만, 이내 실망해요. 그녀가 가장 못 참는 뻔하고 통속적인 문화가 존재했거든요. 한편 프란츠는 사비나를 잃고 새로운 애인을 사귀지만, 사비나를 잊지 못해요. 그는 해외 자원봉사 중 비참한 죽음을 맞이합니다.

선생님: 이 소설의 두 커플, 모두 행복한 결말을 맞았다고 하기 힘들겠네요. 또한 등장인물 네 명의 개성이 매우 뚜렷하고, 서사가 역동적이어서 흥미롭네요. 이제 두 번째 열쇠말로 넘어가 볼까요?

🗝 두 번째 열쇠말_ **프라하의 봄**

김효은: '프라하의 봄'은 이 소설의 흐름에 큰 영향을 미치는 역사적 사건입니다. 먼저 체코의 역사에 대한 이해가 필요한데요. 체코는 원래 소련의 영향권에 놓인 사회주의 공화국이었죠. 하지만 1, 2차 세계대전을 거치면서 공산당이 무리하게 권력을 잡고, 사회 통치를 제대로 못 했어요. 이에 국민들은 공산당에 등을 돌렸죠. 결국 현재의 체제

를 바꾸자는 자유화 운동이 일어나요. 이 운동과 당시 운동이 일어난 시기를 모두 '프라하의 봄'이라고 일컫습니다. 국민들이 기대하던 체코의 희망찬 미래를 의미하죠.

선생님: 하지만 그 개혁은 결국 성공하지 못했죠? 그렇다면 이 '프라하의 봄'이 인물들에게 어떤 영향을 끼쳤는지 궁금하네요.

김은혜: 우선 '프라하의 봄'은 토머시와 테레자가 스위스로 이주하는 계기가 돼요. 그들은 체코에 주둔한 소련군을 피해 스위스로 가죠. 첫 번째 결별 후 체코로 돌아온 테레자는 지금까지의 무기력한 모습과 달리 투쟁 장면에 큰 감명을 받아 사진작가로 일합니다.

'프라하의 봄'은 토머시에게 큰 영향을 미친 사건인데요. 그는 양심적인 목소리로 공산주의자를 비판하는 글을 신문에 투고해요. 이 때문에 토머시는 반체제주의자로 낙인찍히고, 신념을 굽히지 않아 결국 의사직에서 물러나야만 했죠.

선생님: 그러니까 '프라하의 봄'은 작가가 가장 관심을 기울이고 있던 사회 문제였네요.

 세 번째 열쇠말_ **가벼움과 무거움**

성유정: 이제 다시 인물에 집중해, 네 명의 캐릭터를 '가벼움'과 '무거

움'이라는 열쇠말로 풀어 볼게요. 네 명의 인물 토머시, 테레자, 사비나, 프란츠는 삶에서 각기 다른 가치를 지향하지만, 서로 관계를 맺으면서 가치가 점차 변화합니다. 이 변화가 작품에서 주목해야 할 점입니다.

먼저 토머시와 테레자부터 설명하자면, 토머시는 '가벼움'을, 테레자는 '무거움'을 상징하는 인물로 볼 수 있어요. 토머시는 평소 삶은 완성작이 없는 밑그림이라고 생각할 만큼 가벼운 인물로, 여성 편력을 가지고 삶을 자유롭게 살지요. 하지만 그를 무거움으로 끌어내린 사람이 '테레자'예요. 테레자는 어린 시절 육체에 대해 지나치게 솔직한 어머니의 가벼운 삶에 거부감을 느꼈죠. 그래서 자신만이 가진 고유한 영혼을 찾고자 토머시에게 끊임없이 사랑을 요구했어요. 그런데 토머시는 육체적 사랑을 가볍게 여겼고, 테레자는 그것을 이해하지 못해 둘의 갈등은 깊어져 갔지요.

선생님: 네. 그렇다면 사비나와 프란츠는 어떤 인물로 보아야 할까요? 아무래도 사비나는 가벼움의 상징이죠?

김효은: 맞아요. 사비나는 토머시의 애인 중 한 명으로 구속당하는 것을 싫어하는 예술가예요. 그녀는 특히 현실을 미화하고 그 이면을 모른 척하는, 일명 '키치'라고 불리는 예술의 면모를 무척이나 혐오합니다. 사비나가 토머시를 좋아한 이유도 그가 키치와 정반대였기 때문

이에요. 하지만 그녀는 자신에게도 키치와 같은 면이 있다는 것을 인정하고, 가벼움과 무거움 사이에서 방황하지요.

김은혜: 반면 또 다른 연인인 프란츠는 엘리트 교육을 받고 안정된 가정을 이룬, 평범한 사람이죠. 상대적으로 '무거움'을 상징한다고 볼 수 있어요. 프란츠에게 사비나의 가벼움은 신선한 바깥 공기와도 같았습니다. 그러나 사비나는 자신의 언어와 그의 언어 사이의 근본적인 차이를 느끼고, 그와 이별해요. 프란츠는 사비나를 만나 가벼움을 동경하게 되었으나, 결국 무거움에서 벗어날 수 없었던 거죠.

선생님: 인물이 많고 서사가 복잡해서 이해하기에 조금 어려울 수 있을 것 같아요. 간단히 정리해 볼까요?

성유정: 김동훈 교수의 철학 논문 「키치 개념에 대한 존재론적 고찰」에서는 네 인물에 대한 이야기를 이렇게 정리합니다. '가볍고 싶어 하지만 점점 무거움으로 가라앉는 토마스, 가볍고 싶어 하고 실제로도 가볍지만 언제나 무거움을 동경하는 사비나, 무거움의 대명사처럼 무거움을 추구하지만 아이러니하게도 사랑 외의 모든 문제에 대해서는 너무나 가벼운 테레사, 이상이라는 무거움을 가벼움이라 착각하고 철저하게 이상만을 추구하는 프란츠.'라고요.

선생님: 작가가 가벼움과 무거움으로 우리에게 전하고 싶은 말은 무엇이었을까요? 무엇이 더 낫다는 우열을 이야기하려는 건 아닌 것 같지요?

김효은: 맞아요. 작가는 가벼움과 무거움, 둘 중 하나가 옳다고 이야기하지 않습니다. 그저 둘 중 하나만을 가지고는 살아갈 수 없다고 말할 뿐이에요. 그리고 인간의 삶에는 무거움과 가벼움이 모두 공존한다는 아이러니하고도 단순한 진리를 말하고 있지요.

선생님: 지금까지 여러분들이 잘 말해 주었듯, 가벼움과 무거움은 모순되지만 궁극적으로 인간 존재의 본질이기도 해요. 사랑의 진지함과 가벼움, 사랑의 책임과 자유, 영원한 사랑과 순간적인 사랑 등 이 모든 것이 삶의 본질이니까요.

지금까지 세 명의 학생들과 함께 『참을 수 없는 존재의 가벼움』을 살펴보았습니다. 독자 여러분들이 이 작품을 감상하는 데 조금이라도 도움이 되길 바라면서 이만 마칩니다. 고맙습니다.

 정지윤 (부산국어교사모임)

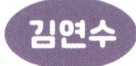

파도가 바다의 일이라면

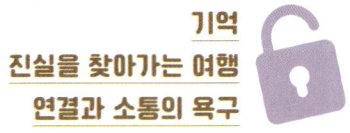

　김연수 작가는 1970년 경상북도 김천 출생으로, 본명은 김영수입니다. 성균관대 영어영문학과 재학 중 『작가세계』 여름호에 시를 발표하며 시인으로 등단하였고, 이듬해 『가면을 가리키며 걷기』라는 장편 소설로 작가세계문학상을 수상하면서 소설가로 작품 활동을 시작하였습니다. 시인으로 먼저 등단했던 경력 때문인지 시적이고, 우아한 문체로 소설을 집필하여 동인문학상, 황순원문학상, 이상문학상 등 다수의 상을 수상하였습니다. 그의 문체와 이야기를 많은 사람들이 좋아하고 있지요.

　『파도가 바다의 일이라면』은 총 3부에, 특별전까지 더해진 장편 소설입니다. 먼저 줄거리를 간략하게 살펴보겠습니다. 주인공 카밀라, 본명 정희재는 1987년 한국에서 태어나 부모의 얼굴도 모른 채 아주

어린 나이에 해외 입양이 된 인물입니다. 주인공은 양어머니가 돌아가신 뒤 재혼을 준비하는 양아버지에게서 어린 시절의 추억이 담긴 여섯 개의 박스를 받습니다. 그리고 그 속에서 발견한 한 장의 사진을 가지고 자신의 친모를 찾기 위해 한국의 '진남'이라는 곳으로 옵니다. 그리고 자신의 친부모가 누구이고, 어떠한 사람이었는지를 찾아가는 과정에서 친모인 정지은이 겪었던 과거의 사건을 파헤치지요. 그 과정에서 진실과 마주하며 감당할 수 없는 감정을 경험하는 주인공의 모습이 소설 속에 잘 나타나 있습니다.

소설은 1부에서는 주인공 카밀라의 시선인 1인칭 시점으로, 2부에서는 카밀라의 어머니 정지은의 시선인 2인칭 시점으로 이야기가 펼쳐집니다. 시점을 다양하게 구사함으로써 각 인물에게 더욱더 집중할 수 있고, 그 서사성을 훨씬 깊게 만듭니다.

그럼, 이제 이 소설을 세 가지 열쇠말로 함께 이해해 보겠습니다.

첫 번째 열쇠말_ 기억

무엇을 기억한다는 것은 어떤 의미일까요? 일반적으로 사람들에게 기억이란 단순히 어떤 사실을 회상하고 떠올릴 수 있는, 좋았던 과거의 시점이나 사건 등을 의미할 것입니다. 그리고 같은 사건을 기억하더라도 사람들은 주로 자신에게 좋았던 것들을 떠올리고, 유리한 방향으로 해석하려고 합니다.

소설 속에서도 그러한 언급이 나타납니다. '내 기억이 맞는 걸까?

아니면 지나갔으니 그저 좋았던 것으로 착각하는 걸까?'라는 구절과, '그게 정말 나의 진심이었을까요? 이젠 아무도 모릅니다. 다 지나간 일이니까. 진심이었다고 생각하는 수밖에 없어요.'라는 구절에서 우리가 일반적으로 이해하는 기억에 대해 알 수 있습니다.

하지만 소설의 주인공인 카밀라에게 있어 기억이란 단어는 조금 다른 양상으로, 특별한 의미로 다가옵니다. 소설 속에서 카밀라의 엄마 정지은은 '일반적으로 우리는 무수한 점의 인생을 살고, 그 과거의 점들을 이후에 선의 인생으로 회상'한다고 말합니다. 대부분의 사람들은 과거의 점들이 모두 드러나 있기 때문에 현재의 삶에 어떤 영향도 끼치지 않지요. 하지만 주인공 카밀라는 이 점들이 아직 발견되지 않았다는 점에서 인생이 달라질 수 있는 것이죠. 인생의 행로가 달라지는 것이 아니라 그녀의 존재 자체가 달라진다는 의미입니다. 그녀가 어릴 적부터 바다를 좋아했던 것, 바그너보다 브람스를 좋아했던 것 등은 단순히 개인적인 취향이 아니라 카밀라가 태어난 고향이 바닷가인 진남이라는 점, 그리고 그녀가 알지 못했던 과거 어떤 사실들의 연장선상에 놓여 있을 수 있다는 의미죠. 즉 카밀라가 어머니 정지은이 겪었던 과거의 사실들과 하나둘씩 마주하게 되면서, 그녀에게 기억은 곧 자신의 존재를 새롭게 규정하는 것이 되지요.

사실 우리가 무엇을 기억한다는 것은 단순히 자신에게 소중했던 과거의 옛 모습을 떠올리는 것으로 끝나는 것이 아니라, 과거의 시간에서 의미를 찾고, 그 의미가 현재의 자신에게 영향을 미치게 하는 것이 아닐까요? 이 소설에서는 이런 의미가 잘 나타나고 있습니다.

🔑 두 번째 열쇠말_ 진실을 찾아가는 여행

사람들에게는 감춰진 진실에 대해 알고자 하는 욕구가 기본적으로 존재합니다. 물론 누군가는 그 진실을 덮어 두고 무시하며 살아가기도 하고, 혹은 자신에게 유리하게 왜곡하기도 합니다. 하지만, 알게 되는 진실을 똑바로 응시하고 감당하려는 용기가 있는 사람은 그 진실을 찾고자 노력하게 됩니다.

'진실은 매력적인 추녀의 얼굴 같은 것이라 끔찍한 게 분명한데도 더 자세히 알고 싶은 욕망이 든다면, 그건 진실에 가까이 다가가고 있다는 증거다.' 진남여고 교장 신혜숙에게 이렇게 외치는 카밀라의 모습은 진실을 찾기로 마음먹은 사람의 결연한 의지를 보여 주는 대목입니다.

실제로 카밀라가 마주해야 했던 사건들은 누구라도 받아들이기 힘든 사실이었습니다. 자신의 어머니가 열여섯 살의 어린 나이에 자신을 임신하였는데, 그 아버지가 이제 바로 갓 결혼한 젊은 선생님이라는 소문과, 또 이를 무마하기 위해 퍼뜨린 또 다른 소문들은 카밀라뿐만 아니라 어머니인 정지은에게도 가혹한 것들이었습니다. 그럼에도 불구하고 카밀라가 끝까지 자신의 어머니가 겪었던 일들에 대해 알고자 노력하는 모습에서 우리는 진실이 갖고 있는 힘을 엿볼 수 있습니다.

정지은의 친구 유진이는 '사실은 불편하다는 편견 때문에 진실을 외면함으로써 우리 모두가 지은이를 죽인 거지요. 하지만 진실은 불편하지 않아요. 진실은 아름다워요.'라고 말합니다. 불편한 진실이지만 그것과 마주하였을 때, 우리는 그 속에서 진실의 진정한 의미와 성숙한 아름다움을 찾을 수 있습니다.

사실 소설에서는 끝날 때까지 카밀라의 아버지가 누구인지 명시적으로는 드러내지 않고 있습니다. 처음에는 최성식 선생인 것처럼 서술되어 있지만, 카밀라의 엄마 정지은에게 집중하면서 그녀가 갖고 있던 진실에 초점을 맞추다 보면, 결국 '바람의 말 아카이브'의 주인인 이희재가 카밀라의 아버지라는 것에 마음이 기웁니다. 어쩌면 작가는 카밀라가 진실을 찾고자 노력하는 것을 독자에게도 함께 하자고 이야기하는 것은 아닐까요?

🔑 세 번째 열쇠말_ **연결과 소통의 욕구**

작가는 사람과 사람 사이에 존재하는 심연, 개인을 고독하게 만들고 서로에게 다가가지 못하고 머뭇거리게 만드는 그 심연에 대한 이야기를 위해 이 소설을 썼다고 하였습니다. 그리고 서로에게 닿을 수 없음을 알고서도 심연의 저편을 향해 다가가려고 말을 거는 것이 바로 소설의 시작이었다고 합니다.

사람 간의 연결의 가능성, 소통의 몸짓을 이야기하고자 하였던 것입니다. 그래서 그런지 소설을 읽다 보면 가수 강아솔의 <섬>이라

노래가 문득 떠오르기도 합니다. 누군가에게 닿지 못하는 사람의 고독한 마음을 표현한 노래인데, 이 소설의 내용과 잘 어울리는 가사를 갖고 있습니다.

소설에서 카밀라가 엄마를 만나기 위해 검은 바닷속으로 뛰어드는 장면과 정지은의 친구였던 유진이의 인터뷰 속 대답 등에서 우리는 사람과 사람 사이에 놓인 간극을 넘어가기 위한 욕구를 엿볼 수 있습니다.

그리고 소설 제목이 포함된 구절인 '파도가 바다의 일이라면, 너를 생각하는 것은 나의 일이었다.'라는 정지은의 말을 통해 입양 보낼 수밖에 없었던 환경 속에서 자신의 딸에게 닿고자 했던 한 어머니의 사랑의 극치를 확인할 수 있습니다. 그리고 이 또한 타인에게 연결되고자 하는 사람의 마음을 잘 보여 주고 있습니다.

지금까지, '기억', '진실을 찾아가는 여행', '연결과 소통의 욕구'라는 세 가지 열쇠말로 김연수 작가의 소설 『파도가 바다의 일이라면』을 살펴보았습니다.

 송성근 (서울국어교사모임)

병신과 머저리

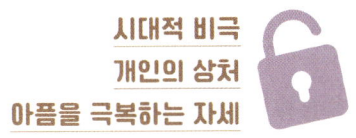
시대적 비극
개인의 상처
아픔을 극복하는 자세

    이청준 작가는 1965년 단편 소설 「퇴원」으로 등단하여 작품 활동을 시작하였습니다. 1966년 『창작과비평』 가을호에 발표한 「병신과 머저리」를 비롯하여, 1970년대 『당신들의 천국』, 「소문의 벽」, 「이어도」 등을 발표하며 작품 활동을 왕성하게 이어 갔습니다.

    이청준은 소설을 통해 등장인물이 경험한 현실 세계를 관념적으로 해석하고 상징적으로 표현함으로써 관념 소설의 대표 작가로 평가받기도 합니다. 또한 1939년 출생으로, 어린 시절 겪은 6·25 전쟁과 대학 시절의 4·19 혁명, 5·16 군사 정변의 체험이 소설 속에 반영되어 있습니다.

    굴곡진 우리 현대사의 비극과 아픔을 글로 녹여 내고, 그 시대를 살아가는 개인이 마주한 고민을 풀어내는 모습은 소설 「병신과 머저리」에도 잘 드러나 있습니다. 지금부터 소설 「병신과 머저리」를 '시대적 비극', '개인의 상처', '아픔을 극복하는 자세'라는 세 가지 열쇠말로 풀어 보고자 합니다.

🔑 첫 번째 열쇠말_ **시대적 비극**

먼저, 시대의 비극과 아픔이 개인의 삶에 어떠한 영향을 미치는지 살펴보겠습니다. 이 소설은 형과 동생의 이야기를 두 가지 축으로, 동생의 시점에서 서술되고 있습니다.

그림을 그리고 가르치는 일을 업으로 삼은 화가 동생은, 외과 의사인 형이 수술 중 실수로 한 소녀를 죽인 후 병원에 나가지 않은 채 방에 틀어박혀 소설을 쓰고 있다는 사실을 알게 됩니다. 6·25 전쟁에 참전하였을 때 평안북도 압록강 부근의 강계 근처에서 패잔병이 되어 탈출한 경험이 있는 형은 당시의 경험을 단 한 번도 동생에게 이야기한 적이 없습니다. 어느 날 술에 취해 자신이 동료를 죽였기 때문에 살아남을 수 있었다고 주정 삼아 말한 것이 전부였지요. 그러나 동생이 우연히 본 형의 소설 속에는 패잔병이 되어 겪은 전쟁의 경험이 담겨 있었습니다.

동생은 수술 중 죽은 소녀의 죽음과 전쟁 당시 동료를 죽인 자신의 모습을 겹쳐 보며 자책하는 형을 나약한 인간으로 여깁니다. 형이 온전히 자신의 잘못도 아닌 일, 어쩔 수 없는 일에 얽매여 괴로워하며 소설의 결말을 맺지 못하는 것을 보고 답답함을 느끼지요.

이야기의 한 축인 소설 속 배경은 6·25 전쟁이라는 시대의 비극을 분명히 드러내고 있습니다. 살아남기 위해 적군을 죽여야 하고, 상처 입은 동료를 식량을 축내는 대상으로 여기는 전쟁은, 비극 그 자체입니다. 함께 패잔병이 된 오관모가 김 일병을 성적 욕구를 해소하는 수단으로 삼다가, 상처 부위에서 악취가 나자 쓸모없는 존재로 여기는 부분은 전쟁이 인간성을 어떻게 말살하는지를 잘 보여 줍니다. 전쟁은 원초적인 본능과 이기심만 남아 인간으로서의 기본적인 도리와 자애를 저버리게 만들지요.

그런데 실제로 전쟁을 체험하지 않은 동생은 상대적으로 안정된 시대에 살고 있으면서도, 형의 소설을 읽는 동안 그림을 그리지 못할 정도의 불안감을 느낍니다. 사랑했던 여인인 혜인이가 청첩장을 들고 화실을 찾아왔을 때도 아무 말도 하지 않은 채 청첩장을 받아 들 뿐입니다. 혜인이는 결혼식 전날 동생에게 편지를 보내 아무것도 책임지지 않으려 하고, 그럴 능력도 없는 사람이라고 그를 정의 내리지요. 말없이 떠난 자신을 붙잡지도 않고, 그 이유를 묻지도 않은 동생의 나약함을 마주하고, 그 원인에 대해 생각하게 합니다.

소설은 전쟁이 지난 후 10년이 되었다고 말합니다. 작가의 인터뷰에도 나왔지만, 동생이 살고 있는 시대는 4·19와 5·16이 지난 1960년대 초반입니다. 민주주의 국가를 세우기 위해 총력을 다했던 민주화 운동 직후, 군사 정변으로 새로운 독재 정권이 들어서는 모습을 목격한 젊은이들의 시대이지요. 부조리함을 알면서도 이 모든 과정을 지켜봐야 했던 지식인들은 깊은 무기력감을 느꼈을 것입니다. 이처럼 6·25 전쟁과, 1960년대 민주화 운동과 좌절이라는 시대의 비극이 형과 동생의 삶을 통해 나타나고 있습니다.

🗝 두 번째 열쇠말_ 개인의 상처

시대의 비극은 개인의 삶에 깊고 넓게 영향을 끼칩니다. 그것은 전쟁을 겪은 형의 상처처럼 분명한 모습을 보이기도 하고, 계속해서 무기력하게 살아가는 동생의 상처처럼 숨어 있기도 합니다.

액자 구조의 내부 이야기인 형의 소설에서 형이 지닌 상처는 상징적으로 그려지고 있습니다. 형이 쓴 소설의 서장(序章)은 형의 어린 시절, 노루 사냥을 따라나섰다가 총소리와 함께 핏자국을 흘리며 달아나는 노루의 흔적을 쫓는 것으로 시작합니다. 호기심으로 따라나선 사냥터에서 노루의 생명을 앗아간 총소리를 통해 살의와 비정을 느끼는 것이죠. 그때 느낀 살의와 비정은 전쟁터에서는 일상이었습니다. 형은 인간성을 잃지 않으려고 노력했을지도 모르지만, 패잔병이 되어 오관모와 김 일병과 함께 동굴에서 지내는 동안, 김 일병이 오관모의 욕구 해소의 대상이 되는 것을 막지 못합니다. 더불어 오관모가 김 일병을 자신의 생존에 도움이 되지 않는다며 죽이려 할 때, 적극적으로 말리지도 못합니다. 이때의 자책감이 상처로 남아, 자신의 수술 중 일어난 소녀의 죽음 앞에서 무너지게 된 것이지요.

패잔병이 되어 산에 갇히기 전, 김 일병은 오관모의 부당한 매질에 살려 달라고 애원하는 말 한마디 없이 가지런한 자세로 매질을 견디곤 했습니다. 형은 그러한 김 일병의 눈에서 파란 불꽃을 보았다고 이야기합니다. 부당함에 굴복하지 않는 김 일병을 매질하는 오관모는 스스로 더 비참함을 느꼈을 것입니다. 자신의 인간성을 부정하는 듯하여 매질을 하는 입장이면서도 울상이 되었겠지요. 형은 그런 김 일병을 오관모로부터 지켜 주지 못한 자신 또한 오관모와 다름없는 사람이라고 느꼈을지도 모릅니다. 비정과 살의, 자책감과 인간성 상실의 경험은 전쟁의 비극이 형에게 남긴 상처입니다.

한편, 동생의 상처는 실체가 분명하지 않습니다. 화가인 동생은 사랑하는 사람의 마음을 얻는 일에서조차 아무런 의욕 없이 무기력한 삶을 살고 있습니다. 사랑하는 여인이 자신을 말없이 떠나가도 그만입니다. 그러나 동생은 자신의 패배감과 무기력함에 대해 깨닫지 못합니다. 부족함을 모르니 괴로움도 없지요. 혜인이는 이러한 동생을 지켜보는 일이 괴로워 떠났을 것입니다.

그러나 동생은 자신의 마음 깊은 곳에 내재되어 있던 상처를 형의 소설을 통해 깨닫게 됩니다. 자신에게 어떤 문제가 있고, 무엇을 극복해야 하는지 알았다기보다는 아무 감정 없이 살던 일상에서 괴로움과 답답함을 느낀 것이지요. 그림을 그릴 수 없을 정도로 괴로운 감정을 느끼던 동생은 형을 조롱하고 비난합니다. 소설의 결말을 맺지 못하고 멈춰 있는 형에게 '언제나 망설이기만 하고 한 번도 스스로 행동하지 못하고, 남의 행동의 결과나 주워 모아다 자기 고민거리로 삼는 기막힌 인텔리'라고 합니다. 김 일병의 죽음이 형의 탓이든, 오관모의 소행이든, 이를 자신의 살인 행위로 받아들이고 자책하는 형의 모습이 나약하다고 하지요. 그러나 힘든 마음에 하던 일을 멈추고 자책하는 형보다 그러한 형을 자신이 괴로워하는 이유라고 말하는 동생이야말로 앞서 말한 나약한 인텔리의 모습입니다. 독자는 알지만, 동생은 모르는 보이지 않는 상처입니다. 어쩌면 혜인이의 말처럼 환부가 분명한 전쟁의 후유증보다 더 큰 상처일지도 모릅니다.

🗝 세 번째 열쇠말_ 아픔을 극복하는 자세

이제 세 번째 열쇠말을 통해 상처를 어떻게 치유해야 하는지 살펴보고자 합니다. 형은 소녀의 죽음 이후 모든 일에서 손을 놓고 은둔하며 소설 쓰기에 몰두합니다. 동생은 형이 아무것도 하지 않고 있다고 한심하게 여기지만, 실제로 형은 무기력하게 자책만 하는 것이 아니라, 어느 때보다 혼신의 힘을 다해 소설을 쓰고 있지요. 소설 속에서 자신의 과거를 꺼내 들고 장면 하나하나를 곱씹고, 그때의 감정을 되풀이하며 상처를 마주합니다. 형이 아픔을 극복하는 자세는 이로부터 시작됩니다.

형은 동생이 멋대로 쓴 결말에 화를 내며, 김 일병을 죽인 오관모를 자신의 손으로 죽이는 장면으로 결말을 고칩니다. 형에게 오관모는 이기심과 비정함, 인간성 상실의 표상입니다. 그러한 오관모를 자신의 손으로 죽임으로써 '그리운 얼굴'을 보게 됩니다. 어머니의 뱃속에 있기 전부터 이미 알고 있었던 것 같다는 '그리운 얼굴'은 무엇일까요? 아마도 전쟁터에서 존재할 수 없었던 인간성과 인간애가 아닐까요?

형은 소설의 결말을 맺으며 상실한 인간성을 회복하고, 상처를 극복하게 됩니다. 형이 아는 이의 결혼식에서 오관모와 닮은 사람을 보았으나 자신을 알아보지 못하는 것 같았다는 부분은, 실제로 오관모를 본 것이 아니라, 아직도 오관모와 같이 이기적이고 비인간적인 사람들이 많은 현실을 나타냅니다. 그리고 이제 형은 그런 사람들 앞에서 움츠러들고 굴복하지 않게 된 것이지요.

형은 아직 자신의 문제가 무엇인지도 모르는 동생을 병신, 머저리라고 부르며 화를 냅니다. 자신의 상처는 마주할 줄도 모른 채 그저 자신의 답답함을 해소하고 형의 나약함을 비난하기 위해 결말을 쓴 동생이 형에게는 너무나 한심해 보였을 것입니다. 혜인이의 편지에서처럼 형은 6·25의 전상자여서 자신의 아픔이 어디서 비롯된 것인지 알 수 있었고, 자기를 솔직하게 시인할 용기를 가지고 관념을 파괴할 수 있었습니다. 하지만, 동생은 아픔만 있고 아픔이 오는 환부는 어디인지 알 수 없습니다. 아픔이 어디서 온 것인지 모르기에, 극복할 수도 없습니다. 동생은 자신의 힘으로는 영영 찾아내지 못하고 말 얼굴이라고 합니다.

여전히 무기력하고 나약한 동생. 1960년대 초 시대의 비극이 남긴 상처가 동생의 모습이라면, 낙인처럼 남은 패배감을 이겨 내고 희망을 되찾는 일만이 아픔을 극복하는 유일한 방법일 것입니다.

여러분은 어떠한가요? 괴로움이 없는 삶만이 꼭 옳은 것은 아닙니다. 희망 없이 나약한 일상을 평온한 삶처럼 가장하고 있지는 않은지요. 아픔 없인 성숙하지 못한다는 말처럼, 자신의 상처를 극복하는 과정 또한 괴롭지만 마주해야 할 일입니다.

지금까지 '시대적 비극', '개인의 상처', '아픔을 극복하는 자세'라는 세 가지 열쇠말로 이청준의 「병신과 머저리」를 살펴보았습니다. 상징적 표현과 관념적 서술이 많은 만큼 생각할 여지가 많았던 소설이었습니다.

 이효선 (인천국어교사모임)

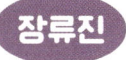

나의 후쿠오카 가이드

선생님: 안녕하세요? 이번 시간에는 장류진 작가의 단편 소설 「나의 후쿠오카 가이드」에 대해 이야기하려고 합니다. 소설 이야기를 시작하기에 앞서 장류진 작가에 대해 알아볼까요?

여유: 장류진 작가는 2018년 단편 소설 「일의 기쁨과 슬픔」으로 제21회 창비 신인소설상을 수상하며 작품 활동을 시작했습니다. 작가의 첫 작품집인 동명의 소설집에는 IT 업계에서 7년 동안 일한 경험을 바탕으로 한 20~30대 직장인들의 이야기 여덟 편이 실려 있습니다. 그중 세 번째가 오늘 소개할 「나의 후쿠오카 가이드」입니다.

선생님: 20~30대 직장인들의 이야기라니, 어떤 내용일지 궁금해지는

데요. 작품의 줄거리를 간단하게 소개해 줄 수 있나요?

　박민진: 이 소설의 주인공인 지훈은 외모, 스펙, 자신감, 어느 하나 빠질 것 없는 서른셋의 직장인 남성입니다. 같은 회사의 법무팀 변호사로 일했던 지유가 배우자상을 당하고 퇴사한 뒤 후쿠오카에서 혼자 지낸다는 소식을 듣고, 그녀에게 안부 메시지를 보냅니다. 그러고는 그녀를 만나러 일본 여행을 떠나지요. 과거에 여자 친구가 있었음에도 남몰래 지유를 좋아하며 성적 긴장감을 즐겼던 지훈은, 이번 여행을 통해 지유를 가질 수 있을 것이란 기대에 부풀어 있습니다.

　여유: 지훈은 지유의 사소한 친절과 배려를 매번 자신을 향한 호감이라고 착각했어요. 지유에게 청첩장을 받고 나서도 그녀를 짝사랑했다는 사실을 인정하지 못하고, 자신이 지나치게 여유를 부린 탓이었다고 생각했지요. 그리고 이번 여행 동안 자신을 '스물셋이 아닌 서른셋이었으므로, 가장 적절한 시기를 기다릴 줄' 아는 세련된 남자라고 생각합니다.

　박민진: 여행 내내 지훈은 나름의 치밀한 계산과 전략으로 틈틈이 그녀와 잘 기회를 노리지요. 그러다 여행의 마지막 날 밤, 지유의 모자를 대신 들어 주겠다며 자신의 가방에 넣은 뒤, 그것을 핑계로 호텔로 유인하려던 계획을 세우지만, 그마저 실패해요. 그는 거절하는 지

유에게 단순히 하룻밤 자려는 게 아니라는 사실을 '모든 진정성을 끌어모아' 설득합니다. '여태까지 이렇게, 진짜, 뭔가, 통한다는 느낌이 드는 여자는 단 한 번도 만나 본 적이 없다'고도 하지요. 그는 지유와의 통화를 끊지 않으려 울면서 질척이던 중 분노에 못 이겨 휴대폰을 내던지기까지 해요.

여유: 지훈은 지유를 좋아하는 마음이 '진짜'라고 말하지만, 지유를 '한 번 결혼했던 여자'라고 낮추어 보고, "이 씨발년이"라고 욕하는 모습에서 그의 적나라한 내면과 진정성이 드러나죠.

선생님: 인기도 많고 잘생기고 직장도 좋아 어떤 여자도 자신의 것으로 만들 수 있다는 자신감에 찬 서른셋의 남자가 한 번 결혼했다고 낮추어 보았던 여자에게 보기 좋게 차이는 이야기였군요. 왠지 우리 주변에도 이런 사례가 있을 것 같아 더 재밌는 것 같네요. 그러면, 여러분이 뽑은 세 가지 열쇠말은 무엇인가요?

박민진: 저희가 선정한 세 가지 열쇠말은 '근거 없는 자신감', '동상이몽', '자기중심적 사고'입니다.

 첫 번째 열쇠말_ 근거 없는 자신감

여유: 작품은 주인공 지훈의 시각에서 서술되고 있어서, 지훈의 '근

거 없는 자신감'을 여러 곳에서 쉽게 찾아볼 수 있습니다. 지유가 결혼하기 전 지훈이 지유와의 관계를 설명하는 부분을 읽어 보면, 그의 이 '근거 없는 자신감'이 잘 드러나 있습니다. 지훈은 자신도 여자 친구가 있으면서 지유가 자신에게 베푼 친절과 배려를 호감을 잃기 싫어서 보이는 반응으로, 즉 '연애의 가능성'이 있는 관계로 착각합니다. 지유가 청첩장을 내미는 상황에서도 혼자만의 짝사랑을 인정하지 못하고, 자신이 그녀와의 관계에서 지나치게 여유를 부려서 타이밍을 놓친 것이라고 생각하지요.

박민진: 지유가 결혼한 지 두 달 만에 남편과 사별한 상황에서도 '배우자가 죽고 나면 언제쯤 괜찮아지는 걸까요?' 같은 것을 검색해 본다든가, 자신에게 다시 주어진 기회라고 여기면서 후쿠오카에 가기만 하면 자신 있는 것들뿐이라며, 지유를 가질 수 있을 것이라는 '근거 없는 자신감'을 보여 주지요. 자신감에 차 있는 지훈의 모습을 보면 조금 우습기도 합니다.

🔑 두 번째 열쇠말_ **동상이몽**

선생님: '동상이몽'이란 같은 잠자리에서 서로 다른 꿈을 꾼다는 뜻인데요. 같은 상황에서 저마다 다른 생각과 목표를 갖고 있음을 나타낼 때 쓰는 말입니다. 지훈은 지유와 자신이 '연애의 가능성'을 갖고 있는 관계라고 생각하지만, 지유의 반응을 보면 그렇게 보이지 않

아요. 같은 상황에서 그와 그녀가 얼마나 다른 생각을 하는지를 보여 주는 장면들이 몇 있는데요. 그와 그녀의 생각이 너무나도 달라 책을 읽으며 매우 재미있었어요. 여기서 몇 가지 소개해 줄 수 있나요?

여유: 제일 먼저 소개할 장면은 지훈과 지유가 유후인 료칸에서 만나는 장면입니다. 지훈이 지유에게 후쿠오카 가이드를 해 달라고 하자, 지유는 일본에서 온천으로 유명한 지역인 '유후인'으로 오라고 합니다. 일본의 전통적인 숙박 시설인 료칸 건물 앞에서 만난 지유는, 지훈에게 료칸 열쇠를 내밀며 짐만 올려다 놓고 자신의 방으로 오라고 합니다. 지훈은 자신의 귀를 의심하며 재차 묻습니다. "지유 씨 방에요?" 그러자 지유는 "저녁 먹어야 하니까."라고 말합니다.

선생님: 단순히 저녁을 먹기 위해서 지훈을 불렀지만, 료칸에 처음 와 본 지훈은 그녀의 말을 성적인 메시지로 오해하는 거군요.

박민진: 또 다른 장면은 후쿠오카 여행 두 번째 날, 오호리 공원에서의 일화입니다. 지훈과 지유는 오호리 공원에서 스타벅스 커피를 주문하기 위해 줄을 섭니다. 그때 한 백발의 할아버지가 화장실을 가는 동안 자신의 강아지를 맡아 달라고 하지요. 지유가 커피를 사는 동안 지훈은 잔디밭에 앉아 강아지를 보는데, 한 일본 여성이 다가와서 말을 겁니다. 그녀는 한국말을 배우는 중으로, 한국인으로 보이는 지훈

에게 한국어로 말을 걸어 온 것인데, 이때도 지훈은 혼자만의 착각을 합니다. 그 일본 여자가 여기엔 얼마나 머무를 거냐고 묻자, 지훈은 '와이프와 2박 3일 왔다'고 답하지요. 그리고 커피를 사 들고 오는 지유를 보며 "저기 오네요. 제 와이프."라고 말합니다. 다시 만날 사이가 아닌 일본 여성에게 지유를 자신의 와이프라고 거짓말을 하면서 지유에 대한 자신의 마음을 드러내지요. 지유의 마음을 확인하지도 않았는데, 혼자 앞서 나가는 듯한 모습을 보이고 있어요.

선생님: 이에 반해 지유는 어떤가요?

여유: 강아지를 맡겼던 할아버지가 돌아와 지유와 일본어로 몇 마디를 나눕니다. 할아버지가 떠나고 난 뒤, 지훈은 그녀에게 무슨 이야기를 했는지 물어요. 할아버지는 둘 사이에 아이가 있냐고 묻더니, 부부 사이가 아니라고 하자, 결혼을 하면 아이를 낳지 말고 시바견을 키우라고 했다고 합니다. 그러자 지훈은 "어쨌든 일단 결혼을 하라는 거네."라며 괜히 기분 좋아하죠. 이때 지유는 "가만 보면 사람이 나이를 먹으면 먹을수록, 자기가 보고 싶은 것만 보고 듣고 싶은 것만 듣는 것 같아요."라고 말합니다.

선생님: 지훈과 지유가 서로에 대해 다른 생각을 하고 있음을 알 수 있네요. '나이를 먹으면 먹을수록 자기가 보고 싶은 것만 보고 듣고

싶은 것만 듣는 것 같다'는 지유의 뼈 있는 말을 들으면서도 그 말이 자신에게 하는 말임을 인지하지 못하는 지훈의 모습이 안타깝네요. 혼자 서로 사랑한다고 착각에 빠진 지훈을 어찌하면 좋을까요?

🗝 세 번째 열쇠말_ **자기중심적 사고**

선생님: 작품의 마지막 장면에서 지훈이 자기중심적인 사고를 가지고 있음을 단적으로 보여 주는 장면이 나타나지요?

박민진: 예. 지훈은 지유에게 퇴짜 맞고 비행기를 타기 위해 하카타 역에서 공항선을 타러 갑니다. 역사 입구에 꾀죄죄한 보자기를 둘러쓴 할머니가 종이컵을 들고 있는 것을 본 지훈은 구걸을 하고 있다고 생각해 주머니에 있던 일본 동전을 한 움큼 집어 종이컵에 쏟아붓지요. 그런데 종이컵 안에는 커피가 들어 있었습니다. 할머니는 구걸을 하고 있었던 게 아니라 그저 커피를 마시고 있었을 뿐이었죠.

선생님: 커피를 들고 있던 할머니를 거지 할머니로 봤던 것처럼, 지금까지 지훈 자신이 지유의 행동을 자기중심적으로 해석하여 잘못 오해하고 있었다는 것을 다시금 말해 주는 장면인 것 같네요.

여유: 지훈의 시점에서 지훈과 지유의 관계를 이야기하다가, 마지막에 가서야 이 모든 것이 지훈의 착각임을 드러내는 '반전'을 제대로

보여 주는 장면이라고 할 수 있지요. 근거 없는 자신감에 차 있는 지훈이 지유에게 한 방 먹는 모습을 통해 우리 사회에서 여성의 호의를 자신에 대한 관심이라고 착각하고, 자신이 보고 싶은 것만 보고, 믿고 싶은 것만 믿는 남자들을 일갈하고 있는 데서 통쾌함을 느꼈습니다.

선생님: 네. 그런데 이렇게 보고 싶은 것만 보고, 믿고 싶은 것만 믿는 것은 비단 지훈 같은 남자들의 이야기만은 아닌 듯합니다. 대부분 자기중심적으로 사고하는 사람들은 다른 사람들의 이야기나 생각을 귀담아듣지 않아 여러 가지 실수를 저지르지요. 자신감을 갖는 것은 좋은 일이지만, 근거가 없거나 자기중심적인 사고에서 비롯된 것은 아닌지 자신을 되돌아볼 필요가 있을 듯합니다.

지금까지, '근거 없는 자신감', '동상이몽', '자기중심적 사고'라는 세 가지 열쇠말로 단편 소설 「나의 후쿠오카 가이드」를 살펴보았습니다. 독자 여러분들이 이 작품을 감상하는 데 조금이라도 도움이 되길 바랍니다. 감사합니다.

 배윤주 (부산국어교사모임)

불신 시대

「불신 시대」는 1957년에 발표됐으며, 현대문학 신인상을 수상한 작품입니다. 우리나라 현대 문학을 대표하는 소설가라고 할 수 있는 박경리 작가에 대해 우선 알아보겠습니다.

박경리 작가는 1926년 경남 통영에서 태어났는데, 아버지가 집을 나가서 다른 여성과 가정을 꾸리는 바람에 한 부모 가정이나 다름없는 상황에서 성장했습니다. 어머니를 대하는 아버지의 태도는 무관심이 아니라 적의에 가까웠으며, 이러한 불우한 성장기의 체험들이 남성 앞에 결코 무릎 꿇지 않으리라는 굳은 신념을 못 박아 주었다고 합니다.

결혼 후에 인천에서 살다가 서울로 이사해서 사범학교를 졸업하고 잠시 중학교 교사를 했으나, 전쟁이 터지면서 그만두게 됩니다. 좌익

사상을 가진 남편은 전쟁이 시작되자 서대문 형무소에 갇혔다가 행방불명되었는데, 처형된 것으로 추측됩니다. 그리고 어린 아들마저 불의의 사고로 사망했습니다. 자신은 슬프고 괴로웠기 때문에 문학을 했으나, 훌륭한 작가가 되느니보다 차라리 인간으로서 행복하고 싶다는 말을 했죠.

1969년부터 1994년까지 26년에 걸쳐 집필한 『토지』는 5부작 16권으로 원고지 3만 장 분량의 대하소설입니다. 그 외에도 『김약국의 딸들』, 『전장과 시장』 같은 작품이 있죠. 작가를 기리는 장소가 전국에 많은데, 『토지』를 집필하며 거주했던 원주에 '박경리 문학 공원'이 있고, 『토지』의 배경인 경남 하동에는 '박경리 문학관'이 있으며, 작가가 태어나고 묻힌 경남 통영에는 '박경리 기념관'이 있습니다.

🔑 첫 번째 열쇠말_ **죽음**

이 작품은 '9·28 수복 전야, 진영의 남편은 폭사했다.'는 문장으로 시작합니다. 진영은 이 작품의 주인공인데, 전쟁 중에 남편이 갑자기 죽었지요. 남편은 죽기 전날 서울과 인천을 잇는 도로에서 인민군 소년병이 죽어 가던 모습을 봤다고 이야기합니다. 폭격으로 내장이 터져 나온 상태로 물을 먹고 싶어 하던 소년은 누군가 수박을 줬으나 채 먹지도 못하고 죽었다고 합니다. 남편은 소년병이 죽어 가는 모습을 본 얘기를 하고 나서 몇 시간 뒤에 사망합니다.

진영은 1·4 후퇴 때 아이를 업고, 어머니와 서울을 떠나 피난을 가

다가 폭격을 당합니다. 수많은 피난민이 얼음판에 거꾸러지는 모습, 피가 흐르는 시체 옆에 아이가 울고 있는 모습도 목격합니다. 악몽과 같은 전쟁이 끝났으나 서울로 돌아갔을 때 집은 쑥대밭이 되어 있었습니다.

거기다 전쟁이 끝난 뒤에 아홉 살 난 아들 문수도 죽었습니다. 꿈에서 내장이 터져 파리가 엉겨 붙은 소년병을 본 다음 날, 그것이 무슨 예고였던 것처럼 아들이 죽은 것입니다. 진영을 더욱 고통스럽게 하는 것은 아들의 사망 원인이 끔찍한 의료 사고라는 점입니다. 길에서 넘어졌는데, 의사는 엑스레이도 찍어 보지 않고 약도 준비하지 않은 채, 심지어 마취도 하지 않고 뇌 수술을 하다가 아이를 죽인 겁니다. 진영은 아들이 도살장의 망아지처럼 의사에게 생죽음을 당했다고 생각합니다.

시간이 지나도 진영의 귀에 아이 울음소리만 들려옵니다. 불면에 시달리다가 겨우 잠이 들면 꿈속에서 아이를 찾아 헤매다가 붕대로 얼굴을 싸맨 아이의 모습을 보고 소스라치게 놀라 깹니다. 진영은 아이가 저승의 혼령이 되었다고 생각합니다.

두 번째 열쇠말_ **타락**

이 작품은 전쟁 직후 우리 사회의 심각하게 타락한 모습들을 적나라하게 그리고 있습니다. 아들을 생죽음으로 몰아간 의사를 통해서 당시의 병원이 얼마나 엉터리였는지 짐작할 수 있는데, 갖가지 다른 부정한 모습도 많습니다.

폐결핵을 앓고 있는 진영은 주기적으로 Y병원으로 가서 항생제 주사를 맞아야 합니다. 그런데 Y병원에서는 주사를 놓을 때 한 병을 모두 사용하지 않고 삼분의 일만 놓는 속임수를 쓰고 있습니다. Y병원에 가지 않으려고 약국에서 주사약을 구입해서 S병원으로 갔는데, 거기서 동네 건달꾼이 청진기를 들고 의사 행세를 하며 환자를 진료하고 있는 모습을 봅니다. 간호사도 엉터리로 주사를 놓으려고 해서 진영이 깜짝 놀라 약병을 빼앗을 정도였죠.

H병원에서 빈 주사약 병을 파는 모습을 보고 진영은 그 병에 가짜 주사약을 담아서 파는 것이 아닐까 의심합니다. 거리에는 가짜 주사약이 흔하게 거래되고 있었기 때문이죠. 빈 주사약 병이 가짜 약을 담는 용도로 사용된다는 걸 알면서도 팔고 있다는 생각을 하니 의사에 대한 신뢰가 사라집니다. 병원은 오직 돈벌이하는 곳일 뿐이라는 느낌을 줍니다.

독실한 천주교 신자인 친척 아주머니는 곗돈 때문에 시끄럽습니다. 진영도 계를 들었는데, 계주 역할을 하는 그 아주머니가 돈을 손해 보게 되어서 원금마저 잃게 될 상황입니다. 하지만 아주머니는 금이빨을 하고 화사한 복장으로 다닙니다. 나중에 밝혀진 사실인데, 아주머니는 다른 사람 돈은 돌려주지 않고, 자기 돈만 챙겨서 다른 곳에 투자했습니다. 같은 성당에서 알게 된 사람한테 투자했으나 그 돈을 돌려받기 어려운 처지에 놓이게 됩니다. 아주머니에게 투자를 유도한 사람은 아들이 영세를 받도록 하는 등 종교를 이용해 아주머니와 친분을 쌓으면서 접근했던 것입니다.

진영은 죽은 아들을 위해 기도를 드리려고 그 아주머니를 따라 처음으로 성당에 갑니다. 그런데 성당 안에 들어갈 때 다들 신발을 보자기에 싸서 들고 갑니다. '예배당에 갔더니 눈 감으라 하고서 신 도둑질하더라.'는 노래를 떠올리게 되죠. 진영은 예배하는 내내 마음이 편치 않습니다. 예배 마지막에는 긴 막대기에 헌금 주머니를 매단 잠자리채 같은 것이 머리 위로 지나가는데, 이것을 본 진영은 사람들 앞에서 악기를 연주하고 모자를 돌려서 돈을 걷는 풍각쟁이를 떠올립니다.

집 근처 절에 거처한다는 어떤 여승이 찾아옵니다. 여승은 무거워서 들고 다니기 힘들다며 탁발한 쌀을 돈으로 바꾸고 싶어 합니다. 나중에 안 사실이지만 이 여승은 절에는 별로 들르지 않는다고 합니다. 탁발해서 절로 가져가지 않고 개인이 챙기는 거죠.

진영의 어머니는 죽은 아이 문수의 혼백을 위로하기 위해 절에 위패를 올리고 불공을 드리자고 합니다. 백중날을 맞이해서 돈 이천 환을 미리 내고 과일을 들고 갔으나 주지승은 돈이 적다면서 별로 탐탁하게 생각하지 않습니다. 늙은 여승은 조는 듯이 염불을 하다가 절에서 귀한 손님으로 대접하는 서장 부인이 등장하자 염불을 대충 끝내 버립니다.

진영과 진영의 어머니는 문수의 사진이 놓인 영가 앞에 돈을 놓았으나 시중들던 젊은 중은 돈이 너무 적다며 이승이나 저승이나 그저 돈이 있어야 한다고 하죠. 기분이 상한 진영은 밥도 먹지 않고 나오는데, 늙은 중은 배웅하면서 당신네들 같으면 중이 먹고 살겠다고 합니다. 염불보다 잿밥에 관심이 많은 절인 거죠.

🗝️ 세 번째 열쇠말_ **항거**

진영은 폐결핵을 앓고 있는데, 처음엔 경미했으나 방치해서 증상이 심해지게 된 겁니다. 찬물만 마셔도 배탈이 나고, 눈병이 나고, 귀를 앓는가 하면 충치까지 쑤셔서 온몸이 허물어져 가는 것 같습니다. 육체적으로 힘들 뿐만 아니라 정신도 혼미해져서 밤마다 아이의 울음소리, 죽은 남편의 얼굴, 그리고 온갖 날카로운 것이 날아오는 것을 느낍니다. 신경이 무너져 가는 걸 느끼죠.

진영은 너무 지쳐서 세상이 부질없다는 생각을 합니다. 그러나 이내 생각을 바꿔서 모든 괴로움이나 모순은 자신 속에 있다는 생각을 합니다. 아들 문수를 위해 두 신전에 참배했으나 그때 바친 돈은 문수를 만나기 위한 수수료였을 뿐이라고 생각하죠. 하지만 문수는 어느 곳에도 있지 않았을 거라는 결론을 내립니다. 종교를 매개로 아들의 영혼을 위로하고자 했으나 아들의 영혼은 그곳에 없었을 거라고 생각하는 거죠.

아들의 죽음은 명백하게 인위적인 실수였습니다. 그래서 있는지 없는지도 모르는 신을 생각할 필요 없이 사람을 좀 미워해야겠다고 결심합니다. 자신에게 닥친 일을 운명의 탓으로 돌리지 않고 적극적인 태도로 맞서겠다는 다짐이죠.

명절이 다가오니 절에 돈이라도 좀 보내야겠다는 어머니의 말을 듣고, 진영은 혼자 절로 갑니다. 늙은 중에게 이번에 시골로 가게 되었으니 아들 문수의 사진과 위패를 달라고 합니다. 늙은 중은 멀리 가더라도 그냥 위패를 절에 두고 명절 때 우편으로 돈을 보내면 된다고 합니다. 진영은 화를 내면서 사진과 위패를 찾아 나옵니다.

진영은 산 위 적당한 곳에서 문수의 사진과 위패를 태웁니다. 말끔히 태운 뒤에 진영은 생각하죠. '내겐 다만 쓰라린 추억이 남아 있을 뿐이다. 무참히 죽어 버린 추억이 남아 있을 뿐이다.' 진영은 눈물을 흘리면서 그렇게 생각을 다잡습니다. 더 이상 죽은 아들의 영혼을 생각하지 않고 자신의 마음속에 쓰라린 추억으로 간직하겠다고 다짐하는 거죠.

소설의 마무리 부분에서 진영이 산을 내려오면서 중얼거리는 말이 인상적입니다. '내게는 아직 생명이 남아 있었다. 항거할 수 있는 생명이!' 이 말은 불신 시대에 굴복하지 않고 생명이 있는 한 항거하겠다는 의지를 드러낸 것이죠.

박경리 작가의 초기작인 이 소설에는 작가의 삶과 직접적인 체험이 상당히 많이 반영되어 있는 것 같습니다. 앞에서도 언급했지만, 박경리 작가는 6·25 때 남편과 아들을 잃었습니다. 소설 속 주인공과 같은 경험을 한 것이죠. 작가는 '악이 승리한다는 절망'에 진저리를 치면서도 이런 현실에 굴복하지 않기 위해 글을 썼다고 합니다. 꼿꼿이 26년간 토지를 쓸 수 있었던 힘은 고통과 절망에 대한 항거가 아니었을까요?

'난 특별히 문학을 내 인생과 갈라놓지 않습니다. 내 인생이 문학이고, 문학이 내 인생입니다.' 박경리 작가가 어느 방송 인터뷰에서 한 말입니다.

비참한 전쟁을 겪으며 사회의 타락상을 목격하고, 생명이 있는 한 이에 항거하겠다고 다짐하는 한 여인의 모습에서 박경리 작가의 문학 정신을 생각하게 되는 작품이었습니다.

 고용우 (울산국어교사모임)

하성란

곰팡이 꽃

하성란 작가의 단편 소설 「곰팡이 꽃」은 아파트에 사는 한 남자가 이웃의 쓰레기봉투를 뒤지면서 이웃들의 사생활을 훔쳐보는 사건을 그리고 있습니다. 좀 더럽고 오싹한 느낌이 들지만, 이를 통해 소설이 말하고자 하는 바가 무엇인지 살펴보도록 하겠습니다.

1967년 서울에서 태어난 하성란 작가는 1996년 서울신문 신춘문예에 단편 소설 「풀」이 당선되면서 등단했습니다. 이후 동인문학상, 한국일보문학상, 현대문학상을 수상하며 이름을 날렸고, 「알파의 시간」, 『루빈의 술잔』, 『웨하스』, 『A』 등의 작품을 썼습니다. 작가의 작품들은 사실주의적인 섬세한 묘사가 뛰어난 것으로 정평이 나 있는데요, '마이크로 묘사'라고 표현될 정도입니다.

이제부터 「곰팡이 꽃」을 '쓰레기', '정보', '진실', 이 세 가지 열쇠말로 살펴보겠습니다.

🔑 첫 번째 열쇠말_ **쓰레기**

주인공인 '남자'는 새벽에 몰래 쓰레기장으로 내려가 종량제 봉투에 꼭꼭 묶인 쓰레기봉투를 들고 자신의 집으로 들어옵니다. 그러고는 욕조에 그 쓰레기들을 풀어놓습니다. 거기엔 각종 쓰레기들이 썩어 가고 있습니다. '남자'는 그 쓰레기들을 분석하며, 쓰레기를 버린 집을 유추하고 상상합니다. 생각만 해도 역겨운, 이 '남자'의 괴상한 취미는 어떤 사건으로부터 시작합니다.

지금은 쓰레기 종량제 봉투에 쓰레기를 버리는 것이 당연한 일이 되었지만, 처음부터 그랬던 것은 아닙니다. 1995년 1월 1일부터 종량제 봉투에 쓰레기를 버리는 제도가 전국적으로 시행되었습니다. 이유는 쓰레기를 줄이기 위함이었죠.

종량제가 시행된 날, '남자'는 그 사실을 모르고 일반 봉투에 쓰레기를 버립니다. 그러자 아파트 부녀회에서 그 쓰레기를 뒤져 '남자'가 사는 508호가 범인이라는 것을 알게 됩니다. 쓰레기 속에는 '남자'가 같은 회사에 다니는 한 여자에게 보내는 연애편지가 들어 있었죠. 그것과 봉투에 담긴 주소를 바탕으로 부녀회 아주머니들이 쓰레기를 들고 올라와 항의를 합니다. '남자'는 자신이 쓴 고백 편지를 모두가 읽었을 거라는 생각에 수치심을 느낍니다. 그리고 그날 이후 '남자'는 아파트 단지 내 사람들이 버린 쓰레기봉투를 풀어놓고 그들의 삶을 엿보기 시작합니다.

　실제로 '가볼러지'라는 학문이 존재한다는 사실, 알고 계셨나요? '가볼러지'는 쓰레기장을 조사하여 그 지역에 사는 사람들의 생활 실태를 알아보는 학문으로, '남자'가 하는 행동이 바로 이 학문에 기초한 것이지요. '쓰레기는 거짓말을 하지 않는다. 쓰레기야말로 숨은그림찾기의 모범 답안이다.'라고 '남자'는 말합니다.

　저는 이 장면을 읽으면서 역겹다는 느낌보다 섬뜩하다는 느낌이 더 컸습니다. 만약 누군가가 나의 쓰레기를 뒤진다면 내가 어떤 사람인지, 나의 성향과 기호 음식, 생활 습관, 그리고 나의 생각이나 정보 등 사생활과 관련된 모든 것을 모두 알게 될까 우려되었기 때문입니다. 인간은 필연적으로 소비를 할 수밖에 없고, 그 소비는 반드시 쓰레기와 흔적을 남길 수밖에 없습니다. 그렇게 버려진 나의 쓰레기와 흔적들을 누군가가 뒤진다면 나의 모든 것이 노출될 수도 있겠다는 섬뜩한 생각이 들었던 것입니다.

🔑 두 번째 열쇠말_ 정보

　여느 때와 다름없이 남의 쓰레기봉투를 뒤지고 있는 '남자'의 옆집에 큰 소동이 일어납니다. '남자'는 507호인 옆집 여자와 그녀를 좋아하는 사내가 크게 싸우고 있는 장면을 목격하게 됩니다. 옆집 여자를 좋아하는 사내는 미련을 버리지 못하고 그녀와 헤어지고 나서도 술을 먹고 찾아오고, 장미 꽃다발을 가지고 오기도 하고, 케이크를 가져와 그녀를 기다립니다. 그러나 옆집 여자는 받아 주지 않고, 집에도 들어오지 않습니다.

그 사내와 마주친 '남자'는 옆집 쓰레기를 뒤져서 얻은 정보를 모두 말해 주고 싶은 충동을 느낍니다. 옆집 여자는 생크림 케이크를 좋아하지 않고, 다이어트를 하고 있으며, 바다가 아니라 산을 좋아한다는 사실을 말해 주고 싶어 합니다. 여자가 증오하는 것은 사내가 아니라 백 킬로그램에 육박하는 사내의 몸집일 뿐이라는 사실을 말해 주고 싶어 합니다. 그러나 '남자'는 자신이 알고 있는 내용을 알려 줄 수가 없습니다. 왜냐하면 그 사실들은 쓰레기를 뒤져서 얻은 것이기 때문입니다. 사내에게 그 사실을 알려 준다고 해도 믿지 않을뿐더러 자신을 미친 사람이라고 여길지도 모릅니다.

그런데, '남자'가 얻은 그 정보는 정말 사실일까요? 쓰레기 속에서 얻은 그 단편적인 정보가 과연 모든 진실을 보여 줄 수 있을까요? 쓰레기 속에 어떤 정보가 있다고 해서, 그것이 진실이라고 말할 수는 없을 것입니다.

🗝 세 번째 열쇠말_ **진실**

'남자'는 이웃의 쓰레기를 뒤져 그들의 사생활을 유추합니다. 그러나 그것은 하나의 단편적인 사실이고 정보일 뿐 진실은 아닙니다. 옆집 여자가 사내와 헤어진 이유가 정말 백 킬로그램이 넘는 사내의 몸집 때문인지 정확히는 알 수 없지요. 진실은 옆집 여자와의 의사소통을 통해서만 알 수 있을 것입니다. 흔적을 분석하고 정보를 얻는다고 해서 이웃의 진실을 알게 되는 건 아닙니다.

옆집 여자의 쓰레기를 뒤져서 최지애라는 이름과 무선 호출기의 번호를 얻게 되었으나 그 번호는 이미 다른 사람의 번호가 되었고, 옆집 여자는 이사를 갑니다. 그리고 옆집 여자를 좋아했던 사내와 '남자'는 함께 옆집 여자가 던져 버린 돌하르방을 찾으며 소설은 끝을 맺게 됩니다.

사람과의 소통이 아니라 버려진 흔적을 뒤져서 얻은 단편적인 정보는 진실과는 거리가 멀지요. 사내는 자신의 방식으로만 옆집 여자를 사랑했고, '남자'는 옆집 여자가 버린 쓰레기를 통해서 알아낸 단편적인 정보로만 그 여자를 파악합니다. 진정한 소통이나 대화가 없었기 때문에, 사내나 '남자'는 진실에 도달할 수 없을 것입니다.

우리 역시 '남자'와 다르지 않다는 생각을 해 봅니다. '남자'가 쓰레기를 뒤져서 이웃들의 사생활을 유추한다면, 우리는 SNS를 통해 내가 보여 주고 싶은 것을 보여 주고, 타인의 SNS를 통해 타인의 삶을 훔쳐봅니다. 그러나 SNS에서 보이는 장면들이 진실이라고 할 수는 없습니다. 옆집 여자의 쓰레기를 뒤져 얻은 정보들이 진실이 아니듯, SNS를 통해 얻은 정보 역시 꾸며지거나 과장된 것들이 더 많을 것입니다. 진실은 만남과 소통을 통해 얻어지는 것이라고, 이 소설은 말하고 있는 것이 아닐까요?

이 작품에 등장하는 사람들은 이름이 없습니다. 507호 여자의 이름이 '최지애'라고 언급되지만, '남자'는 최지애와 만나지 못하고 대화조차 나눈 적이 없습니다. 등장인물은 남자, 부녀회장, 젊은 여자, 507호, 사내, 그 후배 등으로 지칭됩니다. 이름이 아닌 일반 명사로 지칭되는 이 소설의 등장인물들은 고유한 존재, 특별한 한 사람이 될 수 없음을 보여 주는 것이지요. 작가는 사람과 사람 사이의 단절, 단편적인 관계를 이름 없는 등장인물을 통해 보여 주는 듯합니다.

지금까지 하성란의 소설 「곰팡이 꽃」을 '쓰레기', '정보', '진실'이라는 세 가지 열쇠말로 살펴보았습니다. 단편적인 정보가 넘쳐 나는 지금의 사회에서 우리가 아는 정보가 모든 진실을 말해 주지 않음을, 그런 단편적인 정보로 타인을 재단하는 것이 위험한 일임을 생각해 보게 하는 소설이었습니다.

 권진희 (서울국어교사모임)

우상의 눈물

폭력
권력
위선

    이번 시간에 함께 이야기 나눌 작품은 전상국의 단편 소설 「우상의 눈물」입니다. 학교 내의 절대 악으로 묘사되는 기표 일당의 폭력과, 이 문제를 해결하고 자신들의 권력을 강화하려는 담임 선생님과 반장의 이야기를 담고 있는 소설이지요.

    이 소설에서 꼭 짚어야 할 열쇠말은 '폭력', '권력', '위선'입니다. 이 열쇠말들을 통해 작가가 그리고자 한 우리 사회의 문제점에 대해서 이야기 나눠 보겠습니다.

🗝 첫 번째 열쇠말_ **폭력**

    이 소설의 도입부는 작품의 서술자인 고등학교 2학년생 이유대가 최기표를 비롯한 소위 재수파 학생들에게 집단 폭행을 당하는 장면에서 시작합니다. 기표의 광기에 가까운 폭력적 행동들은 다른 학생들에게 두려움의 대상이 되고, 심지어 교사들조차도 '기표가 무서워서, 그의 안하무인한 앙갚음이 두려워서 제적을 못 시켰다.'고 할 정도로 엄청난 공포의 대상이 되고 있습니다.

소설의 전반부에 표현된 폭력에 기반한 기표의 힘은 매우 견고해 보입니다. 기표는 냉정하고 잔인하며, 절대 악의 현신으로 보입니다. 기표의 폭력에는 명확한 이유도 없고, 상대방의 사정을 봐주는 동정도 없습니다. 다만 폭력을 당하는 사람들이 각자 자신의 행동에서 자신이 폭력을 당하는 이유를 찾을 뿐입니다. 이유대 또한 자신이 폭행당한 이유가 새 학년이 시작되어 임시 반장을 맡았기 때문일 것이라고 짐작하지요.

유대는 일방적으로 가해지는 폭력에 대해 고발하고 바로잡을 수 있는 충분한 지적 능력을 갖추고 있는 학생입니다. 그의 서술을 보면 기표의 행동에 대한 이해와 담임 선생님의 말과 행동에 대한 분석이 비교적 명확하게 제시되어 있습니다. 그럼에도 유대는 왜 자신에 대해서도, 또 이후에 벌어진 반장 형우에 대한 폭력 사건에 대해서도 입을 다물고 있었을까요? 먼저 생각해 볼 수 있는 이유는, 기표의 폭력이 평범한 고등학생으로서는 상상할 수 없을 만큼 끔찍했기 때문일 것입니다. 유대는 고발 이후에 벌어질 일들에 대해 더 큰 두려움을 느꼈을지도 모릅니다. 오늘날의 학교 폭력에서도 흔히 발견할 수 있는 일이지요. 또 다른 이유는, 이미 폭력을 경험한 유대가 이후에 벌어지는 폭력들에 대해서 한발 물러선 방조자의 역할을 자초했을 수도 있습니다. 소설에서 기표가 담임 선생님과 형우의 계략에 의해 서서히 힘을 잃어 갈 때 오히려 기표의 입장에서 서술한다든지, 형우가 겪을 것으로 예상되는 폭력을 의도적으로 담임 선생님에게 보고하지 않는다든지 하는 장면들에서 이를 유추해 볼 수 있습니다. 어떤 면에서는 유대 또한 간접적 가해자로 볼 여지가 있는 것이지요. 그의 이름에 담긴 의미가 담임 선생님에 의해, "예수를 판 유댄가, 이스라엘 유댄가?"라는 질문의 형태로 등장하는 것도 같은 맥락으로 볼 수 있습니다.

이렇게 본다면, 소설의 후반부에 보이는 기표의 행동들도 제도적으로 획득한 권력에 대한 도전의 의미로 해석할 수 있습니다. 담임 선생님이 기표와 재수파인 또 다른 친구에게 준 추리닝을 가위로 잘라 버리고 다른 친구의 추리닝을 빼앗는 행동에서는 동정을 거부하고, 자신의 힘을 맹신하는 모습을 볼 수 있습니다. 그래서 기표는 첫 번째 열쇠말인 '폭력'의 주인에 해당하는 인물이지요.

🗝 두 번째 열쇠말_ 권력

이 작품에서 제도화된 권력을 지니고 있는 인물로는 담임 선생님과, 이런 담임 선생님의 말에 동조하고 협력하는 역할을 하는 반장임형우가 있습니다. 이 제도화된 권력은 원시적 힘을 원천으로 하는 기표의 폭력과 대조적인 의미를 갖습니다.

담임 선생님이 새 학년 첫날 학생들에게 전하는 메시지를 보면, 그가 요구하는 절대 복종의 의미를 파악할 수 있습니다. 그는 '이제부터 66명이 운명을 함께 하는 역사적 출항을 선언한다.'며 '나무를 전정할 때 역행 가지를 잘라 버려야 하듯 여러분의 항해에 역행하는 놈은 여러분 스스로가 엄단할 수 있어야 한다.'고 합니다. 이러한 발언은 마치 민주적 절차에 따라 학급을 운영할 것이며, 학생들의 자율에 의해 의사 결정이 이루어질 것이라고 말하는 것처럼 보입니다. 하지만 자세히 들여다보면, 자신의 요구와 신념에 역행하는 사람들은 용서하지 않겠다는 의지를 드러내는 말이며, 동시에 자신의 손으로 그 일을 직접 하는 것이 아니라 학생들의 손을 빌려 역행하는 가지를 베어 버리겠다는 뜻으로 읽힙니다. 담임 선생님 역시 기표만큼이나 무서운 사람인 것이지요. 표면적으로는 '사랑과 신뢰로써 반을 하나로 결속하는 슬기'를 말하지만, 속뜻은 학생 상호 간의 감시와 통제를 의미하는 것입니다.

권력자의 대표 격인 담임 선생님 이외에, '권력'이라는 열쇠말에서 중요한 인물로 다루어야 할 사람은 학급 반장인 형우입니다. 형우는 우수한 성적과 통솔력, 선량해 보이는 외모 등 리더에게 요구되는 다양한 장점들을 두루 갖추고 있지요. 그는 이러한 자신의 장점들을 적절히 이용해 자기 권력을 강화하려고 합니다. 바로 기표의 허상을 밝히고, 기표의 힘을 빼서 몰락시키려고 하지요. 이때 사용하는 전략이 신화적 존재로 군림해 온 기표의 가난한 형편을 폭로하는 것이었습니다. 폭로하는 방식 또한 상대방을 돕기 위한 위선으로 가장하여, 다수의 사람들에게 전달됩니다. 앞서 언급한 형우의 많은 장점과 더불어 화려하고 뛰어난 그의 언변이 진가를 발휘하는 순간이라고 할 수 있지요. 그리고 결과적으로, 기표로 대변되는 무자비한 폭력은 제도권 내의 권력과 그 권력에 기생하는 각종 세력들의 연합 앞에 무릎을 꿇고 도망치지요.

그러면 권력에 기생하는 각종 세력에 대해 좀 더 살펴볼까요? 이 작품에서 절대 권력자는 담임 선생님입니다. 그리고 그로부터 정당한 권력을 부여받아 기표 일당의 힘을 빼놓기 위해 시험 중에 부정행위를 유도하기도 하고, 도움을 가장하여 기표의 가난을 폭로하는 등의 역할을 하는 반장 형우가 있습니다. 또한 기표의 가정 형편과 주변의 이야기들을 흥밋거리로 다루려는 신문, 방송 등의 언론과 기표의 이야기를 영화화하려는 영화사 등이 이러한 권력에 기생하는 세력들로 존재합니다. 이 거대한 세력들이 똘똘 뭉쳐 기표의 힘을 빼려고 했기 때문에 오직 홀로 세상에 맞서야 했던 기표는 큰 두려움을 느낄 수밖에 없었을 것입니다.

🔑 세 번째 열쇠말_ **위선**

'위선'은 담임 선생님으로 대표되는 권력자와 그 세력들에게서 발견할 수 있지요. 앞서 언급한 소설의 내용에서 새 학년 첫날 담임 선생님은 자율을 가장한 절대 복종과 학급 구성원들 상호 간의 감시와 견제를 명령한 바 있습니다. 그리고 유대나 형우 등을 전면에 내세워 학급 내의 동태를 살피고, 기표의 힘을 제압하기 위한 시도를 합니다. 이것이 바로 권력자인 담임 선생님의 위선이지요. 표면적으로는 자율적으로 학급을 운영하고, 이러한 학급 운영에 위기 상황이 생기면 민주적 절차에 의해 해결할 것처럼 말하고 있으나, 실상은 자신의 권위를 세우고, 이익을 위해 행동하는 것입니다. 다른 세력들을 통제하기 위해 위선의 허울을 쓰고 있지요.

물론 위선은 권력자와 권력에 기생하는 모든 세력들에게 해당되는 말입니다. 형우는 자신에게 폭력을 가한 기표 일당을 친구라는 이름으로 감싸고, 용서해 줍니다. 이 때문에 대견하고, 기특하고, 배려심 깊은 반장이라는 특별한 타이틀을 얻지요. 또한 몸이 불편한 부모님과 함께 가난하게 살아가는 기표의 처지를 알리고, 학교의 구성원 모두가 기표를 도울 수 있도록 전면에 나섭니다. 이것은 반장으로서 형우의 능력을 돋보이게 할 뿐 아니라 신문이나 방송, 영화 등의 분야에서도 제법 흥미로운 이야깃거리로 취급받지요.

각계각층으로부터 도착하는 희망의 메시지와 도움의 손길들은 기표를 더욱 옴짝달싹 못 하게 만들고, 기표를 기표답게 만들던 원시적 폭력성, 그가 지닌 야수성이 빛을 잃게 하는 계기가 됩니다. 소설의 전반부에서 기표를 표현하던 이미지들은 '사자, 맹수, 냉혈 동물, 흡혈귀' 등 포악한 공포의 대상이었지만, 후반에는 '이빨 뺀 뱀, 동정받아 마땅한 벌레' 등의 가엾고 나약한 대상으로 바뀝니다. 이러한 이

미지의 변화는 결국 권력자들의 작전대로 되어 감을 의미합니다.

　이대로만 흘러간다면 권력자들의 완벽한 승리로, 그들의 위선이 드러날 새도 없이 기표가 백기를 들고 항복을 선언하면서 마무리되겠지요. 하지만 소설의 마지막에 기표는 자기 여동생에게 편지를 남기고 가출을 합니다. 기표의 가출 소식을 들은 담임 선생님의 분노와 기표가 여동생에게 남긴 편지의 첫 줄을 보여 주면서 이 소설이 마무리되지요. 권력자들의 위선은 독자들에게 그렇게 폭로되고, 기표는 권력이 제공해 주는 따뜻한 손길로부터 도망칩니다. 결국 기표의 가출은 제도권의 도움을 거부하고, 다시 자기 힘의 원천이자 원시의 폭력이 작용하는 세계로 나가는 것을 의미합니다.

　담임 선생님이 분노하는 모습은 결국 권력자의 위선을 직접적으로 드러냅니다. 기표의 편지가 '무섭다. 나는 무서워서 살 수가 없다.'로 시작하는 것은 정당한 힘을 부여받은 권력이 휘두르는 힘 앞에 굴복한 맹수의 부르짖음으로 이해됩니다. 기표가 가출을 하는 바람에 권력자들은 뜻을 이루지 못했고, 그들의 위선이 드러났지만, 기표 역시 자신의 폭력의 주무대였던 학교를 떠나야 했기 때문에 기표가 이긴 게임이라고 할 수도 없습니다.

　이 소설이 발표된 당시의 우리 사회는 폭력이 난무하는 사회였습니다. 특히 1970년대~80년대에 폭력은 우리 사회 전반에 걸쳐 작동하고 있었습니다. 크게는 독재 권력의 잔인하고 흉포한 폭력으로부터 작게는 학교와 가정에서조차도 가부장적 권위에 의한 폭력이 일상화된 시기였지요.

이 소설에 등장하는 모든 인물들은 악의 요소를 지니고 있습니다. 기표의 원초적이고 야만적인 힘과 담임 선생님을 비롯한 권력자들의 간교한 지혜에 근거한 힘이 대립을 이루고 있지요. 그리고 이 두 힘의 대결은 두 가지 악의 대결이기도 합니다. 원시적 악마성이 아무리 무섭다고 해도 간교한 힘에 눌리고 말았지만, 어느 쪽도 진정한 승리를 거두지 못한 채로 소설은 끝이 납니다. 어떤 사회든 그 속에서 우위를 점하려는 사람들의 치열한 싸움은 끊임없이 전개되고 있고, 여러 양태로 드러나게 됩니다. 작가는 아마도 이러한 지배 원리의 간교함을 청소년들의 세계인 작은 교실을 통해 보여 주려던 것이 아니었을까요?

지금까지 기표 일당으로 대표되는 원시적 힘을 가진 '폭력'과, 담임 선생님과 형우 등 사회적으로 부여받은 정당한 힘을 의미하는 '권력', 그리고 권력자들의 욕망을 실현하기 위한 '위선', 이렇게 세 가지 열쇠말로 전상국의 단편 소설 「우상의 눈물」을 살펴보았습니다.

 김인 (울산국어교사모임)

홀(The Hole)

　2016년에 발표된 편혜영 작가의 장편 소설 『홀』은 미국 문예 주간지 『뉴요커』에 게재되기도 하였고, 서스펜스 문학에 수여하는 셜리 잭슨상을 수상하기도 한 작품입니다. 2024년에 한강 작가가 노벨문학상을 수상하는 등 최근 한국 작가들의 작품이 외국 문학상을 심심찮게 수상하고 있지요. 참으로 기분 좋은 소식들입니다.

　편혜영 작가는 1972년생으로, 한창 활발하게 작품 활동을 하는 역량 있는 작가입니다. 2000년에 서울신문 신춘문예로 등단했으며, 한국일보문학상, 이효석문학상, 오늘의젊은예술가상, 동인문학상, 이상문학상, 현대문학상 등을 수상했지요.

　그럼, 작품에 대해 이야기 나누어 볼까요? 우선 '홀'이라는 제목이 눈에 띕니다. 책 표지에 'The Hole'이라는 표기가 있는 것으로 보아,

'구멍'이라는 뜻임을 알 수 있습니다. 이 소설에서 '구멍'은 주제를 나타내는 매우 중요한 소재입니다. 구멍은 등장인물들의 마음에도 있고, 주인공이 사는 물리적인 공간인 정원에도 있습니다.

   소설은 '오기'라는 남성이 병원에서 눈을 뜨면서 시작합니다. 오기는 아내와 여행을 가다 교통사고를 당하고, 한동안 의식이 없다가 겨우 의식을 찾았습니다. 불행히도 함께 차에 타고 있던 아내는 그 사고로 목숨을 잃었어요. 자신이 운전하던 차에서 자신만 살고 아내만 죽었으니 오기의 상실감이 컸겠지요? 더욱이 오기는 그 사고로 온몸이 마비되어 겨우 눈만 깜박거릴 수 있었습니다. 후에 왼손을 조금 움직여 글을 쓸 수는 있었지만 매우 불완전했고, 힘들게 입을 벌릴 수는 있었지만 말을 하기는 어려웠어요. 오기는 꼼짝없이 누워 지내야만 하는 처지가 된 것입니다.

   스스로 거동할 수 없으니 타인의 도움을 받아야 했습니다. 오기의 엄마는 오기가 열 살 때 약물 과다 복용으로 돌아가셨고, 고집과 독선이 지나쳤으며 무심했던 아버지는 암으로 돌아가셨습니다. 더욱이 오기는 외동이었어요. 오기의 아내는 자신이 하고 싶은 것을 분명히 알았고, 그것이 진심이라 믿었지만 대부분 해내지 못하는 사람이었습니다. 오기는 그런 아내에게 매력을 느꼈고, 아내를 만나 아동기와 결별하고 어른이 될 수 있었다고 했습니다. 오기의 아내 역시 외동딸이었고, 장인도 3년 전에 돌아가신 터라, 장모도 가족이라고는 오기밖에는 없었어요. 그래서 장모가 오기를 보살피게 됩니다.

장모는 예의 바르고 단정한 사람으로 처음에는 오기를 살뜰하게 챙길 줄 알았는데, 시간이 갈수록 몸을 움직일 수 없는 오기를 방치하고 학대하는 모습에서 무서움이 느껴지지요. 장모의 변화로 소설의 긴장감이 고조됩니다. 오기는 꼼짝도 못 하는데, 유일한 보호자인 장모는 오기를 병원에 데려가지도 않고, 간병인과 물리 치료사도 오지 못하게 하고, 오기를 점차 세상과 격리시킵니다.

　변화의 계기는 장모가 아내의 글을 읽은 후부터였어요. 도대체 아내가 무슨 글을 썼기에 장모가 변한 걸까요? 그 내용은 잠시 후에 들려드리겠습니다.

　오기는 장모로부터 벗어나 병원에 가기 위해 곡기를 끊고 위태로운 지경에 이르지만, 장모는 끝내 오기를 병원에 데려가지 않습니다. 간신히 팔다리를 움직일 수 있게 된 오기는 장모가 집을 비운 사이 탈출을 시도하지요. 하지만 집을 나가기 전에 돌아온 장모에게 막혀, 장모가 정원에 파 놓은 구덩이에 빠집니다. 오기가 아내를 떠올리고 울면서 이야기는 마무리됩니다.

　마음이 무거운 결말이지요. 그런데 처음에는 갑작스럽게 닥친 불운으로 모든 것을 잃은 오기를 불쌍하게 여겼지만, 글을 읽으며 인과응보랄까, 오기의 고통과 장모의 변화를 이해하게 되는 부분이 있습니다. 그런 반전이 이 작품의 묘미라고 할 수 있지요.

　이제 작품을 이해하기 위해 '시점', '구멍', '사십 대'라는 열쇠말을 가지고 이야기를 나누겠습니다.

🔑 첫 번째 열쇠말_ **시점**

　이 작품의 시점은 전지적 작가 시점입니다. 서술자는 오기의 마음, 오기에게 일어난 일들을 모두 알고 서술하고 있어요. 소설의 후반부에 이르기 전까지 서술자는 전적으로 오기의 입장에서 서술을 합니다. 오기의 성장 과정, 사랑, 성공, 두려움, 공포까지, 오기의 입장에서 서술을 해 나가다 보니 독자는 자연스럽게 오기에게 감정 이입을 하게 됩니다. 오기는 희생양이고, 장모는 악독한 사람이라고 생각하게 되지요.

　갈등이 절정에 이를 때, 서술자는 새로운 사실을 제시합니다. 사실은 오기가 제이라는 동료와 불륜을 저질렀고, 그 와중에 가르치는 학생과 바람이 나서 제이가 떠나갔으며, 성공하기 위해 동료를 음해하는 술수를 부렸다는 내용이지요. 아내는 이런 오기의 모습에 깊이 실망하였고, 오기의 악행을 고발하는 글을 작성하였습니다. 그리고 오기와의 여행이 끝나면 그 글을 오기의 주변 사람들에게 보내서 오기의 타락을 알리고자 하였습니다. 오기가 사고를 당한 그 여행이 끝나면 오기와 아내는 이별할 예정이었던 거지요.

　그런데, 그 여행을 가던 중 사고가 나서 아내가 죽었으니, 이 사실을 알게 된 장모의 마음이 어떠했을까요? 그 과정에서 독자는 내가 알고 있던 것이 전부가 아니구나, 사건을 보는 새로운 시각이 있을 수 있구나, 하며 섣부르게 판단한 자신을 돌아보게 되지요. 서술자는 정보 중 일부만을 전달함으로써 독자의 사고를 유도하였고, 새로운 정보를 제시함으로써 독자의 판단이 정확하지 않았음을 스스로 깨닫게 합니다. 한 번 따끔하게 데인 독자는, 이후 좀 더 신중하게 판단하면서 작품을 읽게 되겠지요?

🔑 두 번째 열쇠말_ 구멍

작품에서 장모가 정원에 파 놓은 음침한 구멍이 참 인상적입니다. 식물이나 물고기를 살리기 위한 공간이 아니라, 죽은 것들을 위한 공간, 즉 삶이 아니라 죽음을 위해 존재하는 공간으로 보이지요.

정원은 아내가 정성 들여 가꾸던 곳이었는데, 세 번의 변화를 겪습니다. 처음엔 손님들과 어울릴 수 있는 공간이었고, 다음엔 이루고 싶은 것이 많았던 아내가 여러 좌절을 겪은 후 자신의 꿈을 가꾸던 곳이었어요. 마지막으로는 장모가 기괴하게 만든 공간이 되었지요. 그 공간이 변화하게 된 계기는 오기에게 있었습니다. 아내가 오기의 불륜을 알고 나서 정원을 손님이 오는 공간이 아니라 자신만의 공간으로 가꾸었고, 장모가 아내의 글을 통해 오기의 타락을 알고 나서 오기와 세상을 단절시키고 오기를 가두는 공간으로 바꾸었지요.

구멍은 정원뿐 아니라 인물들의 마음에도 있었어요. 오기는 제이의 사랑을 잃고 마음에 구멍을 느낍니다. 서로를 신뢰하지 않는 오기와 아내 사이에도 구멍이 생기지요. 그 구멍은 걷잡을 수 없이 커집니다. 지도를 연구하는 오기는 가장 오래된 바빌로니아 세계 지도의 중심에 뚫려 있는 구멍에 매혹됩니다. 그 구멍은 컴퍼스로 지도에 원을 그리다가 생긴 것이지요. 오기는 사람들은 누구나 그런 식의 빈구석을 가질 수밖에 없다고 생각합니다. 하지만 그 구멍이 커지면 오기와 아내처럼 삶을 잃게 되지요. 작가는 사람의 내면, 사람의 관계에서 느끼는 허무와 절망, 타락을 구멍으로 형상화한 것처럼 보입니다. 그 구멍은 어디에서 오는 걸까요?

🔑 세 번째 열쇠말_ **사십 대**

작가는 사십 대라는 나이에 주목합니다. 사십 대는 모든 죄가 잘 어울리는 나이라며, 타락한 사십 대의 모습을 포착하지요. 사십 대는 죄를 지을 조건을 갖춘 시기로, 너무 많이 가졌거나 가진 게 없어 죄를 짓습니다.

오기는 너무 많이 가졌고, 아내는 가진 게 없어서 죄를 짓는 사람이지요. 사회적으로 성공하여 많은 것을 누린 오기와 달리, 아내는 자신이 원하는 것들을 이루어 내지 못했어요. 오기는 임용을 위해 동료 교수에 대한 악소문을 퍼트리거나, 부인 외에 애인이 있으면서 학생과 불륜을 저지르는 등의 죄를 짓습니다. 아내는 사회적인 자아를 실현하지 못하고, 자신 안으로 침잠합니다. 오기의 악행을 바라보며, 오기의 잘못을 사실과 다르게 파악하거나, 오기에 대한 분노에 휩쓸려 복수를 모색하지요. 그런 아내는 죽고, 오기 또한 사고로 비참한 결말을 맞이한다는 점에서, 작가가 사십 대의 구멍에 대해 부정적인 입장을 취하고 있다는 것을 알 수 있습니다.

독자는 오기의 비참한 삶에 안타까움을 느끼다, 결국 그 결말이 오기의 선택 때문이었구나, 하고 느끼게 됩니다. 그러니, 이제 나이를 먹었으니 세상의 죄에 좀 무뎌도 돼, 내가 잘 살기 위해 타인을 밟고 올라서도 돼, 하는 생각이 얼마나 잘못된 것인지를 깨달을 수 있게 되겠지요.

이 작품의 매력은, 다른 뛰어난 소설들이 그렇지만, 그러한 내용을 사건과 구성, 시점 등을 통해 뛰어나게 형상화했다는 점에 있습니다. 독자가 조마조마하면서 끝까지 재미있게 글을 읽을 수 있어요. 이야기를 이렇게 탄탄하게 만들 수 있는 작가의 역량에 놀랐고, 이야기의 매력에 흠뻑 빠질 수 있는 소설이었습니다.

지금까지 일상에서의 선택이 삶에 어떻게 구멍을 내는지를 보여주는 편혜영의 『홀(The Hole)』이었습니다.

 윤여정 (고양파주국어교사모임)

김연수/ 이토록 평범한 미래
황순원/ 너와 나만의 시간
최진영/ 단 한 사람
정채봉/ 오세암
김완/ 죽은 자의 집 청소
구효서/ 시계가 걸렸던 자리
김희선/ 골든 에이지
김초엽/ 우리가 빛의 속도로 갈 수 없다면

3부

삶과 죽음 사이

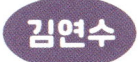

이토록 평범한 미래

 여러분이 상상하는 미래는 특별한가요? 모두가 현재보다 더 나은, 어쩌면 기적적으로 특별한 미래를 꿈꿉니다. 그런데 오늘은 '평범한 미래'에 대해 이야기를 나누어 보려고 합니다.

 2022년 10월, 김연수 작가가 9년 만에 소설집을 출간했습니다. 이 책의 표제작인 「이토록 평범한 미래」는 우리가 미래를 상상하는 방법에 대해 다시 생각해 보게 만듭니다. 작가가 왜 미래와 평범함이라는 단어를 연결했을까 궁금해지는데요. '미래의 모습', '언어와 눈', '생명'이라는 세 가지 열쇠말을 통해 그 이유를 살펴보겠습니다.

첫 번째 열쇠말_ 미래의 모습

소설의 주인공은 모든 게 끝났다고 말하는 사람을 볼 때마다

1999년의 일을 생각합니다. 일어난 일과 일어나지 않은 일, 모두를 말이죠. 우리는 힘들 때 종종 모든 게 끝났다고 생각하곤 합니다. 비관적인 생각이죠. 이런 생각이 드는 이유는 더 나은 미래가 그려지지 않기 때문입니다. 보통 우리는 더 나은, 더 좋은 미래를 꿈꾸며 현실의 어려움과 고통을 참습니다. 그런 미래가 보장되지 않는다면 현실을 살아 내는 것은 더욱 힘듭니다.

소설가인 주인공은 자신의 1999년을 떠올립니다. 그해 여름, 한 학기 내내 짝사랑하던 지민에게 마음을 털어놓았고, 지민은 고백을 받아들이는 대신 동반 자살을 제안합니다. 동반 자살을 제안하는 지민은 어떤 삶을 살고 있었을까요? 모든 게 끝났다고 말하는 사람 중 한 명이었을 겁니다.

그들은 죽기 전 주인공의 외삼촌을 찾아갑니다. 출판사에 근무하는 외삼촌에게 지민의 엄마가 썼던 소설에 대해 물어보죠. 「재와 먼지」라는 소설은 출간되자마자 판매 금지를 당합니다. 1972년 10월, 박정희 정권은 장기 집권을 위해 헌법을 개정했는데요, 이를 '유신 헌법'이라 부릅니다. 이 시기는 출판 언론에 대한 검열이 매우 심했어요. 「재와 먼지」는 '1972년 10월을 우리는 시간의 끝이라고 불렀다.'라는 문장으로 시작되는데, 이 첫 문장 때문에 판매 금지된 것으로 보입니다. 그 내용은 우리를 놀라게 하기에 충분한데요. 요즘 나온 드라마와 영화처럼 시간 여행을 다루고 있습니다. 미래가 없는 연인들은 동반 자살을 결심하고, 그 직후 자신들이 살아온 인생이 눈앞으로 쭉 펼쳐지는 것을 봅니다. 그 과정은 단순히 삶을 지켜보는 것이 아니라 실제로 인생을 살아가는 것과 같았지만, 시간이 거꾸로 흘러간다는 점이 달랐습니다. 동반 자살을 하는 그날이 새로운 인생의 첫날이 되고, 자고 일어나면 그 전날이 찾아오는 식이죠.

주인공은 김원이라는 사람이 쓴 에세이를 읽게 됩니다. 김원 또한 「재와 먼지」를 읽은 경험에 대해 자신의 페이스북에 글을 남깁니다. 그는 도박으로 돈을 잃고 복잡한 심경으로 소설을 읽습니다. 그리고 문득 깨달음을 얻습니다. 과거가 현재를 결정하는 것이 아니라 미래가 현재를 결정하는 것이라는 점을요. 「재와 먼지」의 내용은 이렇게 이어집니다. 연인들은 과거로 진행되는 인생을 한 번 더 살면서 서로를 처음 만난 순간을 마주합니다. 그때 자신들의 마음이 얼마나 설레고 기뻤는지 기억하죠. 두 번째 삶을 살면서 그들은 미래, 그러니까 원래대로라면 과거를 적극적으로 상상합니다. 그리고 가장 좋은 게 가장 나중에 온다고 상상하는 일이 현재를 어떻게 바꿔 놓는지 알게 됩니다. 그러면서 그들에게는 희망이 생깁니다. 가장 좋은 미래를 상상할 수 있기를 소망하는 순간, 시간은 원래대로 흐르고, 세 번째 삶이 시작됩니다.

어떤가요? 미래를 상상하고 믿는 것이 우리의 현재를 바꿔 놓을 수 있을까요? 적어도 「재와 먼지」의 연인들, 그리고 「이토록 평범한 미래」의 주인공과 지민의 삶은 바뀌었습니다. 그들은 새로운 삶을 살아갑니다. 이들의 미래가 지금의 상황과 극적으로 다르거나, 의심의 여지 없이 아름답지는 않습니다. 하지만 그들은 깨달았습니다. 그토록 평범한 미래와 평온한 삶이 현재 뒤에 올 것임을. 그러한 믿음이 현재를 살아가게 한다는 것을.

🗝️ 두 번째 열쇠말_ **언어와 눈**

앞에서 미래를 상상함으로써 현재를 살아갈 힘을 얻을 수 있다는 이야기를 나눠 보았습니다. 소설 속 인물들은 어떻게 미래를 상상할 수 있었을까요? 소설에서도 이야기하듯이 과거는 이미 겪은 일이기 때문에 충분히 상상할 수 있지만, 미래는 가능성으로만 존재하므로 상상하기 어렵습니다. 그래서 비극적입니다.

미래를 상상할 수 있게 되더라도 '우리의 현재가 행복해지리라는 보장이 있을까?'라는 생각도 듭니다. 아까 등장했던 김원이라는 인물이 쓴 에세이의 서문에는 이런 내용이 담겨 있습니다. 사람들은 인생이 괴롭다고 하지만, 우리 인생은 기본적으로 행복하다고요. 인생은 행복의 바다지만 파도가 일면 그 모습이 가려집니다. 그는 '언어는 현실에서 비롯되지만 현실이 아니며, 결국에는 현실을 가린다.'라고 적습니다.

이것은 무슨 의미일까요? 우리는 종종 행복하다고 말하면서 불안을 느끼는 경험을 합니다. 행복해서 행복하다고 말하는데, 왜 불안해질까요? 김원은 '행복'이라는 말은 실제 행복 그 자체가 아니라 이를 대신한 언어에 불과하기 때문이라고 봅니다. 말로는 여러 번 깨달았어도 우리 인생이 계속 괴로운 이유는 이 때문입니다.

언어만이 우리의 행복을 방해하는 것은 아닙니다. 우리가 세상을 보는 눈도 우리의 한계를 보여 줍니다. 소설 속에는 '그러나 당신은 실제로 눈을 보지는 않는다.'는 비트겐슈타인의 문장이 나옵니다. 우리는 원하는 것을 다 볼 수 있지만, 그것을 보는 자신의 눈만은 보지 못합니다. 우리는 보이는 것을 다 본다고 느끼지만, 사실 우리 눈의 한계 안에서 보고 느끼는 것이죠. 비트겐슈타인은 '나의 언어의 한계는 나의 세계의 한계다.'라는 말도 남겼습니다. 여기서 인간의 본질적 괴로움이 비롯되는 게 아닐까 싶습니다.

그렇다면 우리는 어떻게 언어와 눈의 한계를 벗어날 수 있을까요? 우선 나의 말과 눈이 가지는 한계를 인식해야 합니다. 내가 생각하는 것, 보는 것이 다가 아님을 깨달아야 합니다. 그 후에야 우리는 초월적 시선을 가지고 미래를 볼 수 있습니다. 전과 달라지는 것이죠. 내 앞의 세계를 바꾸거나, 바꾸려고 결심할 수 있습니다. 그런 결심이 있을 때 미래를 상상할 수 있고, 현재를 살아갈 의미를 다시금 찾을 수 있지 않을까요?

🗝 세 번째 열쇠말_ **생명**

주인공과 지민은 어떻게 이 한계에서 벗어나 미래를 적극적으로 상상하게 되었을까요? 그들은 자신들이 보는 세계가 다가 아님을 인식합니다. 그들은 죽기 전에 신의 말을 들으러 갑니다. 그들이 찾아간

신은 접신한 미국인, 줄리아입니다. 줄리아는 그들에게 죽어서는 안 된다고 합니다. 두 사람이 결혼할 것이기 때문이죠. 사실 주인공과 지민을 만난 외삼촌도 비슷한 말을 합니다. 앞으로 두 사람이 결혼하기 때문에 지금 여기 함께 있다고 생각한다면 그들이 어떻게 달라질지 생각해 보게 했죠.

줄리아와 외삼촌의 말은 그들에게 허무맹랑하게 들렸을 겁니다. 하지만 오랜 시간이 흐른 뒤, 그들은 실제로 결혼하게 됩니다. 지민은 그때 들은 신의 말은 놀라웠지만, 살아 보니까 그건 놀라운 말이 아니라 너무 평범한 말이었다고 얘기합니다. 우리는 죽지 않고 결혼해 살고 있고, 줄리아는 그냥 이 사실을 말했을 뿐이라고. 다만 이십 년 빨리. 그 시차가 평범한 말을 신의 말처럼 들리게 한 것이라고. 지민의 깨달음이 놀랍지 않나요?

앞서 이야기했듯이 미래를 상상하고 믿는 것은 중요합니다. 소설에서처럼 사람을 다시 살게 만들 수도 있으니까요. 미래를 상상하면서 소설 속 인물들은 생명을 새롭게 얻습니다. 주인공은 이야기합니다. 우리가 계속 지는 한이 있더라도 선택해야 하는 건 이토록 평범한 미래이며, 포기하지 않는 한 그 미래가 다가올 확률은 100퍼센트에 수렴한다고요.

저는 이제 믿을 수 있습니다. 이미 일어난 일들이 아니라 앞으로 일어날 일들이 원인이 되어 현재의 일이 벌어질 수도 있다는 것을. 우리는 가능성을 가진 과거를 기억해야 한다는 것을. 평범한 미래를 상상하는 순간, 우리는 우리에게 다가올 평범한 미래를 위해 현재를 살아갈 수 있습니다. 과거에 상상하지 못했던 평범한 미래가 우리의 현재가 된 것처럼, 지금 상상하는 미래가 현재로 올 것임을 알게 되니, 지금 이 순간을 계속 살아 내면 되는구나 하는 생각이 들었습니다.

　정화진 시인의 「너는 길이 어두워 꽃을 보지 못했구나」라는 시에 이런 구절이 있습니다. '왜 울고 있니? 미래야/길이 어두워 꽃을 보지 못했구나' 지금 걸어가는 길이 어두운 사람은 꽃을 보지 못합니다. 우리는 꽃을 볼 수 있는, 생명의 힘을 가진 미래의 모습을 상상해야 하지 않을까요? 여러분이 꿈꾸는 미래는 특별한가요, 평범한가요?

 서정윤 (대구국어교사모임)

> 황순원

너와 나만의 시간

현 중위의 꿈
권총
개 짖는 소리

　황순원 작가는 여러분에게도 아주 익숙한 작가일 텐데요. 여러분의 머릿속에 다양한 소설 제목들이 떠오를 것 같습니다. 그런데 황순원 작가는 소설이 아닌 「나의 꿈」이라는 시로 1931년 작품 활동을 시작했습니다. 학교에서 황순원 작가의 시를 배운 기억이 없어서 소설가라고만 알고 계셨겠지만, 시인으로 출발해 단편 작가를 거쳐, 장편 작가로까지 영역을 확장한 작가입니다. 그뿐 아니라 그에게는 <시집은 가야지요>라는 제목의 영화에도 출연한 이색 경력이 있습니다.

　오늘 이야기할 「너와 나만의 시간」은 1958년 『현대문학』에 발표된 짧은 소설입니다. 제가 「너와 나만의 시간」을 소개하고 싶었던 이유는 학교에서 학생들과 수업할 때 학생들의 반응이 가장 뜨거웠던 소설이었기 때문입니다. 시로 데뷔를 해서 그런지 황순원 작가의 작품에서는 직접적인 대화보다는 감각적인 묘사와 간결하고 세련된 문체로 서술됩니다. 그래서 읽는 사람에 따라 그 느낌이나 해석이 다른 경우가 많습니다. 학생들도 이 부분은 이런 것 같다, 저 부분은 이런 의미인 것 같다면서 다양한 이야기를 나눌 수 있어, 이 소설을 좋아하는 것이 아닌가 생각합니다. 그런 의미에서 오늘은 수업 중 학생들과 나누었던 이야기들도 함께 들려드리겠습니다.

그러면 본격적으로 작품을 살펴볼까요? 이 소설에는 주 대위, 현 중위, 김 일병, 세 명의 인물이 등장합니다. 그들은 이름이 아닌 직위로 등장하는데요. 혹시 무엇인가를 눈치채셨나요? 네, 그들의 직위를 보면 그들이 군인임을 알 수 있습니다. 그리고 직위가 각각 다른 만큼 성격도 많이 다른 모습으로 그려지고 있지요.

🔑 첫 번째 열쇠말_ **현 중위의 꿈**

소설은 '벌써 이틀째다.'라는 짧은 독백으로 시작합니다. 소설의 중심인물인 세 사람은 어느 산속을 헤매고 있습니다. 주 대위는 허벅다리에 관통상을 입고 압박대로 지혈을 한 상태로, 현 중위와 김 일병의 부축을 받으며 목적지도 모른 채 걷고 있습니다. 현 중위와 김 일병이 서로 번갈아 가며 주 대위를 바꿔 업고 있는 동안, 현 중위는 그제 밤에 꾼 꿈에 대해 생각합니다.

현 중위의 꿈은 전체적으로 누런빛을 띱니다. 누렇게 뜬 하늘에 황달 든 태양이 타고 있고, 그는 황야 한가운데에 땀을 흘리며 서 있습니다. 그 바로 앞에는 누렇게 뜬 흙바닥에 누런빛을 한 개미 떼가 연달아 기어 나오고 있고, 기어 나오는 개미 떼의 목을 대기하고 있던 왕개미가 잘라 내고 있습니다. 이 꿈에서 왕개미와 개미 떼가 상징하는 것이 무엇인지 생각해 보는 것이 좋겠죠? 학생들에게 물어보았더니 왕개미는 전쟁을 일으킨 국가 권력, 국가 간의 이권 다툼을, 개미 떼는 전쟁에 끌려가 아무 잘못 없이 죽음을 맞이하는 일개 국민이나 전쟁을 상징하는 것 같다고 이야기하였습니다. 여러분은 어떻게 생각하시나요?

현 중위의 이 꿈은 소설에서 한 번 더 등장합니다. 황순원 작가가 이 짧은 소설에서 같은 꿈 이야기를 두 번이나 등장시킨 것을 보면, 이 꿈이 작가가 전하고자 하는 바를 상징적으로 전달하고 있는 것 같습니다. 두 번째로 이 꿈이 등장하는 부분은 현 중위가 주 대위와 김 일병을 버리고 혼자 길을 떠나기 전인데요. 현 중위는 결국 전우애보다는 현실적인 판단으로 두 사람을 버리고 가는 것을 선택합니다. 이때 현 중위는 꿈속 개미 떼가 나오는 구멍 옆에 자신의 의식 속에서 만든 샛구멍을 발견합니다. 아마 이 샛구멍은 현 중위가 두 사람을 버리고 가게 될 자신만의 도피의 길을 상징하는 것이 아닐까요?

🔑 두 번째 열쇠말_ 권총

어느 산등성이에 이르러 김 일병이 주 대위를 업어야 할 차례가 왔습니다. 지형상으로 보아 앞산으로 질러 가면 잠깐인데, 그렇지 않으면 상당히 돌아가야 할 부분에 도달한 세 사람은 고민을 합니다. 현 중위는 질러 올라가자고 했고, 김 일병은 계곡을 내려갔다가 혹시 길을 잃게 되면 고생은 고생대로 하고 시간은 더디어질 테니 돌아가자는 의견을 냈습니다. 이때 주 대위는 현 중위에게 김 일병의 말대로 하자고 합니다. 그리고 이어서 학생들이 이 소설에서 가장 인상 깊다고 꼽는 부분이 등장합니다. '퍼뜩 현 중위의 눈이 주 대위의 허리에 매달려 있는 권총으로 갔다. 그런 그의 눈앞에는 또다시 꿈의 장면이 나타났다.'

어떠신가요? 학생들이 왜 이 부분을 가장 인상적이었다고 꼽는지 짐작이 되시나요? 그리고 앞서 이야기한 현 중위의 꿈이 상징하는 바가 무엇인지 느낌이 오시나요? 이 장면 이후에 이어지는 주 대위의 대사는 "자네도 여길 떠나게. 현 중원 갔어. 내가 자살하길 기다리다 못해 떠났어."입니다. 이 장면에 대해 한 학생이 적은 글을 소개하겠습니다.

"이 소설을 읽으면서 가장 슬펐던 부분은 현 중위가 주 대위의 총을 바라보는 시선을 통해 주 대위의 자살을 바란다는 것을 주 대위가 눈치채는 장면이다. 다치지 않은 동료에게 피해를 주지 않고 싶지만, 그와 동시에 간절히 살고 싶다는 생각 때문에 주 대위는 잠자코 있었을 것이고, 동시에 현 중위가 권총을 응시하는 짧은 순간에 마음속에 많은 갈등이 생겼을 것이다. 이런 인물들 사이의 미묘한 갈등이 이 소설에서 가장 슬픈 장면으로 기억에 남았으며, 현 중위의 눈빛과 주 대위의 심정을 통해 내가 겪어 보지 못한 전쟁의 참상을 가장 잘 느낄 수 있었다."

　현 중위도 떠났다며 자네도 떠나라는 주 대위의 제안에도 김 일병은 말없이 주 대위에게 등을 돌려 대어 그를 업고 가겠다는 뜻을 표현합니다. 열아홉 살밖에 안 된 소년의 순수한 전우애가 드러나는 행동입니다. 주 대위는 김 일병에게 가라는 이야기를 하면서 김 일병의 시선을 마주 바라보기를 피합니다. 주 대위가 자살하기를 바라며 권총을 바라보는 냉혹한 현 중위의 눈빛, 김 일병을 바라보지 않음으로써 더 간절하게 생존을 갈망하는 주 대위의 시선이 잘 드러나는, 간결하지만 치밀한 계산이 숨어 있는 서술이라고 생각합니다.

　결국 김 일병과 주 대위는 도무지 앞으로 나가지 않는 길을 걸어갑니다. 김 일병은 자기들을 버리고 간 현 중위가 원망스러워졌고, 주 대위는 현 중위가 빨리 아군을 만나 구원병이라도 보내 줬으면 하는 바람을 갖습니다. 쉬는 횟수는 점점 잦아졌고, 다리가 점점 무거워져 군복 바지와 군화마저 벗어 버린 어느 날 저녁, 어느 능선을 돌아갈 때 까마귀 한 마리가 날아오릅니다. 김 일병은 무심코 아래를 내려다봅니다. 거기에는 까마귀 두세 마리에게 쪼이는 현 중위의 시체가 있었습니다. 김 일병은 현 중위의 시체를 보면서 그동안 잊고 있던 죽음을 느끼지요.

　저도 모르게 잠에 빠진 김 일병은 주 대위가 깨우는 소리에 잠에서 깹니다. 주 대위가 아군의 폿소리를 들은 것이죠. 그러나 폿소리는 너무 멥니다. 자신이 죽어 가고 있다고 느끼는 주 대위는 김 일병 혼자라면 아군 진지까지 도착할 수 있겠다고 생각합니다. 그는 현 중위가 떨어져 죽은 것도 결국 자신 때문일지도 모른다는 생각과, 더 이상 김 일병에게 폐가 되지 않아야겠다는 생각에 자살을 결심합니다. 주 대위는 김 일병에게 왼쪽으로 돌아 내려가면 폿소리 나는 방향이라고 알려 준 뒤, 슬그머니 허리에서 권총을 뺍니다.

소설을 아직 안 읽어 보신 분들은 주 대위가 왜 허리에서 권총을 빼내는지 궁금하시죠? 권총은 이 장면에서도 아주 중요한 역할을 하는데요. 아마 이 소설을 드라마로 제작한다면, 주 대위가 허리에서 권총을 슬그머니 빼는 장면에서 '다음 이 시간에……'라는 자막이 나오겠죠? 하지만 저는 여러분의 속을 그만 간질여 드리고자 세 번째 열쇠말에서 바로 설명해 드리겠습니다.

🔑 세 번째 열쇠말_ 개 짖는 소리

주 대위가 총을 꺼내 들었을 때, 어렴풋이 개 짖는 소리가 들립니다. 주 대위는 개 짖는 소리가 들린다면 인가가 있는 것이 분명하다고 생각하지요. 하지만 김 일병은 아무것도 듣지 못했습니다. '내일쯤은 까마귀 떼가 더 많이 몰려들겠지. 눈알이 붙어 있는 것두 오늘 밤뿐이야.'라는 김 일병의 혼잣말이 채 끝나기도 전에, 주 대위는 총을 발사합니다. 깜짝 놀란 김 일병에게 총구를 들이댄 주 대위는 방향을 지시하며, 김 일병 등에 업힌 채 김 일병을 인가로 이끕니다.

김 일병이 현 중위의 시체를 보고 자신도 눈알이 파 먹힐지도 모른다는 극도의 공포감에 사로잡혀 있을 때, 주 대위의 예리한 감각과 군인으로서의 경험이 없었다면 그들에게 생애 마지막 기회일 수도 있는 '개 짖는 소리'는 들리지 않았을 것입니다. 아이러니하게도 주 대위가 현 중위의 죽음에 대해 자책하며 이제는 김 일병을 위해 자신이 죽어야 할 때라고 생각했을 때, 거짓말처럼 주 대위가 살아야 할 이유가 생긴 것입니다.

  이 장면에 대해 "주 대위가 김 일병의 귀에 총을 겨누고 '왼쪽, 오른쪽'을 외쳐대며 인가를 찾아 나서는 장면을 통해 아무리 힘든 상황에 처하더라도 죽음이라는 두려움 앞에서는 살아남으려고 발버둥을 친다는 것. 생에 대한 간절함을 일깨워 준 장면이라서 좋았다."는 평을 쓴 학생이 있었습니다.

  이어지는 장면은 소설의 결말 부분인데요, 이 부분이 학생들과 이 소설을 읽으면서 가장 의견이 맞섰던 장면입니다. 그러면 결말 부분을 한 번 읽어 볼까요? '저쪽 어둠 속에 자리 잡은 초가집 같은 검은 그림자와 그 앞에 서 있는 사람의 그림자, 그리고 거기서 짖고 있는 개의 모양이 몽롱해진 눈에 어렴풋이 들어왔다고 느낀 순간과 동시에 귀 뒤에 와 밀고 있던 권총 끝이 별안간 물러나면서 업힌 주 대위의 몸뚱이가 무겁게 탁 내려앉음을 느꼈다.' 왜 이 부분에서 의견이 분분했는지 아시겠죠? 여러분은 어떻게 생각하시나요? 이 소설의 결말을 들으신 후, 주 대위가 죽었다고 생각하시나요? 아니면 살았을 것이라고 생각하시나요? 그것은 소설을 읽은 후 여러분의 생각에 맡겨야 할 것 같습니다.

　마지막으로, 이 소설을 읽은 후에 재미로 해 볼 수 있는 활동을 하나 추천하려고 합니다. 제가 학생들과 함께 이 소설을 공부할 때면 항상 해 보는 활동이 있는데요. 세 명의 주인공에 맞는 가상 캐스팅 활동입니다. 극한 상황 속에서도 삶의 의지를 놓지 않는 의지가 강한 인물이면서 죽음의 공포 앞에서 생의 끈을 놓아 버릴 뻔한 김 일병을 결국 인가로 이끈 카리스마 있는 주 대위. 전쟁의 참상을 가장 잘 보여 주는 인물로, 단순히 이기적인 인물이라고 치부할 수 없는 지극히 현실적인 현 중위. 어리고 순수하지만 자신의 목숨이 위태로운 상황에서도 주 대위를 포기하지 않았으며, 자신들을 버리고 간 현 중위의 시신을 수습하려고 한 따뜻한 인간애를 가진 김 일병. 소설을 영화로 제작한다는 가정 아래, 서로 각기 다른 매력을 지닌 이 세 명의 캐릭터에 대해 여러분 나름의 캐스팅을 해 보는 건 어떨까요? 소설이 더 입체적으로 다가오고, 상상력을 더할 수 있어 보다 재미있게 읽힐 것입니다. 여러분이 작품을 감상하는 데 도움이 되었길 바라며, 글을 마치겠습니다.

 이연화 (경기국어교사모임)

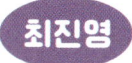

단 한 사람

운명
질문
삶과 죽음

  삶과 죽음에는 어떤 의미가 있을까요? 우리의 삶은 누구의 선택으로 일구어지는 것일까요? 많은 사람이 생각해 보았음 직한 이 질문에 답한 책이 있습니다. 2023년 가을에 발표된 최진영 작가의 책 『단 한 사람』입니다.

  소설에는 모계 유전으로 이어지는, 신비한 능력을 갖춘 여러 여성이 등장합니다. 이들이 가진 능력은 '나무'로 묘사되는 알 수 없는 존재의 명령을 받아 죽음의 위기에 처한 사람을 구하는 것입니다. 이 여성들은 대리인이며, 생생한 꿈속에서 단 한 명만을 살릴 수 있습니다. 그런데, 자신이 구할 사람을 선택할 수 없고, 그저 나무가 알려 주는 대로만 일을 수행해야 합니다.

  이 이야기의 가장 중심이 되는 인물은 '신목화'라는 여성으로, 신복

일과 장미수의 다섯 자녀 중 하나입니다. 목화에게는 언니인 일화, 월화, 금화와 쌍둥이 남매인 목수가 있습니다. 딸 넷에 아들 하나로 구성된 가정이지요. 모계 유전으로 이어지는 신비한 능력은 다른 자매들을 제치고 넷째 딸 목화에게로 이어집니다.

🗝 첫 번째 열쇠말_ 운명

소설 『단 한 사람』의 첫 번째 열쇠말은 '운명'입니다. 사람을 살리는 능력은 자기가 갖고 싶다고 가질 수 있는 것도 아니고 피하고 싶다고 피할 수 있는 것도 아닌, 말 그대로 운명 때문에 얻게 되는 힘이었습니다. 운명이란 세상에 있는 모든 것을 지배하는 초월적인 힘 또는 그것에 의하여 이미 정해져 있는 목숨이나 처지를 말합니다. 사람의 운명이 크게 요동치는 시점을 고전 문학에서 흔히 말하는 입사식(入社式)과 같이 본다면, 이 소설 속 인물들이 그걸 겪는 시기는 대략 청소년기, 사춘기를 겪고 성인으로 나아가는 중고등학생 시기로 보입니다. 입사식(入社式)이란 성장한 개인이 사회의 구성원으로 인정받기 위해 거치는 필수적인 통과 의식이라고 할 수 있습니다. 이 청소년 시기에 무엇을 하고 있었느냐가 '왜 하필 목화에게로 힘이 이어졌는가'를 짐작하는 실마리가 될 것 같습니다.

첫째 딸 일화는 공부 욕심이 대단하여 하루 네 시간씩 쪽잠을 자며 공부하는 아이입니다. 작가는 일화를 주어진 운명에게 다른 길을 보여 주고 싶어 하는 인물로 묘사합니다. 둘째 딸 월화는 언니와는 딴

판으로 활동적이고 사교성이 좋으며, 말과 행동으로 자신을 그럴듯하게 꾸미는 것에 능숙합니다. 자신이 가지고 태어난 것을 더 근사한 것으로 포장하고자 소문과 이야기를 만들어 내고 연기합니다. 언니인 일화의 투쟁에 비해 형태나 방법은 다르지만, 그 본질은 같은 뿌리에 있는 것으로 보입니다.

셋째 딸 금화는 어느 날 이유도 모른 채 사라지는 인물입니다. 초현실적인 소재를 다루는 소설이라는 걸 염두에 둔다고 해도, 어느 날 이유 없이 사라져 버리는 인물은 독자에게 당황스럽게 느껴질 수밖에 없을 텐데요. 금화는 쌍둥이 동생들과 함께 산에 놀러 나갔다가, 그만 바람에 부러진 커다란 나무에 깔리고 맙니다. 목화가 어른들을 불러오려고 산을 내려가는 동안 목수가 금화의 곁을 지켰고, 도움을 줄 어른들과 함께 돌아온 목화가 본 것은 금화가 아닌 목수가 같은 나무에 깔린 모습이었습니다. 안타깝게도 목수는 그사이의 일을 아무것도 기억하지 못합니다. 금화는 순식간에 사라졌고, 그 행방을 누구도 알지 못하며, 가족들은 셋째 딸의 실종을 오랜 시간에 걸쳐 받아들여야만 했죠. 금화는 입사의 시기에 말 그대로 흔적도 없이 사라져 버립니다. 사람이 세상에 태어난다는 것은 좋든 싫든 살아 내야 할 운명을 받는다는 것인데, 금화는 그 운명마저 떨쳐 버리는 것입니다.

목화는 언니들처럼 운명에 맞서려는 노력을 특별히 하지 않았던 인물로 보입니다. 작가가 목화의 성격이나 인생을 공들여 서술하는 것은 목화에게 신비한 능력이 발현된 열여섯 살 이후부터입니다. 목화는 어느 날 꿈속에서 수없이 많은 죽음을 목격하고, 그중 단 한 사람을 구해 냅니다. 그것은 결코 유쾌한 경험이 될 수 없었습니다. 사람을 살리려면 필연적으로 죽음의 과정을 목격해야 했고, 그 틈에서 목화가 구할 수 있는 것은 오직 한 명뿐이었기 때문이지요. 특별히 거스를 것 없던 목화의 인생에 커다란 도전 과제가 생긴 것입니다.

 소설 속 인물들에게 벌어지는 일을 살펴보면, 모두의 인생에 투쟁하며 거스르고자 하는 어떤 것들이 등장하는 것 같습니다. 저마다 그것에 대항하고자 시간과 삶을 기꺼이 소진합니다. 그것을 극복하기도, 그것에 굴복하기도 하면서요. 목화는 다른 인물에 비해 인생의 고됨이라든지 운명의 장난 같은 것을 애써 느낄 것 없이 안전한 곳에서 성장한 인물이라는 느낌을 받았는데요. 그런 목화에게 이 신비한 능력, 혹은 재앙과 같은 능력이 주어진 이유는, 그 누구에게라도 투쟁할 것이 있다는 걸 보여 주고 싶어서가 아닐까 생각해 봅니다. 그렇게 목화는 어머니가 해 왔던 '단 한 사람을 살리는 운명'을 맞게 됩니다.

 그렇다면 목화는 자신에게 주어진 운명과 어떤 식으로 싸워 나갔을까요? 바로 '질문'을 통해서입니다. 두 번째 열쇠말 '질문'으로 이야기를 이어 가 보겠습니다.

🔑 두 번째 열쇠말_ **질문**

 목화의 능력은 어머니인 장미수로부터 왔지만, 더 거슬러 올라가면 할머니 임천자가 등장합니다. 임천자의 시대는 전쟁과 기아가 지배하던 때로, 아마도 할머니가 보던 죽음의 장면은 손녀가 보던 죽음의 장면과 많이 달랐을 것입니다. 목화는 임천자가 보던 죽음은 지금보다 더 잔혹하고 끔찍했을 것으로 생각하며, 그 시간을 대체 어떻게 견디셨을까 생각하기도 하지요.

 나무의 명령을 받아 한 사람을 구하는 일 자체는 변함이 없었지만, 인물들의 세대가 다르기 때문에, 이 일을 대하는 태도나 생각도 조금씩 달라집니다. 할머니 임천자에게 이 일은 말 그대로 운명이자 기적이었습니다. 삶보다 죽음이 더 많은 시대였기 때문인지도 모르겠어요. 곳곳에 스며든 흔한 죽음 중, 단 하나라도 되돌릴 수 있었다는 것이 천자에게는 기적이었던 것 같습니다. 그래서인지 천자는 이 일을 거부하지 않고 받아들이는 편입니다.

 반면 어머니 장미수는 자신의 운명을 기적으로 여기지 않고 '소환'이라고 부릅니다. 나무가 목적에 의해 자신을 '부르는 것'으로 생각했던 것입니다. 미수는 부르면 불려 갈 수밖에 없는 자신의 운명을 어떤 식으로든 개척해 나가고 싶었을 것입니다. 그래서 인간 개인으로서 할 수 있는 일을 했어요. 그 첫 번째가 반복되는 임신. 아이를 뱃속에 품고 있는 기간에는 소환이 없었던 것을 기억하고 거듭 아이를 낳습니다. 두 번째는 단 한 사람이 아닌 여러 사람을 살리고자 간호사가 되기로 한 것입니다. 그 속에는 미수의 의지와 노력이 들어가 있었죠. 한 사람만을 구하게 해 주는 매정한 나무 앞에서 자신만의 방법을 찾은 것입니다.

목화는 또 다른 방식으로 운명에 맞섭니다. 바로 질문하는 것입니다. 우선 목화는 자신에게 벌어지는 일을 최대한 객관적으로 바라보기 위해 '중개'라는 말을 씁니다. 사람을 구하는 일은 목화에게 그저 주어진 것일 뿐 목화 자신의 뜻이 개입되어 있지 않다는 뜻일지도 모릅니다. 목화는 여럿이 죽은 화재 현장에서 방화범을 구한 적이 있습니다. 목화의 의지와는 관계없이요. 목화는 딱 한 사람만을 살리는 것과 동시에, 그 살릴 사람을 자신이 정할 수 없는 데에서 오는 괴로움이 있었지요. 그래서 목화는 판단 없이 경험한 후에, 이 일의 의미를 찾아보고자 합니다.

이때 목화가 질문을 던진다는 것이 매우 의미 있습니다. 왜 하필 그 한 사람이 선택받는 걸까? 사람이 억울하게 죽을 때에 신은 무엇을 하고 있을까? 과연 그는 생명에 관심이 있는 걸까? 이를 위해서 목화는 기록하기 시작합니다. 꿈속에서 단서가 될 만한 장면을 잘 기억하고 적어 두었다가, 기적적으로 살아난 사람들이 이후에 어떻게 살아가는지를 찾아봐요. 그리고 그들이 나무의 선택을 받았다는 것을 알지도 못한 채 이전과 다를 바 없는 평범한 일상을 꾸려 가고 있다는 걸 알게 된 순간부터 목화는 새로운 생각을 하게 됩니다. 세상의 모든 것을 이분법으로 나눌 수 없으며, 삶과 죽음의 경우는 더욱 그러하다고 말이지요. 목화는 이제 자발적인 마음을 갖기 시작합니다.

🔑 세 번째 열쇠말_ **삶과 죽음**

이 소설의 주제가 바로 이 세 번째 열쇠말에 담겨 있다고 생각해요. 죽을 것임을 알면서 왜 사는가? 우리가 살아가는 것에 대체 누가 관여하고 있는가? 목화가 그랬던 것처럼 저도 목화의 이야기에 질문을 던져 봅니다.

소설에서 등장하는 사건 중 가장 황망한 것이 바로 금화의 실종입니다. 대체 금화가 왜 사라졌는지 알 수 없어서 목화의 가족들은 늘 금화의 그림자 아래에서 살아갑니다. 눈으로 보거나 만질 수 없지만, 금화는 늘 그들과 함께 존재하는 인물이 되어 버린 것입니다. 수없이 많은 죽음과 사고를 가까이에서 목격하며, 목화는 살아 있음 자체가 비정상일지도 모른다는 생각을 합니다. 죽음과 헤어짐의 의미를 알고자 사람들은 신을 찾지만, 목화는 질문 끝에 '신은 생명에 관심이 없다'는 것을 깨닫습니다. 개인의 사정을 헤아리지도, 안쓰러워하지도 않지요. 그러므로 인물들이 살리는 사람은 더 영향력 있는 사람도, 더 가치 있는 사람도 아닌, 그저 무작위의 한 사람일 뿐이었어요. 삶과 죽음이 칼로 자른 듯 나뉘지 않고, 무엇이 더 선한 것인지 판단할 수 없기에, 나무는 무작위의 누군가를 살리라고 지목할 뿐입니다.

여러 페이지에 걸쳐서 작가가 전하고자 하는 바는 여기에 있다고 생각합니다. 우리가 살아가는 것에는 태어날 때부터 부여된 어떤 의미 같은 것은 없습니다. 결국은 우리가 하는 '질문'이 삶에 의미를 부여할 것입니다. 그리고 '사소한 기쁨을 맘껏 누리고 후회 없이 사랑하며 지금의 삶'을 살아 내야 합니다.

　작품의 끝부분에서 신비한 능력은 목화를 거쳐 일화의 딸인 루나에게로 이어지는데, 루나는 이전부터 자기도 그 일을 하고 싶었다고 반응합니다. 루나가 자신을 스스로 어떻게 구하게 될지 궁금증과 기대가 함께 일어납니다. 목화는 루나에게 어떤 조언도 먼저 하지 않기로 하는데, 결국 스스로 풀어야 할 문제라는 것을 경험을 통해 알아냈기 때문이겠지요.

　사람의 삶에서 도대체 이해되지 않는 수많은 것들을 최진영 소설가의 깊이 있는 탐구와 통찰을 통해 조금이나마 풀어낼 수 있었던 작품이었습니다. 저도 제게 주어진 오늘 하루의 의미를 스스로 찾아보아야겠습니다.

 김은영 (서울국어교사모임)

정채봉

오세암

**길손이와 감이
마음의 눈
오세암**

『오세암』은 동화 작가인 정채봉의 대표작입니다. 작가의 여러 동화들은 아이들뿐만 아니라, 어른들의 마음에까지 깊은 울림을 줍니다. 그래서 '성인 동화'라고도 불립니다. 작가는 글을 쓰는 동안, 동화를 쓴다는 사실이 행복하면서도 동심의 맑음과 거리가 먼 세상살이에 문득문득 부끄러움을 느꼈다고 합니다. 신이 보시기에 싫은 것보다는 좋은 것을 써 보고자 한 작가는, 우리네 삶을 위로해 주고 승화시키는 것이 바로 문학의 힘이라고 믿었습니다.

저는 이 작품을 '길손이와 감이', '마음의 눈', '오세암'이라는 세 가지 열쇠말을 이용해서 설명하려고 합니다. 첫 번째 열쇠말 '길손이와 감이'는 이 소설 속 주인공 남매의 이름입니다. 소설은 앞이 보이지 않는 누나 감이와 그의 남동생인 길손이의 이야기를 그리고 있습니다. 우리는 멀쩡한 두 눈을 가지고도 누구는 보고 누구는 못 보고, 무엇은 보고 무엇은 못 보기도 합니다. 그래서 왜 그러는지를 생각해 보고자 합니다. 두 번째 열쇠말은 '마음의 눈'입니다. 육신의 눈이 감긴 감이는 길손이의 말을 통해 세상을 만납니다. 그리고 실제로 육신의 눈을 뜨고 마침내 세상을 보게 되었을 때, 길손이가 보여 준 세상보다 아름답지 않음을 알게 됩니다. 길손이가 보여 준 세상은 어떤 세상이었을까요? 세 번째 열쇠말은 '오세암'입니다. 원래 이름이 관음암이었던 암자는 다섯 살 아이 길손이가 부처가 되었다고 해서 오세암이 되었습니다. 어떻게 다섯 살 길손이는 부처가 되었을까요? 이제부터 찬찬히 살펴보겠습니다.

첫 번째 열쇠말_ 길손이와 감이

이 소설 속의 주인공 감이와 길손이는 사이좋은 남매입니다. 길손이라는 말의 뜻은 '먼 길을 가는 나그네'입니다. 생각해 보면, 우리는 각자 무엇인가를 찾아가는 나그네일지도 모릅니다. 길손이라는 이름은 어느 향교의 문지기 아저씨가 떠돌아다닌다고 해서 지어 준 이름입니다. 그리고 감이는 눈을 감아서 아무것도 볼 수 없는 제 누나에게 길손이가 지어 준 이름입니다.

이 두 남매는 부모도 없이 떠돌아다니며, 먹을 것과 잠자리를 구걸하며 지냅니다. 마음씨 좋은 사람을 만나면 밥도 먹고 따뜻한 곳에서 잘 수 있지만, 그렇지 못하면 처마 밑도 좋고, 어디 바람을 피할 만한 곳이면 서로 기대어 하룻밤을 나곤 합니다.

　그런 어느 겨울 초입, 읍내로 탁발 나온 설정 스님이 이 남매를 당신이 지내고 있는 절로 데려갑니다. 부모를 잃은 조카라고 둘러대어, 두 남매는 이제 잘 곳 걱정, 굶을 걱정 없이 지낼 수 있게 되었습니다. 그곳에서 감이는 눈이 안 보이기는 하지만 일손을 거들면서 그런대로 제 몫을 하며 잘 지내고 있습니다. 하지만 아직 어린 길손이는 장난이 심하여서 스님들의 눈총을 받습니다. 그래서 설정 스님은 산 위 작은 암자로 공부를 하러 가면서 길손이를 데려갈 작정을 합니다. 물론 두 남매가 헤어져 지내야 하는 것이 마음에 걸렸으나, 누나인 감이는 순순히 받아들입니다. 그곳에서 길손이를 공부시키겠다는 스님의 말씀도 있었지요.

　스님을 따라 암자로 간 길손이는 그날부터 암자의 여기저기를 쑤시고 다닙니다. 설정 스님뿐인 그 암자가 심심하기도 하였겠지요. 그러다가 발견한 구석진 방. 그곳은 문둥병을 앓던 스님이 거처하시다가 돌아가신 곳이라고 합니다. 그래서 내내 열어 보기를 망설이던 길손이는 마침내 호기심을 이기지 못하고 그 방으로 들어갑니다. 그곳에서 관세음보살님이 그려진 그림을 발견합니다. 그림 속 보살님의 따뜻한 모습에 그만 길손이는 엄마의 정을 느끼고, 그때부터 길손이는 매일처럼 그 방에서 놀며 관세음보살님을 엄마라 부릅니다. 그런 길손이를 보고 스님은 그저 '허 참, 고 녀석…….' 할 뿐입니다.

　그렇게 지내던 중에 양식이 떨어져, 스님은 산 아래로 잠시 내려와

야만 했습니다. 길손이 혼자 산중 암자에 두어야 하는 것이 마음에 걸린 스님은 길손이에게 당부를 합니다. '만약 어려운 일이 생기면, 관세음보살님을 찾거라. 마음을 다하여 부르면 오실 것이다.' 산 아래로 내려온 스님은 심상치 않은 날씨에 발길을 서두르지만, 이내 눈 속에 쓰러져 의식을 잃고 맙니다. 그런 와중에도 암자에 혼자 있을 길손이를 걱정하지만, 그곳까지는 도저히 갈 수가 없었습니다.

봄기운이 멀지 않은 날, 감이와 함께 암자에 오른 스님은 관세음보살님과 함께 잘 지내고 있는 길손이를 보게 됩니다. 그리고 관세음보살님이 파랑새가 되어 날아오르는 순간, 감이는 감았던 눈을 뜨고, 길손이도 부처가 되어 세상을 떠납니다. 기적의 암자에는 많은 사람들이 찾아 들고, 다섯 살 아이가 부처가 된 암자를 사람들은 오세암이라 부르게 됩니다.

🔑 두 번째 열쇠말_ **마음의 눈**

길손이는 앞을 볼 수 없는 감이 누나에게 부지런히 세상을 설명합니다. 스님은 머리에 머리카락 씨만 뿌려져 있고, 식은 나물국 색깔의 옷을 입고 다닌다고 설명합니다. 바위틈 얼음 속에 발을 묻고 피어난 솜다리꽃은 병아리의 가슴털처럼 보송보송하답니다. 또한, 추운 겨울 짚 더미 속에서도 싸우지 않고 사이좋게 있으면 매운바람도 비켜간다고 믿습니다. 설정 스님과 함께 암자에 도착했을 때에도 "너희들이랑 함께 살려고 왔어. 달아나지 마. 도망가지 말라니까!" 하며 산양이며 장끼를 쫓아다닙니다.

우리 한 사람 한 사람한테는 수많은 눈의 창문이 있는데, 감이는 육신의 창문이 닫힌 거고, 길손이와 우리들은 마음의 창문이 닫혀 있는 거랍니다. 그래서 길손이는 마음의 눈을 뜨고 싶어 합니다. 마음의 눈을 뜨면 바람도 보이고 하늘 뒤란도 볼 수 있을 터이니, 감이 누나에게 바깥세상을 더 잘 말해 줄 수 있을 거라고 생각합니다.

그런 길손이가 부처가 된 후, 설정 스님은 자신이 해 온 부처님 공부에 대해서 다시 생각하게 됩니다. 암자에서 벽을 마주하고 꼼짝도 않고 앉아만 있는 스님을 향해 길손이는 함께 놀아 달라고 떼를 쓰며, "앉아 있기만 하면 뭣 해! 벽에 뭐가 있어? 솜다리꽃 하나도 피우지 못하구서!"라고 했지요.

우리는 왜 공부를 할까요? 그리고 그 공부는 무엇을 위한 것일까요? 육신의 창문을 통해 우리는 무엇을 보아야 할까요? 어떻게 살아야 마음의 눈을 뜰 수 있을까요?

🗝 세 번째 열쇠말_ 오세암

"누나, 아줌마 셋이가 대웅전에서 절을 하고 있어. 복 달라고, 명 달라고 비는 거야. 할머니 둘은 또 탑을 돌고 있어. 저 할머닌 뭘 달라고 저럴까?" 길손이는 누나에게 이야기하면서 사람들이 자꾸 무언가를 달라고 조르기만 하니까, 부처님도 참 성가시겠다고 합니다.

사람들은 신께 청하는 것이 참 많습니다. 시험 잘 보게 해 달라고,

예쁘고 날씬하게 해 달라고, 취직하게 해 달라고, 승진하게 해 달라고, 남자 친구 여자 친구 만나게 해 달라고, 부자 되게 해 달라고. 그런 사람들을 보면서 다섯 살 길손이는 말합니다. "나 같으면 부처님을 좀 즐겁게 해드리겠는데……."

그런 길손이를 두고, 관세음보살님은 "이 어린이는 곧 하늘의 모습이다. 티끌 하나만큼도 더 얹히지 않았고 덜하지도 않았다. 오직 변하지 않는 그대로 나를 불렀으며 나뉘지 않은 마음으로 나를 찾았다."고 합니다. 길손이는 오직 부처님을 기쁘게 하기 위하여 노래를 부르고 춤을 추었고, 꽃이 피면 꽃 아이가 되어 꽃과 대화를 나누고, 바람이 불면 바람 아이가 되어 바람과 숨을 나누었지요. 과연 길손이보다 진실한 사람이 어디에 있을까요? 길손이는 부처의 마음을 가지고 있었던 것입니다. 나를 기쁘게 하는 것이 아니라 남을 기쁘게 하는 마음. 그 마음이 바로 부처의 마음이 아니었을까요?

살면서 우리는 무엇인가를 끊임없이 청하며 삽니다. 지금 내가 끊임없이 청하고 있는 것은 누구를 위하고, 무엇을 위한 것인지 생각해 보게 됩니다. 그리고 그것들은 신이 보시기에 좋은 것인지도 생각해 보면 좋겠습니다.

 형은수 (전북국어교사모임)

김완

죽은 자의 집 청소

죽음
외로움
기억

　이번 시간에는 김완 작가의 수필집 『죽은 자의 집 청소』에 대해 이야기하려고 합니다. 인상 깊은 제목의 이 책 표지에는 작은 부제가 달려 있습니다. '죽음 언저리에서 행하는 특별한 서비스'인데요. 부제가 말해 주듯이 '죽은 자의 집 청소'의 주어는 '죽은 자'가 아니라, '죽은 자의 집'을 청소하는 누군가를 의미합니다.

　그렇다면 죽은 자의 집을 청소하는 사람들은 과연 누구일까요? 우리는 지금부터 그들을 특수 청소부라고 부르겠습니다. 바로 이 책을 집필한 김완 작가의 직업이기도 하지요. 대학에서 시를 전공한 작가는 취재와 집필을 위해 몇 년 동안 일본에 머물면서 죽은 이가 남긴 것과 그 자리를 수습하는 일에 관심을 두게 됩니다. 귀국한 이후 특수 청소 서비스 회사를 설립하고, 직업인으로서 일상 속에서 죽음의 현장을 마주하고 있습니다.

집에서 죽음을 맞이한 사람들, 지켜보는 이도 없고, 죽음 이후 바로 장례를 치르지 못해 사후의 흔적이 적나라하게 남아 있는 현장을 청소하는 일이지요. 말 그대로 특수한 청소 작업입니다. 나의 직장이 죽음의 현장이라면 시간이 지날수록 충격이 둔해지고 무감각해질까요? 상상하기 어려운 일입니다.

작가는 이야기합니다. 혼자 맞이하는 죽음은 가난과 연결되어 있고, 가난은 늘 외로움과 함께하며, 외로움은 스스로 목숨을 끊게 한다고요. 그래서 이 책은 대부분 스스로 생을 놓아 버린 사람들의 모습을 담고 있습니다. 한 번도 만나 보지 못한 이의 죽음을 수습하며 늘 애도하고 고뇌했던 작가의 24편의 이야기 중, 두 가지를 나누어 보려고 합니다.

🗝 첫 번째 열쇠말_ **죽음**

책을 읽는 내내 '죽음'이란 무엇인가에 대해 생각하게 됩니다. 누구나 한번쯤 삶의 끝을 그려 보지요. 누구나 후회 없이, 열심히 살다가 숭고하게 생을 마감하기를 소망합니다. 잠 못 이루는 힘든 나날들도 있고, 희망이 보이지 않는 일들도 마주하지만 '죽고 싶다'는 스쳐 지나가는 마음 말고, 정말 그것을 결심하고 실행에 옮기는 마음은 어떠할지 가늠이 잘 되지 않습니다.

책에 실린 에피소드 「분리수거」 편에서 작가는 평소와는 다른 경험을 합니다. 건물에 들어서자마자 풍기는 악취가 나지 않았던 것이지요. 그런데 삼 층에 있는 원룸 현관문을 열고 들어서자 역한 냄새가 강렬하게 밀고 들어옵니다. 복도에서 냄새가 나지 않았던 이유는 바깥 공기가 통하지 않게 창문을 테이프로 단단히 막아 두었기 때문이었습니다.

죽은 이가 만들어 놓은 완벽한 밀실에서 작가는 또 한 번 생경한 느낌을 받습니다. 여느 착화탄 자살 현장과 달리 화로 근처에 있어야 할 점화 장치가 보이지 않았던 것입니다. 가정용 분리수거함을 정리하던 작가는 그 흔적을 쓰레기통에서 발견합니다. 스스로 목숨을 끊겠다고 착화탄에 불을 붙이고 연기가 피어오르는 동안 금속 램프, 부탄가스 캔, 포장지, 택배 박스 등을 가지런히 정리하여 재활용품과 쓰레기로 구분해 두었던 것이지요.

스스로 목숨을 끊으면서 사후 현장을 수습할 사람을 생각하여 청소를 미리 했던 그 마음은, 생전의 그 사람이 얼마나 착하고 따뜻했던 사람인가를 보여 줍니다. 그리고 그 착한 마음을 왜 스스로에게 나누지 못했는지 한참을 생각하게 합니다. 죽음의 이유는 그 누구도 알 수 없습니다. 하지만 이렇게 착한 사람도 자신을 위해 나눌 마음이 없다면, 삶을 이어 갈 수 없는 것이 아닐까요? 산다는 것은 그 누구도 대신해 줄 수가 없기에 마지막 남은 마음 한 가닥이라도 자신을 향해야 하는 것이겠지요.

🗝 두 번째 열쇠말_ **외로움**

스스로를 향한 마음이 바닥이 났을 때, 어떻게든 다시 그 힘을 채워 줄 수 있는 건 사람과 사람으로 이어지는 관계일 것입니다. 마음은 보이지 않지만 텅 비기도 하고, 넘치기도 하지요. 단절이 되기도 하고, 끈끈하게 이어지기도 합니다. 마음으로 이어지는 모든 관계가 끊어졌을 때, 끝도 없는 '외로움'이 찾아올 것입니다. 두 번째 열쇠말 '외로움'은 개인이 느끼는 감정이자, 사회적으로는 '고립'의 상황과 연결되어 있습니다.

작가는 실제 일본에 머무는 동안 죽음의 현장을 수습하는 일에 관심을 가지며 삶의 전환점을 맞이합니다. 혼자 죽은 채 방치되는 사건을 일찍이 사회적 문제로 직면했던 소위 고독사 선진국 일본은 '고독'이라는 감정 판단이 들어간 어휘 대신 '고립사'라는 표현을 공식 용어로 쓴다고 합니다. '고립'이라는 사회적 상황에 더 주목한 것이지요. '고립'은 '고독'을 낳고, '고독'이 죽음의 원인이 되기에, 두 단어의 차이가 극명하다고 보기는 어렵습니다. 다만 죽은 이의 입장에서 당신이 고립되었는지, 그로 인해 고독했는지를 묻는다면 마음을 알아주는 말이 조금 더 위로가 되지 않을까 생각해 봅니다.

우리는 혼자 있다고 늘 외로움을 느끼지는 않습니다. 스스로 목숨을 끊어 버릴 정도의 고독감의 깊이 또한 가늠하기 어렵습니다. 혼자 있어도 버틸 수 있을 만큼의 외로움을 느낀다면, 누군가 옆에 있지 않더라도 어딘가에 나를 위한 마음이 있다는 것이겠지요. 내가 나를 위한다는 자각은 외로움을 견딜 힘이 될 것입니다. 그러나 자신을 위한 마음이 없다면, 껍데기만 남은 한 사람이 우두커니 있을 뿐입니다. 국가시험 준비를 위한 책, 무수한 다짐의 기록들, 쌓여 있는 약 봉투들, 버리지 못해 안고 있던 쓰레기들. 망자들이 마지막까지 의지하고 매달려 있던 이것들의 공통점은 마음이 없다는 것입니다.

'죽음', '외로움'이라는 열쇠말로 이야기를 나누고 있지만, 우리들은 그 어떤 말로도 이 단어를 정의 내리고, 명쾌한 대안을 제시할 수는 없을 것입니다. 다만 이 책을 읽으면서 조금이나마 그 마음을 헤아려 보는 것, 내가 살고 있는 세상의 울타리 바깥에서 일어나고 있는 현실을 책을 통해 직시하는 일에 의미가 있을 것입니다.

🗝 세 번째 열쇠말_ **기억**

책 속에 담겨 있는 사연은 모두 안타깝기 그지없습니다. 우리는 그들을 비난하거나 그들을 대신해서 후회해서도 안 되겠지요. 작가는 기억하는 행위로 모든 위로를 전합니다. 살아생전 단 한 번도 이야기를 나누어 보지 못했지만, 그 사람의 흔적을 하나하나 정리하며 한 청소부가 당신의 삶을 그려 보고 애도하고 기록하고 있다는 사실, 이 이상의 위로는 없을 것입니다. '죽음'을 다룬 이 책이 한없이 따뜻하게 느껴지는 이유이기도 합니다.

「사랑하는 영민 씨에게」라는 이야기는 작가와 같은 나이에 죽음을 맞이한 사람에게 건네는 편지글입니다. 과거 행복했던 시절이 곳곳에 남아 있는 집 안에서 홀로 죽어 간 영민 씨에게, 당신이 가고 난 뒤 당신의 방을 바라보며 동생이 얼마나 숨죽여 울었는지, 이미 떠난 자식의 흔적이라도 보려 했던 어머니와 아버지의 모습을 전합니다. 그리고 당신은 사랑받던 사람이라는 증언을 합니다. 그리고 이 편지는 한 권의 책 속에 실려 여러 사람들의 기억 속에 남을 것입니다.

 이 책을 읽는 동안 작가가 이야기하는 모든 현장의 주인공들에 대한 가치 판단을 하는 일은 의미가 없습니다. 이 책은 죽음의 이유를 밝히거나, 옳고 그름을 따지려는 것이 아닙니다. 살아 있는 자로서, 그럴 힘이 있는 평범한 한 사람으로서 우월감을 느끼려는 것도 아니지요. 특수 청소부의 따뜻한 마음을 따라가면서 이 세상 한구석에 존재하는 삶의 형태를 생각해 보았으면 합니다. 소설이 아닌 수필이며, 실제 존재하는 세상의 이야기니까요.

 이효선 (인천국어교사모임)

시계가 걸렸던 자리

「시계가 걸렸던 자리」는 2004년 『현대문학』에 발표한 작품인데, 나중에 『시계가 걸렸던 자리』라는 단편집에 실렸습니다.

구효서 작가는 1958년 강화도에서 태어났으며, 1987년 중앙일보 신춘문예에 단편 소설 「마디」가 당선되어 등단했습니다. 단편집 9권, 장편 소설 18편을 발표하여 문단에서는 '오로지 소설만으로 존재하는 전업 작가'로 불리기도 합니다. 2017년 이상문학상을 수상했는데, 수상 소감에서 '안 쓰면 죽는다는 절박감으로 쓰고 있다.'고 말했습니다.

구효서 작가는 주제에 대한 독창적인 해석과 다양한 형식적 실험 등을 통해 끊임없이 새로운 변화를 시도하고 있는 작가로 알려져 있습니다. 앞에서 언급한 수상 소감에서 왼손으로 소설 쓰기에 도전해 보겠다는 말도 했죠.

🔑 첫 번째 열쇠말_ **생가**

'생가'는 사람이 태어난 집을 일컫는 말인데, 유명 인물들의 생가를 복원해서 유적지로 꾸미는 일이 많다 보니까 '생가'라고 하면 유명한 인물들을 떠올리게 됩니다. 이 작품은 주인공인 '나'가 자신이 태어난 집을 방문해서 지난날을 회상하면서 생각하는 내용이 중심입니다. '나'는 의사인 친구로부터 앞으로의 삶이 얼마 남지 않았다는 말을 듣고 자신이 태어난 집으로 찾아갑니다.

구체적인 '나'의 병명은 제시되지 않았으나 어릴 때부터 배앓이가 무척 심했고, 음식을 제대로 소화하지 못했습니다. 허약 체질인 데다 소화제와 위장약을 달고 살았죠. 고등학생일 때 만성 위궤양이라는 걸 알았고, 지금은 40대 후반인데 머리가 반 이상 **빠졌습니다**.

대개 이런 경우 의사들은 앞으로 몇 개월을 넘기기 어렵다는 식으로 진단합니다. 그러니까 생을 마감하는 순간을 미리 알게 되는 셈이죠. 그런데 '나'는 태어난 시간을 모릅니다. 어머니께 물어봐도 정확한 시간은 알 수 없다고 합니다. 주인공이 태어난 그 시절에는 시계가 별로 흔하지 않았죠. 그 당시에는 시간을 자시, 축시, 인시처럼 십이지로 표현했는데, 대충 사시쯤 된다고 했으니까 오전 9시에서 11시 사이입니다. 그리고 어머니는 '나'를 낳고 나니까 햇살이 안방 문턱에 떨어지고 있더라는 말을 덧붙였습니다.

해가 뜨고 지는 시각은 날마다 조금씩 달라서 어머니가 말한 햇살이 안방 문턱에 떨어지는 정확한 시간을 알려면 태어난 날짜를 확인해야 하죠. '나'는 컴퓨터 양음력 대조표를 활용하여 태어난 날을 양력으로 정확하게 찾아내고, 같은 날짜에 맞춰 태어난 집으로 갑니다. 다행히 집은 퇴락했을망정 옛 모습 그대로 남아 있었습니다. 소유권은 서울의 어떤 돈 많은 사람한테 넘어갔으나, 현재 거주하는 사람은 없고, 집은 팔기 위해 내놓은 상태입니다. 누군가 집을 샀으나 거주할 목적은 아니고, 값을 좀 올려서 되팔려고 놔둔 시골집인 거죠.

'나'가 열네 살 때 가족은 그 집을 떠났는데, 그 뒤로 집은 비어 있었던 것 같습니다. 마당에는 개망초며 여뀌 같은 풀들이 허리까지 우거져 있었습니다. 더러 담장이 허물어진 곳도 있었고, 대들보와 서까래에는 거미줄이 쳐져 있었죠. 벽지는 곰팡이가 슬었고, 마룻바닥에는 미숫가루처럼 먼지가 뽀얗게 앉아 있었습니다. '나'는 구두를 신은 채 방 안에 들어섰다가 처음엔 놀라죠. 기억 속에는 나날이 쓸고 닦던 방인데, 구두를 신고 들어간다는 게 이상했던 겁니다.

'나'가 햇살이 들기 시작한 방 안의 눅눅한 벽에 기대앉았을 때, 숱한 기억들이 떠오릅니다. 자신과 관련된 기억뿐만 아니라 가족들에 대한 기억도 생생하게 떠오르죠. 부엌에서 늘 무슨 셈인가를 입속으로 되뇌던 어머니, 부엌에 밀주를 담가 묻어 두었다가 밀주 단속을 피해 술독을 밤나무 숲에 쏟아 놓고 아까워하던 아버지, 장독대 옆 꽃밭을 가꾸던 누님들, 그리고 어린 시절 고통스럽게 웅크리고 앉아 뭔가를 게워 내곤 했던 기억도 떠오릅니다. 지금의 위장 질환은 유년부터 시작된 거죠.

돌아가신 어머니가 말한 시간이 될 때를 기다리며 안방에 웅크리고 앉아 있던 '나'는, 햇살이 서서히 방 문턱 쪽으로 내려앉을 때 방 안에서 각각 다른 나이의 어린 자신을 봅니다. 어머니의 산고와 어린 아이의 울음소리를 듣기도 합니다. 어머니는 새 생명이 태어난 새 세상을 바라보고 있었고, '나'가 어머니의 시선을 따라갔을 때 아침볕이 문턱에 닿고 있었습니다. 시계를 보니 10시 6분 45초였습니다. 비로소 '나'의 생명이 시작된 정확한 시각을 알게 된 겁니다.

🗝 두 번째 열쇠말_ 시계

　'나'가 어렸을 때는 마을 대부분의 집에 시계가 없었는데, 어느 시점엔가 약속이나 한 듯 모두 시계를 장만했습니다. '나'의 집에서도 어느 날 쟁반처럼 둥글고 태엽을 감아야 하는 시계를 샀는데, 시계는 부엌 쪽으로 난 벽에 박혀 있는 못에 걸렸습니다. 그 못에는 신줏단지를 모시는 시렁이 매달려 있었는데, 시렁이 치워지고 시계가 걸리면서 신줏단지는 다른 곳으로 옮겨졌죠.

　'신줏단지 모시듯 한다'는 말이 있는데요. 신줏단지는 조상의 혼령이 담긴 항아리입니다. 작품에서는 해마다 햇곡식을 갈아 넣는 요강만 한 백자기라고 했죠. 절기에 맞춰 고사를 지낼 때면 어머니는 그 앞에서 한없이 고개를 조아리며 손을 비볐습니다. 부정 탄다고 손도 못 대게 하는 물건이었는데, 그걸 치우고 시계를 걸었습니다. 이런 모습을 통해 시대의 변화를 생각해 볼 수 있죠.

비슷한 시기에 다른 집에서도 모두 시계를 샀는데, 사람들의 말투부터 달라졌죠. 아침때, 점심때 같은 말이 사라지고, 몇 시 몇 분 같은 말을 쓰게 됩니다. '조반 식전에 잠시 만나 얘기합시다.' 하던 것이 '오전 다섯 시 반에 봅시다.'로 바뀌었죠. 해나 달이 뜨고 지는 것을 기준으로 삼았던 시간의 자리를 과학 문명이 대신하게 되면서, 정확하고 합리적이며 기계적인 시간 개념으로 바뀐 겁니다. 시간에 대한 관념이 달라지고, 거기에 따라 문화도 달라졌습니다.

지금 안방 벽에는 시계가 걸렸던 자리에 녹슨 못만 남아 있습니다. 재봉틀이 있던 자리, 거울이 걸렸던 자리와 마찬가지로 그냥 자리만 남아 있습니다. '나'는 천천히 집을 한 바퀴 둘러보는데, 구석구석마다 지난 기억들이 남아 있습니다. 김장 때 배추를 절이거나 무명실을 표백하던 우물가, 어머니와 누님들이 베를 짜던 사랑방, 베를 짤 때 댕기 머리를 흔들며 누님들이 목청껏 부르던 노래, 밤이며 대추며 연시가 갈무리되어 있던 광, 자신이 그 광에서 매일 하나씩 곶감을 훔쳐 먹었는데 둘째 누님이 범인으로 지목되어 혼나던 기억 같은 것입니다. 어린 시절을 보낸 집이 박물관이나 기억 보관 창고 같은 역할을 하는 거죠.

🗝 세 번째 열쇠말_ **죽음**

이 작품을 읽으면서 「벤자민 버튼의 시간은 거꾸로 간다」라는 스콧 피츠제럴드의 소설이 떠올랐어요. 주인공이 70대의 노인으로 태어나서 시간이 지날수록 젊어지다가 결국 태아로 사망하는 이야기죠. 시간과 죽음에 대한 일반적인 관념을 깨는 발상이 두 작품을 연결해서 생각하게 한 것 같아요.

'나'는 집 구석구석을 한 바퀴 둘러보고 다시 안방으로 들어갔는데, 거기서 어린 시절의 자신을 봅니다. 배가 아파서이거나, 까까머리통에 난 부스럼 때문에 끊임없이 칭얼거리다 어머니 무릎을 베고 잠들었던 자신입니다. '나'는 지금의 자신과 어린 자신 중 어떤 것이 정말 '나'일까 생각해 봅니다.

그렇게 어린 자신을 들여다보다가 문득 고개를 들었을 때, 방 한가운데 누워 있는 자신의 시신을 보고 '나'는 깜짝 놀라죠. 그런데 시신은 곧 부패를 시작하더니 깨끗한 뼈만 남았습니다. 새하얀 석회질만 남은 그 구조물을 보면서 '나'는 괜히 웃음이 나왔습니다. 애당초 그것은 자신이 아니며, 차라리 자신은 문밖 대추나무이거나 하늘이었을 거라 생각합니다. 뼈는 곧 산화를 시작해서 먼지가 되었습니다.

'나'만 산화하여 먼지가 되는 것이 아니라 방의 벽도 무너지고 풍화됩니다. 마침내 시신의 흔적조차 사라지고, 꽃이 피고 지고, 무수한 새가 왔다 가고, 숱한 구름이 모였다가 흩어집니다. 나무도 늙어 쓰러지고, 쓰러져서 썩어 가다 먼지가 됩니다. 그런 한편에서 새순이 땅을 뚫고 나와 풀이 자라고 나무가 됩니다. 무척 긴 세월에 걸쳐 일어나는 자연의 변화를 한순간에 목격하게 되었죠.

'나'는 화면을 봅니다. 집터조차 흔적 없이 사라지고, 낯설고 황량한 대지 위에 고즈넉한 햇살이 떨어져 내릴 즈음에 휘몰아치던 변화의 화면은 깊은 한숨을 내쉬며 서서히 정지했습니다. '나'가 떠난 뒤에 언젠가 도래할 풍경이므로 거기에 자신은 존재하지 않습니다. '나'는 자신의 삶이 없다면 죽음도 없다고 생각합니다. 죽음은 탄생과 함께 시작된 것이므로 삶의 끝은 죽음이 아니며, 삶이 끝나는 곳에서 죽음도 함께 사라진다는 생각을 한 거죠.

'나'는 눈을 감고 분이나 초로 잴 수 없는 죽음 뒤의 시간 속에서 평온을 느끼며 앉아 있었습니다. 그런데 집과 벽이 다시 보이고, 이번에는 다시 화면이 시간을 거슬러 가기 시작합니다. 산통을 하던 어머니의 배가 꺼지고 젊어지다가 자취를 감춥니다. 이전에 살았던 낯선 가족들이 보이다가 사라지고, 집이 사라지고, 변하지 않는 것은 비와 구름과 바위들뿐, 계절이 빠르게 바뀝니다. 그러다 황량한 대지 위에 고즈넉한 햇살만이 오래도록 떨어집니다.

'나'는 앞엣것이 일만 년 뒤의 모습이라면 이번에 본 것은 일만 년 전의 모습이라고 생각하는데, 두 장면이 흡사해서 놀라죠. 하지만 앞과 뒤, 어디에도 자신은 없습니다. 그렇다면 지금의 자신은 어디서 온 것이며 어디로 가는 것일까 생각해 보다가 조용히 문밖의 과꽃이며 맨드라미를 향해 묻습니다. '혹시 네가 나 아닐까.'

'나'는 인간과 자연이 별개의 존재가 아니라는 생각을 합니다. 일만 년 전이나 일만 년 후가 다르지 않고, 과거와 현재와 미래의 구분이 사라지는 거죠. 자연과 인간, 너와 나의 경계도 사라집니다. 몇 년 몇

월 며칠 몇 시에 태어났다고 하지만 생명이 그때부터 시작되는 건 아닐 것이므로, 삶과 죽음의 시발점이 있다고 할 수 있는가 하는 의문을 갖게 됩니다. '나'는 이렇게 해서 죽음에 대한 공포를 씻어 내죠.

  방 안의 시계가 걸렸던 자리에는 녹슨 못만 남아 있습니다. 시계가 걸렸던 시각이나, 시계가 사라진 시각이 언제인지 알 수 없습니다. 그 시계가 가리켰던 시간이 언제 시작된 건지, 언제까지 지속될지도 알 수 없죠. 자신이 죽을 때는 시계가 정확히 그 시각을 가리키겠지만 의미가 없습니다. 시작과 끝의 경계가 사라져 버렸기 때문이겠죠.

  인간은 유한한 삶을 사는 존재이기에 죽음은 근원적인 공포가 될 수밖에 없죠. 하지만 작품 속 '나'는 환영으로 자신이 죽은 뒤의 모습과 태어나는 순간의 모습뿐만 아니라, 세상의 더 먼 과거와 미래 모습까지 보고 나서 시작과 끝, 삶과 죽음의 경계를 초월하게 됩니다.

  이 작품을 읽으면서 '나'가 과거와 현재, 삶과 죽음이라는 시간에 대한 인식 변화를 통해 죽음에 대한 공포를 초월하는 모습을 발견할 수 있을 것입니다.

 고용우 (울산국어교사모임)

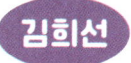

골든 에이지

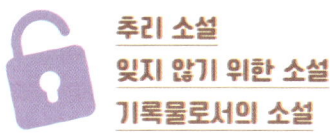

추리 소설
잊지 않기 위한 소설
기록물로서의 소설

    사람들은 저마다의 방식으로 무언가를 기억하려고 합니다. 오늘 소개할 김희선 작가의 「골든 에이지」 역시 작가만의 방식으로 잊지 말아야 할 어떤 것을 이야기하는 작품입니다.

    김희선 작가 하면 가장 먼저 상상력이 떠오릅니다. '공' 하나로 독자는 상상하지 못할 어떤 세계를 펼쳐 내고, '라면'이라는 사소한 소재 하나로도 이야기를 활발하게 펼쳐 나갑니다. 하지만 그 상상력이 SF나 환상 문학처럼 아주 멀리 나가지 않습니다. 미래의 이야기도, 과거의 이야기도 우리의 지금과 별 다를 바 없는 경우가 많습니다. 그래서 김희선 작가의 작품들은 SF나 환상 문학, 르포, 사극 등 여러 장르와 관련 있으면서도 종국에는 '김희선'이라는 장르에 정착합니다. 독자들이 '김희선'이라는 장르를 겪게 되면, 작가를 신뢰할 수밖에 없습니다. 적어도 이 작품은 독자가 상상하는 그 영역 밖의 이야기일 것이니까요.

우선 작품의 내용부터 살펴보겠습니다.

열쇠 가게 주인인 김상옥 씨는 업무에 대한 부탁을 적은 메모 몇 장과 열쇠 하나를 놓고 사라졌습니다. 사라지기 전 김상옥 씨는 상당히 행복해 보였다고 합니다. 이 노인은 서너 달 정도 여행을 떠난다며 우편배달부 박씨를 대리인으로 정했고, 사라진 노인을 위해 집을 정리해 주던 박씨는 비밀 공간을 발견합니다. 그 비밀 공간인 지하실은 방 전체가 한 폭의 그림으로 가득 차 있었지요. 마을 사람들과 함께 그 그림을 본 전문가는 '아마추어가 이런 걸 혼자 그린다는 건 거의 불가능에 가까운 일'이라고 말했습니다.

어느 날 박씨는 누군가 열쇠 가게에 잠입한 것을 목격하고, 그가 떨어뜨린 가축용 사료 분쇄기 대여업체 명함과 김상옥 씨의 손톱을 발견합니다. 그것들을 근거로 박씨는 김상옥 씨가 살해당해 사료 분쇄기에 잘려 유기되었을 거라고 추측합니다. 범인은 현장에 다시 나타나는 법. 보안업체 직원인 '나'와 박씨는 남자를 잡습니다.

남자는 화가였습니다. 평소에 죽은 동물 사체로 전위 예술을 하는 남자였죠. 화가는 박씨의 추측대로 노인을 분쇄기에 넣긴 했지만, 그것은 노인과의 약속 때문이었다고 합니다. 그런데 손톱이 남아 있었다는 이야기를 듣고는 무척 안타까워했습니다. 화가는 노인이 어떤 설계도를 줬으며, 그 설계도에 맞게 그 그림을 지하실에 그려 달라고 당부했다고 합니다. 그 후 후회와 죄책감으로 이 지하실을 배회했다고 하지요. 화가는 노인의 책상 서랍에 있는 『홀로그램 우주: 실전 편』이라는 책과 '시공 전파상'이라는 곳을 알려 주며, 그곳에 가서 이야기를 들어 보고 자신을 경찰서에 넘길지 말지 결정하라고 합니다.

'나'는 '시공 전파상'으로 가서 전파상 주인을 만납니다. 그는 왕년에 물리학자였습니다. 자신의 이론을 증명하여 당당하게 학계로 돌아갈 생각이었습니다. 그가 주장하는 이론이 바로 홀로그램 우주 이론입니다. 인간도 어떤 닫힌 공간을 만들고 그 표면에 정보를 새겨 넣는다면, 작은 규모의 홀로그램 우주를 만들 수 있다는 것이 이 이론의 골자이죠. 하지만 문제는 홀로그램 우주를 만들어 그 세계에 살고 싶다면, 그 세계를 만들고 싶어 하는 주체 스스로가 점, 선, 면, 즉 이차원적 정보가 되어야만 가능하다는 것입니다. 물리학자는 이를 증명하고 알리려 했지만, 그렇게 되면 현실 세계가 붕괴할 만큼 큰 파급력이 있을 것으로 생각해 출판을 하지 않았다고 합니다. 만약 이 사실을 알게 된다면, 누구나 자신이 생각하는 황금기를 만들어 죽으려고 했을 테니까요. 물리학자는 책을 폐기하기로 했지만, 인쇄소 주인이 이 책을 재활용 수거함에 넣어 두는 바람에 그중 한 권이 노인의 손에 들어간 것입니다.

김상옥 씨는 지금 자신이 생각하는 황금기, 어떤 홀로그램 우주로 가 버렸습니다. 무한하게 행복이 반복되는 그 황금기, 2014년 4월 15일 오후. 김상옥 씨의 손자가 수학여행을 떠나기 전날로 말이죠.

'나'는 2014년에는 너무 어렸을 때라, 그날 무슨 일이 있었는지 알지 못합니다. 그래서 그날 무슨 일이 있었는지 물리학자에게 묻습니다. '저어…… 아까 말한 그 날짜, 적어 주시겠어요? 배와 사람들, 내가 모르고 있는 게 뭔지, 그리고 우리가 망각해 가는 것이 뭔지, 알고 싶어서요.'

내용은 여기까지입니다. 그러면 이제 세 가지 열쇠말로 작품을 만나 볼까요?

첫 번째 열쇠말_ **추리 소설**

보통 추리 소설이라고 하면 탐정이 나오고, 그 탐정이 정확한 근거를 통해 대단히 합리적인 추론을 전개합니다. 그런데 이 작품은 그렇지 않습니다. 우편배달부 박씨가 대략적으로 상황을 추측하죠. 그 추측이 독자에게는 대체로 황당하게 들리지만, 작품 내에서는 꽤 큰 신뢰를 얻습니다. 어떤 권위자의 예상이 아닌 평범한 개인의 이야기가 중심이 되고 있죠. 김희선 작가의 다른 작품들도 그렇지만 이 작품 역시 어떤 권력의 이야기, 거시의 이야기가 아닌 변두리의 이야기, 일상의 이야기가 서사의 중심이 됩니다. 이 작품을 마지막까지 읽어 보면 알겠지만, 이 작품에서의 추리는 일반 추리 소설처럼 중요성이 크지는 않습니다. 박씨가 얼마나 뛰어난 예상을 하는지는 중요하지 않다는 얘기죠.

이 작품에서 추리는 독자를 어떤 상황 혹은 어떤 질문을 받는 코너로 몰아가는 역할을 합니다. 독자는 서술자를 맹렬하게 따라가다가, 서술자가 갑자기 돌아서서 묻는 질문에 당황하게 되죠.

　이 작품은 겉으로는 실종 사건을 풀어 나가는 것처럼 보이지만, 사실 잊지 말아야 할 어떤 것을 독자의 뇌리에 심어 주기 위한 소설이라고 할 수 있습니다. 그 어떤 것은 세월호 사건입니다. 이 소설에서 추리 소설 형식을 활용한 이유는, 이를 잊지 못하게 하기 위함입니다. 그래서 간혹 추리 소설의 형식이 중심 소재를 대상화하여 작품의 의미를 퇴색시키는 다른 작품들의 우를 범하지 않게 되죠.

🗝 두 번째 열쇠말_ 잊지 않기 위한 소설

　가수 루시드폴의 노래 <아직, 있다>는 세월호를 기억하려는 가수의 방법이었습니다. 마찬가지로 작가 역시 어떤 형식으로라도 이를 남겨야겠다고 생각했을 겁니다. 그것이 바로 이 작품입니다. 가수는 노래로, 작가는 작품으로 기억해야 할 것들을 남긴 것입니다.

　「골든 에이지」는 삶의 황금기로 회귀하려는 인물이 등장하는 소설이죠. 누군가가 황금기로 돌아가고 싶다면, 그것은 현재가 불만족스럽거나 매우 고통스럽기 때문입니다. 이 소설의 경우에는 후자에 해당됩니다.

　열쇠 가게 주인인 김상옥 씨는 소박한 삶을 살아가는 사람이었습니다. 미래가 배경인 이 작품에서 수공업을 업으로 삼는 노인은 세상의 중심부에서 소외된 사람입니다. 노인은 과거에 멈춰 있는, 더 정확하게는 과거에 멈춰 있을 수밖에 없는 사람입니다. 노인은 어느 순간 더 이상 앞으로 나아가지 못하는 삶을 살았을 것입니다. 그는 세월호 사건으로 인해 가족을 잃었습니다. 이로 인한 심리적 충격이 그를 과거의 테두리 안에 가두었을 것이고, 새로운 홀로그램을 만들 수밖에 없었을 것입니다.

미래가 배경인데, 사람들의 직업이 참 아이러니합니다. 우편배달부, 열쇠 수리공, 화가 등등 미래에는 주류에서 밀려났을 법한 사람들입니다. 이런 사람들이 힘을 모아 진실을 밝혀냅니다. 하지만 서술자인 '나'는 그 일이 무엇인지 정확히 모릅니다. 전파상 주인, 화가, 노인이 왜 그런 끔찍한 일을 벌여야만 했는지 알지 못합니다. 소설 속 배경은 이미 세월호 사건의 충격이 지난 어느 세상이니까요.

물리적 시간과 심리적 시간은 다릅니다. 야속하게 흘러가는 물리적 시간과는 다르게, 우리들의 마음 어딘가에는 멈춰 있는 시간이 있습니다. 우리 대다수에게 세월호는 그런 구석을 만들어 주는 한 사건이었습니다. 많은 작가들은 세월호 사건 이후 한동안 글을 쓰지 못했다고 말했습니다. 시간이 흘러 작가들은 다시 작품을 쓰기 시작했습니다. 그리고 작품들은 변화했습니다. 김희선 작가 역시 세월호를 관통합니다. 기존 『라면의 황제』보다 훨씬 사회적이고 무거운 형태의 작품들이 등장하기 시작했습니다. 개별의 일을 공동의 일로 무한하게 확장시키던 기존의 작업에서, 잊혀선 안 되는 개별의 일을 공동의 역사에 응축시켜 아로새기는 작업으로 한 발 더 나아간 것입니다.

🔑 세 번째 열쇠말_ 기록물로서의 소설

작품 속 노인과 마찬가지로 작가도 무언가를 기록하고자 하는 사람입니다. 되도록 잊히지 않게. 작가는 소설이라는 하나의 홀로그램 우주를 통해 무엇인가를 기록하고자 합니다. 노인의 홀로그램 우주처럼 소설이 작가의 홀로그램 우주인 셈이죠. 조금 소름 끼칠 수 있지만 작가는 자신을 갈아서 어떤 홀로그램 우주를 만들고자 했습니다. 아마도 최대한 훼손 없이 보존하고 싶었나 봅니다. 그것은 개인의 기억이기도 하지만 사회적 기억이기도 하죠.

세월호에 대한 기억은 시간이 흐르면 잊힐 겁니다. 보통은 역사가 기록할 것이라 하지만 역사는 개인들의 사연을 기록하지는 못하죠. 개인의 트라우마와 고통을 일일이 기록하지는 못합니다. 작가는 자신만의 소설적 역사를 쓰려고 합니다. 개인들의 홀로그램들이 가득한, 그 홀로그램들의 도서관 말이죠.

소설은 허구이기도 하지만 개인들의 진실을 담는 기록이기도 합니다. 그래서 이 소설은 작가가 만든 타임캡슐입니다. 미래의 누군가가 이 작품을 펼치고 자신이 모르고 있던 세계를 발견하겠지요. 이 소설은 소설 자체가 하나의 기록물일 수 있음을 보여 줍니다.

이 소설과 같이 읽어 볼 만한 작품으로는 세월호를 소재로 했다는 점에서 최은영 작가의 「미카엘라」, 트라우마를 간직한 개인이 어떻게 삶에 복귀하는지를 그린 황정은 작가의 「d」, 그리고 사회와 개인의 트라우마를 다룬 영화로 김보라 감독의 <벌새>를 같이 보면 좋을 듯합니다. 독자 여러분이 이 작품을 감상하는 데 조금이라도 도움이 되길 바라면서, 「골든 에이지」 중 가장 인상 깊었던 한 구절을 들려드리며 마치겠습니다. '다만 그 책을 주워 간 또 다른 누군가의 현실이 지극히 행복하기만을 바랄 뿐이라네. 지금 이곳에서의 삶이 충분히 행복하다면 굳이 인공 우주 속으로 들어가 그 안에서 영원히 살고자 하진 않을 테니까.'

 강승욱 (전남국어교사모임)

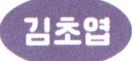

우리가 빛의 속도로 갈 수 없다면

선생님: 안녕하세요? 오늘은 국어 교사인 저보다 더 문학인의 향기를 풍기는 두 명의 학생들과 함께 김초엽 작가의 「우리가 빛의 속도로 갈 수 없다면」이라는 단편 소설에 대해서 살펴보려고 합니다.

먼저 김초엽 작가에 대해 간략히 소개하겠습니다. 작가는 1993년생으로, 단편 소설 「관내분실」이 제2회 한국과학문학상 중단편 부문 대상을 수상하며 2017년에 등단했습니다. 「우리가 빛의 속도로 갈 수 없다면」은 「관내분실」과 함께 가작을 동시 수상한 작품입니다. 김초엽 작가는 대학과 대학원에서 화학을 전공한 과학도로, SF 장르 작가로서의 배경이 갖춰진 작가라고 할 수 있어요.

특히 이 소설이 실려 있는 동명의 소설집은 표지 디자인이 매우 예뻐서 독자들의 시선을 사로잡는데요. 여러분은 어떻게 느꼈나요?

정다희: 저는 책을 읽을 때, 먼저 표지를 충분히 즐기는 편인데요. 새로운 미지의 세계를 만나기 전에 행하는 저만의 의식이라고 할 수 있지요. 이 소설집도 마찬가지였는데요. 저를 사로잡은 건 예쁜 표지보다도 뒤표지에 있는 정세랑 작가의 추천사였습니다. '슬픔으로 가득한 우주에서도'라는 글귀에 매료되어 읽기 시작했는데, 무엇에 홀린 듯 단숨에 읽었어요.

선생님: 맞아요. 동명의 소설집에 수록된 모든 소설들이 굉장히 흡입력이 있더군요. 그럼 세 가지 열쇠말로 「우리가 빛의 속도로 갈 수 없다면」이라는 작품을 살펴보기 전에 간단히 줄거리를 알아볼까요?

최하늘: 소설은 다른 행성계로 떠나기 위해 오래된 우주 정거장에서 언제 올지 모르는 우주선을 기다리는 노인 안나의 이야기입니다. 우주 정거장을 폐기하기 위해 안나를 지구로 돌려보내려는 남자와 원하는 곳으로 떠나려는 안나의 대화를 통해 이야기가 전개되지요. 시간적 배경은 기술 혁명으로 인해 우주 개척 시대가 열린 미래 세계이며, 남자의 시점으로 대화가 진행되고 있습니다.

🔑 첫 번째 열쇠말_ 시간

정다희: 여러분의 삶 속에서 '시간'이란 어떤 의미를 지니고 있나요? 아마 각자 다른 의미를 떠올릴 것 같은데요. 우선 '시간'이란 무엇인

지 정의해 보겠습니다. 시간의 사전적 의미는 '시각과 시각 사이의 간격 또는 그 단위를 가리키는 용어'입니다. 쉽게 말해 어떠한 물리량을 정하는 기본 단위 중 하나지요. 하지만 이 소설에서 '시간'은 단순한 사전적 의미를 넘어 소설을 전개하고, 독자로 하여금 유한과 무한에 대해 생각하게 만드는 역할을 하기 때문에, 상당히 중요한 요소로 자리하고 있습니다.

선생님: 소설의 시간적 배경은 '딥프리징'이라는 기술을 이용하여 냉동 인간이 된 후 수명을 연장하는 일이 극도로 자연스러운, 한참 앞선 미래 시대죠? 내가 원하는 때에 냉동되어 몇 년이 지난 후 해동할 수 있는 기술 때문에 주인공인 안나도 백 번이 넘게 잠들었다 깨어나기를 반복했다고 하는데요. 이런 사회에서는 '시간이 금이다.' 같은 말은 의미가 없을 것 같네요.

최하늘: 그럴 것 같아요. 인간의 신체적 한계가 무너졌기 때문에 시간은 삶에서 중요한 요소라기보다는 부수적인 요소로 인식되기에 이르렀지요. 그런데 과거 이 기술의 핵심 부분을 개발했던 연구자로서 인류에게 큰 도움을 주었던 안나에게 그 기술은 좋은 기억만 남겨 준 것은 아닙니다.

선생님: 이유가 무엇인가요?

정다희: 과거 안나는 '슬렌포니아'라는 아주 먼 행성계로 가족과 함께 이주하려고 했지만, 연구의 마지막 과정을 해결하느라 슬렌포니아로 가는 마지막 우주선을 놓쳐 버렸어요. 결국 사랑하는 가족들과 다시는 만날 수 없게 된 안나는 '운이 좋다면 남편 옆에 묻힐 수도 있다.'는 꿈을 가지고, 우주 정거장에서 기약 없는 우주선을 하염없이 기다립니다.

선생님: 우리가 흔히 '영원히 살 수 있다면'이라는 상상을 하곤 하는데요. 안나의 사연을 들어보니 영원히 산다는 게 무조건 좋은 일은 아닌 것 같네요. 사랑하는 사람들이 모두 떠난 세상에 홀로 남겨진다면 말이죠.

최하늘: 현실적으로 우리의 삶과 시간은 유한하지요. 그렇다면 우리의 삶이 유한하다는 것은 무엇을 뜻하는지, 우리가 그 시간을 어떻게 사용해야 할지에 대해서도 생각해 보면 좋을 것 같아요.

🔑 두 번째 열쇠말_ **죽음**

선생님: 많은 사람들이 '죽음'을 두려워하지요. 사람이라면 언젠가는 반드시 세상과 이별을 하기 마련인데요. 이 소설을 읽으면, 인간이 죽음을 연기하는 삶을 산다는 건 어떤 의미일까 하는 생각을 하게 됩니다.

정다희: 안나는 우주 정거장에서 가족들이 있는 슬렌포니아로 떠날 우주선을 기다리며 백 번이 넘는 딥프리징을 반복하지요. 그래서 그녀의 물리적 나이는 백칠십 살이 넘었어요. 그리고 그 사이 그녀가 알 수 없는 기술들이 개발되어 세상은 더 발전하고 변해 있었지요. 안나가 '사실 이 모든 것이 몹시 추운 곳에서 꾸는 꿈은 아닌지…… 중략……얼마나 많은 시간이 흘렀고, 얼마나 많이 세상이 변했는지. 그렇다면 내가 그들을 다시 만나는 일도 일어날 수 있는 것이 아닌지. 그럼에도 잠들어 있는 동안은 왜 누구도 나를 찾지 않고, 왜 나는 여전히 떠날 수 없는지…….'라고 말하는 부분이 있어요. 우리에게 삶의 의미는 무엇인지 생각해 보게 되는 부분입니다.

최하늘: 안나는 그동안 많은 사람들이 찾아와 그래도 같은 우주 안에 있으니, 그것을 위안 삼으라고 했다고 말해요. 그렇지만 '우리가 빛의 속도로 갈 수조차 없다면, 같은 우주라는 개념이 대체 무슨 의미가 있나?'라고 되물어요. 그러면서 자신이 갖고 있던 낡은 우주선을 타고 슬렌포니아 행성계로 떠나요. 그 낡은 우주선으로는 행성에 도착하기까지 시간이 너무 오래 걸리고, 애초에 제3 행성에 도착할 수 없다는 사실을 누구보다 잘 아는 안나가 슬렌포니아로 출발한 것은, 스스로 죽음을 선택한 것임을 의미하지요.

정다희: 안나가 왜 죽을 걸 알면서도 제3 행성에 도착하지 못할 우주

선에 몸을 실었을지 생각해 볼 필요가 있을 것 같아요. 앞서 얘기한 대로, 기술의 발전으로 인해 죽음이 마냥 지연되는 세계가 온다면, 과연 모든 사람들이 행복할까요? 사람들은 '죽지 않는 것'이 아니라 '죽지 못하는 것'이라고 생각하지는 않을까요? 더불어 죽음이 없는 시대에서의 '삶'이란 무엇을 의미할까요? 여러 가지를 생각해 보게 됩니다.

 세 번째 열쇠말_ 삶

선생님: 시간과 죽음에 대한 이야기를 나누었으니, 이제 '삶'에 대한 이야기를 나눠 볼까요?

최하늘: 우리는 '삶'을 살고 있지만 정작 '삶'이 무엇이냐고 묻는다면 쉽사리 대답하지 못하는데요. 소설을 통해 안나의 인생을 경험하고, 그의 생각을 따라가면서 삶이 무엇인지 생각해 보면 좋을 것 같아요. 안나는 능력 있고 주목받는 연구자였지만, 현재는 아무도 그녀를 기억해 주지 않습니다. 지구의 힘 있는 사람들은 경제성이 너무 떨어진다며 그녀처럼 가족이나 소중한 사람들과 생이별한 사람들을 위해 더 이상 먼 행성으로는 우주선을 보내지 않아요. 우주 개척 초기에는 그 먼 행성으로 사람들을 실어 보냈으면서 말이에요. 그리고 이제는 안나가 홀로 기다리는 우주 정거장을 폐기하기 위해, 그녀를 강제로 지구로 데려오도록 직원들을 보내지요. 소설에 나온 남자 역시 안나

를 지구로 데려오려고 안간힘을 쏟아요.

선생님: 하지만 소설의 마지막 부분에서는 머나먼 우주를 아슬아슬하게 항해하는 안나를 응원하는 것 같은 남자의 마음이 느껴졌어요.

정다희: 맞아요. 독자분들은 슬렌포니아에 도착하기 전에 죽음을 맞이할 것을 알면서도 항해를 시작한 안나를 보면서 무슨 생각을 하셨나요? 저는 안나가 자신만의 '삶의 의미'를 찾은 것이 아닐까 하는 생각을 했어요. 소설처럼 영원한 삶이 있는 세상을 상상해 보세요. 원하는 때에 잠들어서 원하는 때에 깨어날 수 있다면, 과연 사람들은 삶의 의미를 어디에서 찾을까요?

선생님: 사실 우리가 열심히 사는 이유는 삶이 유한하기 때문이지요. 그 유한한 시간 속에서도 우리의 몸과 생각을 자유롭게 쓸 수 있는 시간은 몇십 년밖에 안 되기 때문에, 그 시간 안에 원하는 것을 이루려고 고군분투하며 사는 거죠. 하지만 무한한 삶이 있는 세계에서는 굳이 많은 힘을 들여 가며 열심히 살 필요가 없어질 것 같아요.

최하늘: 네. 그렇기 때문에 지구에서의 편안한 삶이 아닌 죽음을 선택한 안나의 마지막 선택은 삶의 의미를 찾아낸 것으로 생각되어 더욱 대단하게 느껴집니다. 소설 속에서 안나는 이렇게 말합니다. "나

는 내가 가야 할 곳을 정확히 알고 있어."

선생님: 여러분들은 여러분이 가야 할 곳을 정확히 알고 계신가요? 혹시 가야 할 곳을 모르시겠다면, 이 작품을 통해서 가야 할 곳의 방향을 가늠해 보는 것은 어떨까요?

'시간', '죽음', 그리고 '삶'이라는 세 가지 열쇠말을 통해서 독자 여러분이 삶의 의미를 찾는 데 조금이라도 도움이 되길 바라면서 「우리가 빛의 속도로 갈 수 없다면」 편을 마칩니다. 고맙습니다.

 이연화 (경기국어교사모임)

이청준/ 줄
김동인/ 배따라기
서이제/ 0%를 향하여
이문열/ 금시조
최일남/ 흐르는 북

4부

예술하는 인간

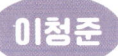

줄

 '우리의 것'이란 과연 무엇일까요? 우리의 전통을 온전히 살려 낸 작가가 있습니다. 지적인 작가로 알려진 이청준 소설가입니다. 이청준은 부조리한 현실 세계를 잘 보여 주는 작품과, 고향의 정서나 우리의 전통을 충실하게 묘사하는 작품들을 많이 썼습니다. 우리의 것을 이야기하는 작품에는 「줄」 이외에도 「서편제」, 「매잡이」, 「눈길」, 「과녁」 등 다수가 있습니다. 그의 작품은 어떤 눈으로 전통을 받아들여야 할지, 현대 사회의 변화 속에서 어떻게 계승해야 할지를 생각하게 합니다.

 제목에서 유추할 수 있듯, 이 작품은 '줄타기'를 생업으로 하는 사람들의 이야기가 주된 줄거리를 이루고 있습니다. 그래서 첫 번째 열쇠말로 '줄타기'를 택하였습니다. 과연 줄광대들이 사랑했던 것들의 실체가 무엇인지 찾아보고 싶어졌습니다. 그리하여 두 번째 열쇠말로 '사랑'을 택했습니다. 이 소설에서 주인공의 이야기는 당사자가 직접 들려주지 않습니다. 줄광대들의 이야기를 트럼펫 연주자가 들려주고, 그 연주자의 목소리를 다시 신문기자가 들려줍니다. 이야기를 들려주는 방식이 독특하게 전개되기에 세 번째 열쇠말로 '다층적 구조'를 골랐습니다.

🗝 첫 번째 열쇠말_ 줄타기

여러분은 줄타기를 하는 장면을 본 적이 있으신가요? 우리의 줄타기는 외국 서커스단의 줄타기와는 사뭇 다릅니다. 둘 다 외줄에 의지하여 묘기를 부린다는 데에 공통점이 있습니다. 그런데 외국의 줄타기는 '쇼'를 위한 줄타기입니다. 관람하는 모든 이들이 고개가 아프도록 올려다보아야 할 정도로 아찔한 위치에서 쇼가 진행됩니다.

우리의 줄타기는 그에 비해 높이는 미미합니다. 고작 2~3미터 위의 새끼줄에 올라서 묘기를 부립니다. 줄의 높이가 높지 않더라도 줄타기는 보는 이들에게 아슬아슬한 긴장감을 줍니다. 그런데 관객은 위험한 묘기에만 열광하는 것이 아닙니다. 줄광대들이 하는 이야기와 노래, 그리고 아름다운 몸짓에 매료됩니다. 줄타기는 줄광대의 공중기예와 어릿광대의 익살스러운 재담, 악사들의 연주가 어우러진 종합 예술이기 때문입니다.

내부 이야기의 주인공인 줄광대 허 노인과 허운은 아버지와 아들 사이입니다. 허 노인은 줄타기에 대해 절대적 신념을 지닌 인물입니다. '줄타기'는 허 노인의 삶 자체이며, 그의 삶에서 이루어야 할 가장 고귀한 가치였습니다. 아들 운에게 줄타기를 가르칠 때, 허 노인의 관점이 명확하게 드러납니다. 허 노인은 단지 기교와 기술적 능력만으로 줄타기의 경지를 평가하지 않습니다. 5년간 줄타기를 가르치고 나서야 비로소 아들 운이 줄에 오르는 것을 허락하지요.

허 노인은 아들에게 줄이라는 것이 눈에서 아주 사라져야 한다고 했습니다. 다른 말로 바꾸면 줄을 의식하지 않는 경지라는 뜻입니다. 허 노인은 줄 위에 섰을 때 자유를 느꼈습니다. 줄 위의 세상을 마음껏 누리지 못한다는 것은 온 세상을 잃은 것이나 매한가지입니다. 허 노인이 죽음을 택할 수밖에 없었던 이유는 삶의 자유를, 세상의 전부를 잃었기 때문입니다.

노인의 '줄에서는 눈이 없어야 하고, 귀가 열리지 않아야' 한다는 말은 많은 생각을 하게 합니다. 줄을 타기 시작하면 딴생각을 하지 않고 다른 데 눈을 돌리지 않음으로써 주변의 소리가 들리지 않을 정도로 몰입해야 한다는 의미입니다. 이 문장과 이어진 '생각이 땅에 머무르지 않아야 한다.'는 말에도 줄타기의 흐름에만 몰입해야 한다는 허 노인의 철학이 반영되어 있습니다. 생각이 땅에 머무른다면, 떨어질 것을 염려하여 정신력이 흐트러지게 되지요. 이제 줄타기는 단순한 기술이 아니라 정신력의 승화입니다. 눈앞에 놓인 두려움을 떨치기 위해서는 땅의 속박에서 벗어나야 합니다. 생각이 땅에 머무르면 공중에서 흔들리고, 줄 위에서 흔들리면 틀림없이 추락하게 되어 있지요.

　또한 허 노인은 줄 끝이 멀리 보여서도 안 되고, 가깝고 넓어 보여서도 안 된다고 합니다. 이것은 줄타기를 할 때 균형이 얼마나 중요한지 보여 주는 말입니다. 균형을 잘 잡는다면 목표가 멀지도 가깝지도 않게 됩니다. 줄 위에 있으되 마치 평지에서 걷는 것처럼 여길 때, 줄 위에 있어도 평지에서 올라오는 소리는 들리지 않는 경지에 이를 때, 비로소 줄타기의 경지에 이를 수 있습니다.

　줄 위에 올라서서 한 손에 쥘부채를 흔들며 이쪽에서 저쪽으로 건너갈 적에 만약 관중들의 목소리가 내 귓속에 전부 웅성웅성 들린다면 집중력이 흐트러질 것입니다. 아무것도 보이지 않고 들리지 않으며 오로지 나의 세계 안에서 줄타기를 하는 경지를 한번 상상해 보세요. 그러면 자신만의 자유로운 세상에 빠져들게 될 것입니다.

　허 노인은 줄을 타는 것에 대한 자부심과 줄타기의 가치를 지켜 내야 한다는 사명감이 있습니다. 그러기에 단순히 돈벌이 수단으로 삼는 단장의 요구에 꿈쩍도 하지 않는 사람이 될 수 있는 것이지요.

🔑 두 번째 열쇠말_ **사랑**

　'사랑'이란 무엇일까요? 단적으로 말하자면, 이 작품은 '사랑'에 대한 소설입니다. 이 글에서 나타난 사랑 이야기의 첫 번째는 노인과 노인 아내 사이의 사랑이며, 두 번째는 운과 운이 사랑하게 된 여자와의 사랑입니다.

운에게는 어머니가 없습니다. 안타깝게도 운의 어머니는 운의 아버지로 인해 죽음을 맞이했습니다. 서커스 단장과 불륜을 저지른다는 의심을 받아 허 노인에게 목이 졸려 죽은 것이지요. 허 노인은 아내를 죽이고서도 아무 일 없는 듯 다시 줄을 탑니다. 허 노인은 사랑과 분노조차 줄 위에 서면 다스릴 수 있었습니다.

어머니의 사랑을 받지 못하고 자란 운은 줄타기를 하며 살아갑니다. 그러던 어느 날 한 여인에게서 꽃다발을 받게 됩니다. 그 여자는 줄에 오른 운에게 매일 밤 꽃다발을 남기고 사라집니다. 그런데 먼저 운에게 다가왔던 여자는 거꾸로 운이 가까이 다가가자 그에게서 멀어집니다. 운은 여자를 끌어안으며 더 이상 줄을 탈 수가 없으니 여자와 함께 살아야 한다고 이야기합니다. 그러나 여자는 더 이상 운을 사랑하지 않는다고 대답합니다.

자신의 마음을 뒤흔들어 놓았던 여자로 인해 운은 삶이 심하게 흔들립니다. 줄 위 세상을 버리고 땅에 뜻을 두게 되었지만, 땅이 그를 거부했습니다. 여자에게 거절당한 운은, 자신의 아버지가 어머니의 목을 졸랐던 것처럼 여자의 목을 조르기 시작하지요. 하지만 끝까지 목을 조르지 못하고 손을 놓아 버립니다.

그러고는 "아버지는 어머니를 죽이고 다시 줄을 탈 수 있었지만, 아아……나는……"이라며 중얼거립니다. 아버지와 자신을 비교하는 운의 말 뒤에 생략된 것은 무엇일까요? '어머니를 죽이'는 것이 조건

이 된다면 '다시 줄을 탄다'는 것은 결론이 됩니다. 이에 따라, 운은 '죽여야 한다'는 조건을 성립하지 못했으니, '다시 줄을 탈 수 없는' 지경에 이른다는 결론이 나옵니다. 여기서 주목할 만한 점은 운이 이러한 자신의 결말을 알면서도 다시 줄에 올라선다는 것입니다. 그것도 자신의 의지로 말입니다. 운은 줄을 타면서도 줄에 전념할 수 없는 자신을 깨달았지요. 아이러니하지만 운은 자신의 삶을 지키기 위해 죽음을 택했습니다. 운에게 줄 안의 자유로운 세상은 이제 퇴색하였으며, 자유를 잃은 삶은 무의미한 것이었죠.

허 노인의 줄 위에서의 죽음과 운의 줄 위에서의 죽음은 같은 맥락으로 읽힙니다. 더 이상 줄 위에서의 삶이 불가능해진 시점에서 줄타기를 하고, 절정의 시점에서 모든 것을 끊어 버린 것입니다. 소설 속 줄광대의 선택은 극단적일지 모릅니다만, 그만큼 절실하다는 의미로 읽어도 좋겠습니다.

이 작품 속에서 이야기하는 '사랑'은 그 화살의 끝이 모두 한군데로 모여 있습니다. 허 노인의 사랑, 운의 사랑, 그리고 운에게 다가왔던 절름발이 여인의 사랑은 모두 최종 목적지가 바로 '줄타기'에 있습니다. 줄타기에 대한 맹목적인 사랑이 이 소설의 줄기인 것입니다.

🗝 세 번째 열쇠말_ **다층적 구조**

이 작품에서 허 노인과 운은 현재 시점에 등장하는 인물이 아닙니다. 「줄」은 액자 소설의 구성을 갖추고 있습니다. 허 노인과 운의 이야기는 내부 이야기이며, 신문 기자인 '내'가 트럼펫 연주자인 노인과 주고받는 이야기가 외부 이야기입니다. 그러면서도 또한 신문 기자인 '나'와 트럼펫 노인의 이야기는 모두 하나의 작은 줄기로 흘러갑니다.

신문 기자인 '나'는 줄광대를 취재하기 위해 마을에 온 인물입니다. 신문 기자인 '나'가 이 마을에 왔을 때 이미 줄광대들은 세상을 뜨고 없는 상태입니다. 대신 그들 곁에 있었던 또 한 명의 관찰자인 트럼펫 연주자를 통해 이야기를 전달받습니다. 독자들은 두 명의 관찰자의 이야기를 거름망으로 하여 내부 이야기를 듣는 구조로 이야기를 읽습니다.

중개자가 둘이라는 구조는 어디까지나 이야기가 사실 그대로 전달될 수 없다는 이청준의 인식이 반영된 것입니다. 허 노인의 이야기를 '운'이 트럼펫 연주자에게 전달하고, 트럼펫 연주자는 그 이야기를 신문 기자에게 전달합니다. 신문 기자는 소설에서 기록자의 역할을 하며, 작가는 이것을 다시 독자에게 전달합니다. 내부 이야기와 외부 이야기가 단순히 만나는 액자 구조가 아니라 층층으로 겹친 다층적 구조를 지닌 소설입니다.

신문 기자인 '나'는 '트럼펫 연주자 노인'의 말로 한 다리 건너 줄광대를 바라봄으로써, 그들은 이상적 존재에 가까운 사람들로 독자에게 전달이 됩니다. 진실이 그러한지를 알 수 없도록 모호하게 표현된 장치로 인해, 허 노인과 운은 장인 정신을 표방하는 실재처럼 남아 있게 되었습니다. 운을 사랑한 여인도, 그리고 이야기를 기록하는 신문 기자도, 이 이야기를 읽는 독자들도 '줄 위에서 학처럼 승천한 광대'의 모습으로 줄광대를 기억하게 됩니다.

지금 현대 문명은 디지털 기술과 세계화로, 빠른 변화의 물결을 타고 있습니다. 주변에서 줄광대는 눈을 씻고 찾아봐도 찾기 어려울 만큼 소멸하기에 이르렀고, 줄타기는 국가 무형유산으로 지정되었으며, 2011년 '유네스코 인류 무형유산 대표 목록'으로도 등재된 전통 공연 예술입니다.

과연 현대의 급물살 속에서 전통은 고루하거나 비효율적인 것이기만 할까요? 아니면 훌륭한 가치관을 담은 과거의 유산이므로 현대 문명과 조화를 이루어 보존해야 하는 것일까요? 어쩌면 전통이란 우리 고유의 차별화된 문화 자산이며, 더 나아가 우리에게 가치관과 방향을 제시해 줄 수 있는 미래의 자원일지도 모릅니다.

줄타기를 삶의 전부로 알고 혼신의 힘을 다한 줄광대. 그들의 진실된 사랑이 아직도 줄 위에서 흔들리고 있는 것만 같습니다. 작품을 읽는 동안, 우리가 무엇을 사랑하고 어떤 일에 혼신의 힘을 쏟아야 할지 생각하는 시간이 되길 바랍니다.

 황문희 (제주국어교사모임)

김동인

배따라기

예술
운명
액자식 구성

　작가 김동인은 1919년 한국 최초 순수 문예 동인지인 『창조』를 창간함과 동시에 첫 작품인 「약한 자의 슬픔」을 발표하며 등단하였습니다. 『창조』는 1920년대 우리 문학계에 활기를 불러일으켰던 문학 동인지의 시작이기도 하지요. 이번에 소개하는 「배따라기」도 1921년 『창조』 9호에 실렸습니다. 작가는 뒤이어 「감자」, 「광염 소나타」, 「발가락이 닮았다」 등 무수한 단편을 연이어 발표하며 한국 근대 단편 소설의 기틀을 확립한 작가로 평가받고 있습니다.

　또한 당대 주류를 이루었던 계몽주의 사상, 즉 문학을 특정 사상을 전파하기 위한 수단으로 바라보았던 시선을 비판하고, 문학을 수단이 아닌 '예술' 그 자체로서 바라보아야 한다는 순수 문학을 이야기하였지요. 소설가 역시 사상과 이념을 떠나 독자적인 예술가로서의 길을 걸어야 한다고 생각했습니다. 이에 김동인은 소설 속에서 여러 실험적인 기법을 도입하고, 문학예술로서의 완성도를 높이기 위해 노력하였습니다.

우리가 오늘 살펴볼 「배따라기」 또한 특유의 간결한 문장과 액자식 구성, 서정적인 분위기를 통해 수준 높은 단편 소설의 양식을 보여 줍니다.

🔑 첫 번째 열쇠말_ **예술**

먼저, 이 소설은 예술적 아름다움에 대해 이야기하고 있습니다. 소설은 평양에서 봄의 정취를 느끼는 '나'의 모습으로 시작합니다. 대동강 뱃놀이 날, 풀 위에서 한껏 봄의 향기에 취해 봄의 정다움을 읊조리던 '나'는 유토피아를 생각합니다.

우리가 애쓰며 살아가는 목적이 유토피아 건설에 있지 않겠냐고 자문하던 '나'는 죽지 않고 영원히 살기 위해 노력했던 진시황을 진정한 위인이라고 말하지요. 여러분은 진시황에 대해 어떻게 생각하시나요? 진시황은 존재하는지도 모르는 불사의 약을 구하고, 호화로운 궁을 짓기 위해 무수한 사람들을 희생했던 인물입니다. 그러한 진시황을 '나'는 진정한 인생의 향락자이며, 역사 이래 제일 큰 위인이라고 말합니다. 진시황을 포부가 큰 사람이라고 여길 수는 있겠지만, 인류 역사가 끝이 나는 순간에도 길이 남을 위인이라고 말하는 것은 다소 지나친 면이 있지 않을까요? 이는 '나'가 그만큼 이상적 공간,

유토피아에 대한 염원이 높은 사람임을 보여 줍니다. 봄의 정취를 즐기는 모습과 진시황에 대한 동경은 아름다움에 대한 '나'의 열망이기도 합니다.

'나'는 예술적 아름다움이 인생의 궁극적 목적이라고 생각하는 사람입니다. 그러한 '나'가 어딘가에서 구슬프게 들려오는 <배따라기> 노래를 듣습니다. 그러곤 웬만한 광대나 기생은 발꿈치에도 미치지 못하리만큼 구슬프게 잘 부르는 노래에 매료되지요. '나'는 노래의 주인공을 찾아 나서고, 뱃사람으로 짐작되는 '그'를 만납니다. <영유 배따라기>를 부른 것으로 보아 '그'의 고향이 영유라 짐작할 수 있습니다. '그'에게 말을 걸었더니, 한 이십 년 고향인 영유에 가 보지 못했다는 대답이 돌아옵니다. 뒤이어 '그'는 과거 이야기를 들려줍니다.

고향에서 고기잡이도 제일 잘하고, <배따라기>도 잘 부르던 '그'와 '그'의 아우는 각자 아내와 함께 살고 있었습니다. '그'는 얼굴도 곱고 애교가 많던 아내를 사랑하면서도, 아내가 다른 사람에게 보여 주는 밝고 친근한 모습에 화를 내기도 하였지요. 그중에서도 아우에게 유독 살갑게 대하는 아내의 모습이 내내 마음에 들지 않았습니다. 그러던 어느 날, 장에 갔다가 아내에게 줄 선물을 사서 집에 돌아온 '그'는 방 안에서 아우와 아내가 옷차림이 흐트러진 채로 자신을 바라보며 당황해하는 장면을 목격합니다. '그'는 쥐를 잡으려 했다는 그들의 말을 변명으로 여기고 분노합니다. 아우와 아내를 내쫓은 '그'는 방에서 쥐를 발견하고는, 자신이 오해했음을 깨닫습니다. 그러나 이미 아내는 바다에서 시체가 되어 돌아오고, 아우는 홀연히 사라져 다시는 돌아오지 않았지요. '그'는 모든 것을 뉘우치며 사라진 아우를 찾아 떠돌이 생활을 하는 중이었습니다.

이러한 사연을 가진 '그'가 부르는 <배따라기>에는 지난 시절의 회환과, 아내와 아우를 잃은 슬픔, 서글픔, 애처로움이 깊게 담겨 있었던 것입니다.

소설 전반에 걸쳐 들려오는 <배따라기> 노랫소리는 등장인물이 겪은 비극과 감정을 구구절절 설명하지 않고도, 그 감정을 상징적으로 드러내고 있습니다. 이 노랫소리는 또한 아름다움을 최고의 이상이라 여기는 '나'가 듣고 단번에 매료된 예술의 경지이기도 하지요. 그만큼 주제 의식을 집약하여 보여 주고 있습니다.

두 번째 열쇠말_ 운명

'운명'은 '그'와 아우의 목소리를 통해 자주 언급되는 말입니다. 왜 이십 년이나 고향에 가질 않았냐는 '나'의 질문에 '그'는 "거저, 운명이 데일 힘셉디다."라고 대답합니다. 아내와 아우를 잃고 유랑하게 된 비극을 자신의 운명으로 받아들인 것입니다.

아우를 찾아 헤맨 긴 세월 동안 '그'는 아우를 만나기도 했습니다. 연안 바다에서 풍랑을 만나 난파된 배에서 정신을 잃은 '그'는 눈을 떴을 때 자신을 간호하고 있는 아우를 보게 되지요. 어떻게 왔냐는 질문에 아우는 "형님, 거저 다 운명이외다."라는 말 한마디를 남기고 떠나갑니다. 그 뒤 해주에서 언뜻 아우를 보기도 하고, 강화도에서 아우 특유의 <배따라기>를 듣기도 하였으나 다시 만나는 일 없이 세월이 흘렀습니다.

'그'와 아우에게 '운명'이란 어떤 의미일까요? '그'는 긴 세월 동안 많은 생각을 했을 것입니다. 아내와 아우를 목격한 날, 정말 쥐가 있었는지 확인했더라면, 아내를 그렇게 모함하며 내쫓지 않았더라면, 지금과 같은 비극을 막을 수 있었을지도 모른다고요. 그러나 '그'는 아내와 아우를 계속 질투하며 의심하고 있었고, 오해의 여지가 있는 상황에서 이성을 잃을 수밖에 없었겠지요. 아내와의 만남, 자신의 마음, 비극으로 이어진 그날의 상황. 모두 그저 일이 이렇게 될 수밖에 없었던 운명이라고 받아들인 것입니다. 사람의 의지로 바꿀 수 없는, 이미 정해진 삶이라고 말입니다.

'그'와 아우, 모두 그렇게 생각해야 서로를 원망하지 않을 수 있는지도 모릅니다. 아우를 만난다 해도 아내는 살아 돌아오지 않고, 이전으로는 결코 돌아갈 수 없습니다. '그'는 그저 아우를 찾아 유랑하며 속죄의 마음으로 살아갈 뿐이지요. 거스를 수 없는 '운명'의 힘을 소설은 계속 이야기합니다.

🔑 세 번째 열쇠말_ **액자식 구성**

세 번째 열쇠말에서는 이 작품의 구성상 특징인 '액자식 구성'에 대해서 살펴보겠습니다. 지금은 액자식 구성이 소설에서 흔히 볼 수 있는 기법 중 하나이지만, 이 소설이 발표되었던 1920년대에는 완성도 높은 액자 소설이 드물었습니다. 외부 이야기 안에 또 다른 내부 이야기가 펼쳐지는 액자식 구성은 소설을 더욱 입체적으로 만들지요. 하지만 잘못 풀어낼 경우 이야기가 자칫 산만하게 흘러갈 수도 있습니다. 소설 「배따라기」는 액자 소설의 장점을 잘 살린 작품입니다. 이야기의 낭만적, 서정적 분위기를 살리면서도 내용을 담담하게 전달하고 있지요.

소설의 첫 부분에서 아름다움에 대해 논하며 <배따라기> 노래를 감상하던 '나'의 모습은 외부 이야기에 해당합니다. '나'가 '그'를 만나 구슬픈 <배따라기> 노래에 대한 사연을 묻지요.

그렇게 시작된 '그'의 비극적 이야기는 내부 이야기로 볼 수 있습니다. '그'의 긴 이야기는 독자로 하여금 과거 바닷가 마을에서 '그'와 아내, 그리고 '그'의 아우에게 일어난 일을 실제로 보는 듯, 생생하게 전달됩니다. 이야기를 마친 '그'가 <배따라기>를 부르며 떠나고, 이튿날 그 노래를 잊지 못한 '나'가 다시 '그'를 찾아 헤매지만, '그'는 이미 배를 타고 떠난 뒤였습니다.

다시 외부 이야기로 돌아와 '그'의 <배따라기>를 추억하며 소설은 끝이 납니다.

외부 이야기, 내부 이야기, 다시 외부 이야기의 순서로 풀어 나가는 형식은 액자 소설의 전형을 잘 드러내고 있습니다.

이 소설이 액자식 구성을 취하지 않았다면, '그'가 부르는 <배따라

기>에 담긴 애처로움과 그리움에 대한 감상도, 덤덤한 '그'의 말투도 생생하게 전달하기 어려웠을 것입니다. 외부 이야기의 서술자인 '나'가 그 역할을 담당하고 있기 때문에 가능한 것입니다.

  지금까지 한 인물의 숙명적 삶, 회환과 슬픔이 담긴 <배따라기>를 통해 비극적 삶을 예술로 승화하여 아름다움을 이끌어 내는 소설 「배따라기」였습니다.
  독자 여러분들이 이 작품을 감상하는 데 조금이라도 도움이 되었길 바랍니다.

 이효선 (인천국어교사모임)

0%를 향하여

독립
모순
영화라고 하기에는 뭐하지만

　100%도 아니고 0%를 향하다니. 제목부터 호기심을 자극하지 않나요? 단편 소설 「0%를 향하여」는 영화감독을 꿈꾸지만 여러 가지 현실 문제에 부딪혀 정체성의 혼란을 느끼고, 좌절하는 와중에서도 꿈을 이루려는 영화학도들의 이야기입니다.

　서이제 작가는 1991년 충북 청주 출생으로, 서울예술대학 영화과를 졸업했습니다. 「셀룰로이드 필름을 위한 선」이라는 작품으로 2018년 제18회 문학과사회 신인문학상을 수상하며 소설을 발표하기 시작했습니다.

 첫 번째 열쇠말_ **독립**

　이 소설에서 많이 나오는 단어가 '독립 영화'입니다. 주인공 '나'는 영화학과를 졸업한 영화학도로, 독립 영화를 제작합니다. 주변 친구들도 대부분 독립 영화를 제작하는 사람들이죠. 이 소설은 한국 영화 100주년을 기념하기 위한 행사를 소개하며 시작하는데, 아이러니하게도 주인공은 '한국 영화 100주년을 맞이하여, 영화를 그만두고 싶었다.'고 합니다.

'나'의 친구인 석우도 상업 영화 현장에서 촬영팀으로 일했는데, 불현듯 영화를 그만두겠다며 고향으로 내려갔지요. 그런데 석우에게 영화를 왜 그만두냐고 물었던 사람은 아무도 없었습니다. 영화판이 워낙 열악하고 힘든 걸 아니까 당장 그만두어도 이상할 게 없기 때문이었죠. '나'가 친구인 석우, 그리고 지혜와 나누는 이야기를 보면 독립 영화판의 열악한 현실을 알 수 있습니다.

'나'의 친구 지혜는 영화학과에 지망하는 학생을 가르칩니다. 그 학생은 지혜에게 독립 영화가 무엇이냐고 물어요. 지혜는 자본으로부터 독립한 거라고 대답하죠. 그러자 학생은 왜 자본으로부터 독립하냐고 다시 묻습니다. 지혜는 '창작자의 자유를 보장받기 위해서. 다양성을 확보하기 위해서. 상업 영화에서 다룰 수 없는 주제를 다루기 위해서. 때때로 사적인 이야기를 하기 위해서. 좋은 실패가 가능하고, 실패해도 다시 시작할 수 있도록 하기 위해서. 돈이 많으면 많은 걸 할 수 있지만, 돈 때문에 할 수 없는 일도 분명 있으니까.'라고 대답해 줍니다. 그런데 과외를 받던 학생은 지혜가 추천해 준 독립 영화 감독들에 대한 영화를 몇 편 보고 나서는 독립 영화 감독이 되면 다 그렇게 불행하냐고 또 묻습니다. 지혜는 그 질문에 그렇다고 답해 주면서 '근데 감독이 못 되어도 불행'하다고 말해요. 그 후 학생은 과외를 그만두었다고 합니다.

  술자리에서 만난 어떤 영화 제작자는 '나'에게 독립 영화가 될 거라고 생각하냐면서 독립 영화를 누가 본다고 만드냐고 하지요. 관객들 생각은 하지도 않으면서 예술 뽕만 차올랐다고, 그건 이기적인 거라고 이야기합니다. 그러면서 '너 설마 예술 할 거 아니지?'라고 '나'에게 묻습니다.

  이런 일들을 겪으며 '나'도 독립 영화는 답도 없고, 미래도 없으며, 거의 모든 부분에서 가망이 없다고 생각합니다. 하지만 미래를 본 적도 없고, 성공해 본 적도 없으면서 망했다고 생각하는 것이 과연 맞는 말인가 하는 의문을 품어요. 독립 영화가 성공할 수 없는 것은 영화를 제작하고 배급하는 시스템이 열악하기 때문인데, 마치 독립 영화를 하는 사람들이 잘못해서 그런 것처럼 말하는 것에는 납득할 수 없었지요.

  독립 영화를 어렵게 만드는 가장 큰 이유는 정치 권력과 자본의 논리로 돌아가는 시스템 때문입니다. 문제의 원인을 알고는 있지만 문제를 해결할 수는 없습니다. 독립 영화는 힘이 없으니까요. 이런 문제는 영화계에만 해당되는 것은 아닙니다. 작가는 소설에서 영화판의 문제를 이야기하고 있지만, 우리 사회 전반에 걸친 문제라고 봐도 무방할 것 같아요.

🔑 두 번째 열쇠말_ **모순**

'모순'이라는 말을 사전에서 찾으면 '어떤 사실의 앞뒤, 또는 두 사실이 이치상 어긋나서 서로 맞지 않음을 이르는 말'이라고 정의되어 있어요. 이 작품에는 모순된 표현들이 곳곳에 등장합니다. 몇 가지 소개해 볼까요? '우리는 돈이 너무 좋지만 돈이 너무 싫다는 이야기를 하다가, 돈이 너무 좋아서 돈이 무섭다는 이야기도 하다가'라든가, '그 누구도 이곳에 머무를 수 없었다. 유명해지면 유명해져서 머물 수 없었고, 유명하지 않으면 유명하지 않아서 머무를 수 없었다.' 등이 있지요. 표현 자체가 모순되는 것도 있지만 상황적 모순이 잘 드러나는 부분도 있어요. '상업 영화 현장에 가야 했지만 현장에 가고 싶지 않았다. 현장에 가면 돈을 벌 수 있었지만, 글을 쓸 수 없었고, 글을 쓰지 못하면 내 작품을 만들 수 없었다.' 또는 '돈을 벌 수 있는 일이야 많았지만 돈을 벌면 시간이 없었다.'고 합니다.

그리고 '나'도 모순적인 말을 합니다. '나'에게 과외를 받는 학생에게 '영화를 통해 네가 하고 싶은 말을 전해야 한다'고 말하면서, '사람들이 좋아하는 재미있는 시나리오를 쓰라'고 말합니다. 하고 싶은 말과 사람들이 듣고 싶은 말은 서로 다를 수 있는데 말이지요.

작품에는 이렇게 모순되는 상황과 모순되는 말들이 자주 등장합니다. 아마도 그건 우리 삶이 모순으로 점철되어 있다는 것을 표현하는 게 아닐까요? 우리 삶은 논리적이고 자연스럽게 흘러간다기보다는 모순되고 질서 없이 좌충우돌하는 면들이 많잖아요? 인생은 예측할 수도 없고, 말도 안 되는 일들의 연속이라고 해도 과언이 아니죠. 이 역시 영화판의 모습을 통해 우리 삶의 모습을 잘 드러내는 대목이라고 볼 수 있습니다.

🔑 세 번째 열쇠말_ 영화라고 하기에는 뭐하지만

이 열쇠말은 '나'가 우연히 만난 할머니가 만든 영화의 제목입니다. '나'는 <흑룡강>이라는 옛날 영화를 보러 갔다가, 노인 복지 센터에서 영화 제작을 배우고 있다는 할머니와 대화를 나눠요. 그렇게 잠시 이야기를 나누고 헤어졌는데, 대구의 한 영화관에서 그 할머니를 다시 만납니다. 할머니는 '나'에게 자신이 만든 영화를 보러 오라고 말하면서, '별건 없지만 와 줬으면 좋겠어.'라고 하지요. 그래서 '나'는 두 시간 넘게 전철을 타고 할머니의 영화를 보러 갑니다.

영화는 별 내용도 없었고, 연출 의도도 불분명했어요. 그런데 할머니 본인 스스로도 '영화라고 하기에는 뭐하지만'이라는 제목을 붙일 정도의 영화를 만들었지만, 할머니는 본인이 하고 싶은 말을 영화에 담아냈어요. 반면에 '나'는 '내 목소리를 내고 싶어서 영화를 시작'한 사람이었지만, 정작 '나'는 영화 속에 '내' 이야기를 담지 못했죠. 그런 생각을 가진 '나'의 관점에서 보면 할머니의 작품을 영화라고 할 수 있지 않을까요? 할머니의 작품을 영화라고 할 수 있을지 없을지는 각자의 판단에 맡겨야겠죠.

요즘처럼 매체와 플랫폼이 다양해진 시대에는 장르 간의 경계가 불분명해지는 것 같아요. 이 소설도 그런 면이 있어요. 작품을 읽는 내내 마치 한 편의 독립 영화를 보고 있다는 느낌을 받았어요. 마치 '소설이라고 하기에는 뭐하지만'이라고 표현해도 될 만큼.

　이 소설의 제목은 '0%를 향하여'입니다. 0%를 향하다니, 도대체 무슨 의미일까요? 작품 처음 부분에 '한국 독립 예술 영화 관객 점유율은 1% 미만으로 떨어졌다.'는 문장이 나옵니다. 이걸 보면 우리나라 독립 영화의 관객 점유율을 의미할 수도 있고, 독립 영화, 독립 영화 감독, 독립 영화 종사자, 독립 영화 극장 등 독립 영화와 관련하여 없어지는 것들을 의미할 수도 있을 것 같아요.

　그런데 '0%'와 '향하여'라는 말은 함께 쓰기에는 의미가 모순돼 보이지 않나요? 작가는 어떤 의도로 이런 모순되는 표현을 썼을까요? 작가는 한 인터뷰에서 이렇게 말하고 있습니다. '저는 '독립'의 의미를 다시 새기고 싶었어요. '독립'이라는 말을 지켜 내면, 독립의 의미가 사라지지 않을 거라는 희망도 있었습니다. 0은, 없음을 의미하는 게 아니라 '0이 있음'을 의미하니까요.' 이 말의 내용을 통해 제목의 의미를 짐작해 볼 수 있을 듯합니다. 없음이 아닌 있음을 향해 갈 수 있었으면 좋겠네요. 감사합니다.

 임수진 (교육과정모임)

금시조

「금시조」는 1981년 『현대문학』에 발표한 작품으로, 작가는 이 작품으로 동인문학상을 수상했습니다.

이문열 작가는 1948년 서울에서 태어났으나 아버지가 좌익 활동을 하다가 6·25 때 월북하면서 힘든 성장기를 보냈습니다. 영천, 영양, 안동, 밀양 등으로 옮겨 다니며 겨우 초등학교를 마칠 정도였습니다. 중학교와 고등학교는 검정고시로 마쳤고, 대학에 다니다가 중퇴하고 사법 시험에 도전하기도 했죠.

작가의 본명은 '이열'인데, 아버지가 열렬한 투사가 되라는 의미로 지어준 이름이라고 합니다. 아버지가 월북해서 유명 인사로 활동했기 때문에 남한에 있는 가족은 경찰의 감시 대상이었고, 같은 곳에 오래 살지 못하고 계속 거처를 옮겨 다녀야 했습니다. 낯선 곳으로 이사를 해도 얼마 지나지 않아 경찰이 따라붙었고, 주변에 빨갱이 가족이라는 소문이 번지면 멸시의 대상이 되어서 또 이사를 해야 했습니다.

이러한 작가의 가족사는 그의 가치관 형성에도 많은 영향을 끼쳤던 것 같습니다. 그래서 이문열 작가는 유교적 전통에 기반을 둔 보수적인 미의식을 지녔다는 평가를 받습니다. 진보적 주장에 대해 대체로 부정적인 견해를 드러내서 논쟁의 중심에 서기도 했고, 현실 정치에 개입하는 발언도 많이 했습니다. 가부장제에 바탕을 두고 페미니즘 문학을 노골적으로 비판하기도 했지요.

이문열 작가는 1979년 『사람의 아들』로 오늘의작가상을 받으며 대중적으로 알려졌고, 장편 소설 『젊은 날의 초상』과 『영웅시대』, 단편 소설 「우리들의 일그러진 영웅」 등의 작품을 발표하며 1980년대를 대표하는 작가가 되었습니다.

첫 번째 열쇠말_ **고죽**

이 작품의 주인공은 '고죽'인데, 유명 서예가로, 노쇠하여 죽음을 앞두고 있습니다. 고죽은 불우한 어린 시절을 보냈습니다. 대여섯 살 때 아버지가 죽고, 한두 해 뒤에 어머니가 집을 나갑니다. 나중에 안 사실이지만 아버지는 많은 재산을 주색잡기로 탕진한 뒤 젊은 나이에 세상을 떠났고, 어머니는 이웃집 홀아비와 도망을 갔습니다. 고죽은 숙부의 집에서 살았으나 열 살 때 숙부가 동문이며 오랜 지인 사이인 석담 선생에게 고죽을 맡기고 독립운동을 위해 상해로 망명합니다.

석담 선생은 서예와 문인화의 대가인데, 고죽에게 서예는 가르치지 않고 몇 년 동안 『소학』을 읽게 합니다. 그리고 열세 살 때 소학교에 입학시켜 신학문을 익히도록 하죠. 하지만 고죽은 석담 몰래 혼자 서예를 익힙니다. 쓰다 버린 몽당붓을 주워서, 석담이 버린 서화의 파지를 보고 연습을 합니다. 때로는 몰래 석담의 서화를 빼내서 그걸 보고 연습하는데, 종이가 없어서 널빤지 같은 것을 직접 만들어 사용하거나, 무덤 앞에 만들어 놓은 돌상을 이용하기도 했죠. 그러던 어느 날 석담이 멀리 나들이하느라 집을 비운 틈에 석담의 방에 들어가서 글씨를 쓰다가 들킵니다. 몰래 익혔으나 상당한 재능을 보였고, 우여곡절 끝에 고죽은 석담의 제자로 입문하게 되죠.

그런데 고죽은 스물일곱 살 때 조급한 성취감에 빠져, 석담의 문하에서 나와 재능을 과시하고 다녔습니다. 석 달 동안 서당이나 부잣집을 유랑하며 사람들로부터 칭송을 받고, 푸짐한 대접을 받기도 했습니다. 자신의 그림이나 글씨를 주고 값으로 받은 곡식을 가지고 의기양양하게 돌아왔으나, 석담은 분노해서 가져온 곡식과 고죽의 서예 도구를 태워 버립니다.

석담은 '아침에 붓을 잡기 시작하여 저녁에 솜씨를 자랑하는 그런 환쟁이를 제자로 둔 적이 없다.'면서 고죽을 자신의 문하에서 제명해 버립니다. 서예의 참뜻은 모르면서 재주만 앞서서는 안 된다는 거죠.

고죽은 2년 동안 온갖 고생을 하면서 용서를 빌고 난 뒤에야 석담에게 사면을 받습니다.

고죽은 석담에게 용서를 받은 뒤에 광적일 정도로 서예에 몰입합니다. 하지만 서른여섯 살에 지금까지 자신이 해 온 일에 회의를 느낍니다. 결국 석담과 싸우고 스승의 곁을 떠나 유랑하며 방탕의 세월을 보내죠.

고죽은 스물두 살 때 결혼해서 남매를 두었으나 아내와 자식에게는 전혀 무관심했고, 오직 서화에 집중했습니다. 집안일을 전혀 돌보지 않아서 아내가 삯바느질 등의 일을 해서 힘겹게 생계를 꾸려야 했죠. 헐벗고 굶주리던 아내는 결국 아이들을 친정에 맡기고 오빠가 있는 오사카로 가 버렸습니다. 고죽은 떠돌아다니는 동안 기생들과 살림을 차리기도 했으며, 그 사이에 난 딸이 하나 있었지만 누구에게도 지속적으로 애정을 가진 적은 없습니다.

고죽은 자신을 사로잡는 충동에 충실해 왔는데, 그것은 서화에 대한 미적 충동이었습니다. 사회적 통념이나 도덕적 비난에 구애받지도 않았죠. 그렇게 방황하다가 다시 스승을 찾아갔을 때 석담은 이미 죽어 장례를 치르고 있었습니다. 고죽은 그때부터 석담의 집을 지켰습니다.

 두 번째 열쇠말_ **예술관**

예술에 대한 관점을 '예술관'이라고 하죠. 이 작품에서 석담과 고

즉, 스승과 제자 사이에 존재하는 갈등의 핵심은 예술관입니다. 석담이 고죽에게 재주가 앞선다고 꾸짖은 것에서 알 수 있듯이, 석담은 서화에서 중요한 것은 정신이라고 생각합니다. 반면 고죽은 대상에 대한 느낌을 중시합니다. 그러니까 석담이 서화로 마음을 표현한다면, 고죽은 대상 자체에 집중하는 거죠. 이는 심화와 물화로 표현되기도 합니다.

두 사람이 논쟁을 벌이는 장면에서 예술관의 차이를 알 수 있습니다. 석담이 즐겨 그리던 소재는 대나무와 매화였는데, 한일 합병을 경계로 그림이 변합니다. 잎과 꽃이 무성하고 힘차게 뻗은 것이 특징이었으나, 그때부터 차츰 시든 모습을 그리기 시작했습니다. 왜 잎을 따고 매화꽃을 훑어 버리느냐고 고죽이 물었을 때, 석담은 망국에 부끄럽게 살아남아 무슨 힘으로 매화를 피우겠느냐고 대답합니다. 나라 잃은 서러움과 한을 그림에 담았다는 의미죠.

하지만 고죽은 그림에다 뜻을 담는다고 달라질 게 뭐가 있느냐며 스승의 말을 비판합니다. 망국의 한이 크면 차라리 의병을 일으키는 게 나은 것 아니냐는 얘길 합니다. 서화가 보이는 사물에 충실하지 않은 것은 사물을 속이는 것이라는 얘기를 덧붙이죠. 그러나 석담은 사물을 충실하게 그리는 것은 저잣거리의 화공이 훨씬 낫다고 합니다. 그러나 화공의 그림은 가치를 높게 쳐주지 않죠.

고죽은 서화의 예(藝), 법(法), 도(道) 중에 무엇이 중요한지 묻습니다. 스승은 도가 기본이라고 답하죠. 고죽은 예가 지극하면 도에 이를 수 있는 것 아니냐고 항변했으나, 석담은 장인들이 하는 소리일 뿐 도가 근본이라고 합니다. 그러자 고죽은 사람이 되는 게 그렇게 중요하면 어릴 때부터 서화를 연습할 필요가 있느냐고 따집니다. 정신을 중요시하는 스승과 아름다움을 중요시하는 제자의 대립이라고 할 수 있죠.

석담은 추사를 따르려고 애썼으나, 고죽은 추사의 예술관은 예술과 학문의 혼동이라고 생각하죠. 추사는 문자의 향기와 서체의 기운을 중시하지만, 이것은 미의 본질이라기보다 미를 구현하는 보조 수단이라는 거죠. 고죽은 예술은 예술로서만 파악되어야 한다고 생각합니다.

세 번째 열쇠말_ 금시조

금시조는 인도 신화에 나오는 '가루라'라는 신입니다. 머리에는 여의주가 박혀 있고, 입으로 불을 내뿜으며, 용을 잡아먹는다는 상상의 새입니다. 양 날개를 펴면 336만 리나 되고, 날개는 금색이어서 금시조라고 합니다. 불법을 수호하는 팔부 중의 하나여서 우리나라에서도 절에 가면 더러 볼 수 있습니다.

석담은 문하에서 제명했던 고죽을 사면하면서 손수 '금시벽해 향상도하(金翅劈海 香象渡河)'라는 글을 써 주었습니다. '글을 쓸 때 그 기상은 금시조가 푸른 바다를 쪼개고 용을 잡아 올리듯 하고, 그 투철함은 향상이 바닥으로부터 냇물을 가르고 내를 건너듯 하라.'는 의미입니다. 향상은 상상의 큰 코끼리를 가리키는 말인데, 향기가 나며 바다나 강을 돌아다닌다고 합니다.

금시조는 예술가의 정신이나 자세를 비유한 표현으로 볼 수도 있고, 어떤 경지를 이르는 것으로 볼 수도 있습니다. 일생의 작품에서 단 한 번이라도 보고자 하는 최고의 경지 같은 것이라고 할 수 있죠. 고죽은 석담과 싸우고 스승의 문하를 뛰쳐나가 떠돌다가 오대산 어느 절에서 수도하는 마음으로 머물렀는데, 어느 날 법당 뒤 벽화에서 금시조를 발견합니다. 고죽은 그림을 보는 순간 머릿속에 관념으로 존재하던 금시조가 상상 속에서 살아 움직이는 것을 봅니다. 그리고 객관적인 평가를 떠나 일생에 한 번이라도 금시조가 날아오르는 광경을 본다면 충분히 성취한 것이라던 스승의 말을 이해하게 됩니다.

고죽은 노년에 병들고 기력이 떨어져 죽음을 예감하는 상황에서 날마다 도심의 화랑가를 돌면서 자신의 작품을 거두어들이기 시작합니다. 자신이 소장하고 있는 다른 사람들의 값진 서화를 내놓고 자기 작품을 바꿔 오는 방식입니다. 화방 주인이 고죽에게 작품을 거두어 무엇에 쓸 건지, 혹시 기념관을 만들 작정이냐고 물어도 그냥 쓸 데가 있다고만 합니다. 자신이 말한들 사람들이 이해해 줄 수 없다고 생각하는 거죠. 기력이 없는 상태에서 자기 그림을 찾으러 다니던 고죽이 혼절하는데, 그는 꿈속에서 금시조를 봅니다.

죽음을 예감한 고죽은 마지막 기력을 모아 거두어들인 서화를 하나씩 살펴서 분류하는데, 작품에 대한 평을 하면서 못마땅한 것들은 왼쪽에 놓도록 합니다. 이백 편이 넘는 작품을 꼼꼼하게 살피며 평하고 분류했는데, 모든 작품이 왼쪽에 놓였습니다. 만족스러운 작품이

한 편도 없었던 거죠. 그러자 꼿꼿하게 앉아 있던 그의 몸이 무너져 내립니다. 고죽은 자신의 서화론에서 출발하여 미적 완성을 향해 솟아오르는 관념의 새를 생각했습니다. 자신의 붓끝에서 날아가는 금시조를 보는 것이 서원이었으나 끝내 볼 수 없었죠.

고죽은 자신의 서화들이 사람들을 속이고 자신을 속였다면서 서화를 모두 마당 한쪽에 쌓도록 합니다. 이것들을 남겨 두면 뒷사람들까지도 속이게 된다면서 서화 더미에 불을 지르게 합니다. 사람들이 만류했지만 소용없는 일이었습니다.

반세기 가깝게 명성을 누려온 대가의 작품들이 타고 있으니, 고죽의 예술이 타는 것이고, 처절한 진실이 타오르는 것이고, 고죽의 삶 자체가 타는 듯이 보였죠. 그런데 그때 고죽은 금시조를 봅니다. 불길 속에서 홀연히 솟아오르는 거대한 금시조의 찬란한 금빛 날개와 힘찬 비상을 본 거죠. 그날 밤 고죽은 숨을 거둡니다.

고죽이 자기 작품을 태우는 행위는 예술가의 치열한 자기 부정의 정신을 보여 주는 게 아닐까 싶어요. 완성의 경지를 향해 끊임없이 과거와 현재를 부정하고 새로운 성취를 위해 나아가는 태도가 진정한 예술가의 정신이라는 의미가 담긴 작품이었습니다.

 고용우 (울산국어교사모임)

흐르는 북

　최일남의 단편 소설 「흐르는 북」은 '할아버지-아버지-손자'로 이어지는 1980년대 중산층 가족의 삶을 소재로, 세대 간의 갈등과 화해의 가능성을 제시한 작품입니다. 1986년 『문학사상』에 발표되어 제10회 이상문학상을 수상했지요.

　우리는 삶을 살아가면서 누구나 현실과 이상 사이, 안정과 변혁 사이에서 어떤 선택을 해야 합니다. 또한 역사의 흐름과 함께 세대교체를 경험하지요. 오늘 살펴볼 「흐르는 북」은 이러한 삶의 선택 문제를 다루고 있습니다.

　그럼, 지금부터 '북', '세속 vs 이상', '화합'이라는 세 가지 열쇠말을 가지고, 한국 현대사의 한 흐름 속에서 인간이 근원적으로 안고 있는 존재론적 고민에 대해 이야기해 보겠습니다.

🔑 첫 번째 열쇠말_ 북

 민 노인은 평생을 북을 치는 고수로 살아온 예술인입니다. 그러나 천대를 받으면서도 놓지 않았던 자신의 분신과도 같은 존재인 북으로 인해 아들 민대찬과는 갈등을 겪고, 손자인 성규와는 노소동락하며 격의 없는 사이가 되지요. 이는 등장인물들이 북에 대해 갖는 생각의 차이에서 오는 결과입니다.

 먼저 민 노인은 평생 북을 치며 방랑하다가 아들 집에 얹혀살게 됩니다. 그럼에도 민 노인에게 북은 곧 자신이자 자신의 자유분방한 예술 정신을 구현할 수 있게 해 주는 물건입니다. 반면에 아들 민대찬은 북 때문에 아버지가 가정을 돌보지 않아 자신이 불우한 어린 시절을 겪었다고 생각합니다. 게다가 아버지가 광대 출신이라는 사실이 사람들에게 알려져 자수성가한 자신의 삶에 피해를 입힐까 염려합니다. 이 때문에 아버지와 아버지의 지난 삶에 대해 강한 증오심을 표출하며, 아버지가 더 이상 북을 치지 못하도록 막습니다.

 그렇다면 손자인 민성규에게 북은 어떤 의미를 지닐까요? 성규는 가족 중 유일하게 예술가로서의 할아버지의 삶을 이해하는 인물로, 민 노인의 예술을 존경하고 그가 지닌 예술혼과 의지를 이으려 합니다. 성규에게 북은 자신과 할아버지와의 관계를 이어 주는 매개체죠. 성규는 자신이 기획한 봉산 탈춤 공연에 할아버지를 참여시키기 위해 민 노인과 은밀한 약속을 하고, 집 밖에서 지속적인 만남을 갖습니다. 또한 할아버지와 함께 공연한 사실을 알고 노발대발하는 아버지에게 할아버지의 삶의 방식을 존중해 줄 것을 요구하며, 아버지와 강하게 대립하기도 합니다.

　북이라는 소재에 대한 말이 나온 김에 제목에 대해서도 이야기해 보겠습니다. 이 작품에서 북은 곧 민 노인의 예술혼이고, 민 노인의 삶을 상징적으로 보여 주는 소재입니다. 그런데 제목은 '흐르는 북'이에요. '북'이 '흐른다'는 것은 어떤 의미를 지닐까요? '북'으로 인해 가장으로서의 책임을 다하지 않았다고 예인(藝人)으로서의 삶을 부정하는 아들과, 자신이 연출하는 봉산 탈춤 공연에 참여해 달라고 부탁하는 손자. 이는 할아버지와 아버지 세대의 갈등에 의해 북이 사라지는 것이 아니라 손자 세대에 의해 다시 되살아남을 보여 주고 있습니다. 갈등의 원인이었던 '북'이 시간이 흐르며 이해와 화합의 매개체로 이어지고 있음을 드러내는 것이지요.

🔑 두 번째 열쇠말_ 세속 vs 이상

　이 작품은 한 가족의 삶을 소재로 하여 '할아버지-아버지-손자'로 이어지는 세대교체 양상이 나타나며, 이들 세대 간의 갈등이 주된 내용을 이루고 있습니다. 그러나 여기에서 눈여겨볼 점이 있습니다. 북을 둘러싼 가족 간의 갈등이 세대 간의 대립 차원을 넘어서 더 큰 의미를 지니고 있다는 점입니다.

　아들 민대찬의 가치관을 파악하기 위해서는 먼저 민대찬의 삶에 대한 이해가 필요할 것 같네요. 민대찬은 아버지의 방랑으로 인한 가난 때문에 어린 시절 엄청난 고생을 하며 자랐습니다. 그리고 피나는 노력을 하여 사회적 지위를 얻고 성공을 이룬 자수성가형 인물입니다. 한마디로 명예와 실리를 추구하는 인물이지요. 그래서 젊었을 때 가정을 돌보지 않고 예인으로 살다가 현재는 아들의 집에 얹혀사는 민 노인, 즉 자신의 아버지에 대해 강한 증오심을 품고 있습니다. 이러한 민대찬의 삶은 출세 지향적이고, 가족 우선적인 정착민의 삶을 대표한다고 할 수 있어요.

그렇다면 민 노인의 삶은 어떨까요? 민 노인은 선대로부터 내려온 재산을 예술을 한답시고 다 날리고, 천대받으면서도 북을 놓지 않았습니다. 고집스러운 예술혼을 지녔던 민 노인의 삶은 자신이 추구하는 가치와 이상을 향해 현실의 굴레를 박차 버리는 유랑민의 삶을 대표한다고 할 수 있지요.

이렇듯 이 소설에서는 세속적 가치를 대변하는 민대찬과 이상적 가치를 대변하는 민 노인의 갈등이 대립 구도를 이루고 있습니다. 다시 말하면, 현실 논리에 순응하는 세속적 가치를 추구하는 민대찬의 삶과 북에 미쳐 가족을 버린 민 노인과 같은 이상적 가치를 좇는 삶이 대립하고 있는 것이지요.

우리의 삶이 이와 같지 않을까요? 소설에서는 민 노인과 민대찬 즉, 아버지와 아들 두 인물의 상반된 가치관의 차이로 인해 갈등이 표면화되지만, 사실 우리는 현실과 이상의 경계에서 방황하며 오늘도 여전히 결정의 시간 앞에서 고민합니다. 그렇기 때문에 우리는 이 소설을 통해 인간의 존재론적 고민에 대해 다시 한번 생각해 보게 되죠. 그렇다면 이러한 갈등에 대해 이 소설에서 제시하는 해결의 실마리는 무엇일까요?

🔑 세 번째 열쇠말_ **화합**

앞서 살펴본 내용과 같이 평생 북을 치며 방랑하는 삶을 살았던 아버지와 그러한 아버지로 인해 어린 시절 상처를 입고 고학으로 출세한 아들 사이에는 오랜 단절로 인해 회복하기 힘든 갈등이 존재합니다. 과연 이들의 갈등은 회복이 불가능한 걸까요? 이 소설의 결말에서는 갈등 해소의 방안을 직접적으로 제시하지는 않습니다. 그러나 손자인 성규를 통해 갈등 해결의 실마리를 제공합니다. 대학생인 손자 성규는 할아버지의 삶을 이해하며, 할아버지와 아버지를 화해시키려 노력하지요. 우리는 이 모습을 통해 두 세대 간 화합의 가능성을 엿볼 수 있습니다.

신세대를 대표하는 대학생 민성규에 대해 이야기하기에 앞서, 이 소설의 배경이 되는 1980년대의 대학 문화에 대한 이야기를 먼저 해야겠네요. 이 소설의 배경이 되는 1980년대는 대학생들의 사회 참여가 활발한 시기였습니다. 부조리한 사회 현실과 독재 정권에 맞서 대학생들의 사회 참여 인식이 높아지고, 사회 현실을 비판하며 이를 실천하며 사는 일이 사명으로 여겨질 정도였으니까요. 이러한 현실 비판 의식은 서구 문화가 성행하던 대학 문화에도 변화를 불러일으킵니다. '우리 것을 되찾자'는 운동이 대학가에서 일어나면서 탈춤, 마당극 등 전통문화를 계승하려는 움직임이 나타나기 시작하죠. 소설 속에서는 성규와 그 친구들이 민 노인에게 학교 축제에서 자신들과 함께 봉산 탈춤의 북장단을 맡아 달라고 부탁합니다. 당시 대학 축제에서는 이런 전통문화 공연이 일반적인 것이었습니다.

그런데 성규와 같은 대학생들이 왜 전통문화를 계승하려고 한 것일까요? 탈춤, 민요 등의 전통문화는 양반층이 즐기던 고급문화가 아니라 서민 대중이 즐기던 기층문화입니다. 그러므로 이를 계승하려는 움직임은 권력과 사회에 비판적인 목소리를 내는 1980년대 대학가의 분위기에 딱 하고 맞물렸던 것이죠. 어떤가요? 이제 성규와 할아버지가 서로에게 느끼는 동질감이 단순한 할아버지와 손자로서의 혈연관계가 아니라, 이를 뛰어넘는 연대 의식으로 느껴지지 않나요?

앞에서는 민대찬과 민 노인의 갈등 관계를 통해 두 사람의 가치관이 어떻게 다른지 살펴봤습니다. 그럼, 이번에는 민대찬과 민성규의 가치관을 살펴봐야겠지요? 공연 사실을 알고 노골적으로 불만을 터뜨리며 꾸짖는 아버지의 말을 성규는 그대로 받아들이지 않습니다. 오히려 '할아버지가 자신의 광대 기질에 철저하여 가족을 버린 것은 비난받아야 할 일이나 예술의 이름으로는 용서받을 수 있다.'고 항변합니다. 이전 세대의 갈등에 대해 이해를 통한 화합으로 나아가고자 하며, 역사의 의미로까지 확대하는 모습에서 성규의 진보적 성향을 확인할 수 있습니다. 그런데 이상적인 가치를 추구하는 삶의 태도가,

누군가와 많이 닮았다는 생각이 들지 않나요?

역마살을 타고나 가정을 돌보기보다는 북에 매료되어 평생을 떠돌았던 민 노인은 예술적인 가치를 중시하는 삶을 살았습니다. 그렇다면 손자인 성규는 어떨까요? 성규는 북에 미쳤던 할아버지의 예술적 인생을 누구보다도 잘 이해하는 인물입니다. 작품의 결말에서 성규가 데모를 하다가 경찰에 잡혀가고 난 다음, 민 노인은 "아무래도 그 녀석이 내 역마살을 닮은 것 같아. 역마살과 데모는 어떻게 다를까."라고 말합니다.

역마살과 데모. 과연 이 둘은 어떤 점이 닮았을까요? 성규는 탈춤 동아리 활동도 하고, 사회 비판적 활동도 마다하지 않는 등 현실에 순응하지 않고 자신의 이상적인 가치를 추구하는 인물입니다. 민 노인의 예술을 추구하는 삶과 기성세대에 반발하여 새로운 세상을 꿈꾸는 성규의 행위는 남들이 일반적으로 생각하는 삶의 방식에서 벗어나 자신의 의지대로 삶을 택했다는 점에서 공통점을 지니고 있습니다. 그로 인해 두 사람은 서로에게 동질감을 느끼지요. 이러한 맥락에서 민 노인과 민성규는 동일하면서도 다르고, 구별되면서도 일치합니다.

바로 여기에서 우리는 세대 간 가치관의 차이로 인한 감정의 대립이 새로운 세대의 새로운 가치관에 의해 극복될 수 있다는 가능성을 발견할 수 있습니다. 새로운 세대를 대변하는 성규는 아버지의 입장을 이해하면서도 할아버지의 삶을 옹호함으로써, 갈등의 극복은 어느 한 세대를 부정하여 이루어지는 것이 아니라 서로의 입장을 이해하고 고통을 공유함으로써 가능한 것임을 보여 줍니다.

소설은 할아버지 세대를 부정하는 아버지 세대에 의해 '북'이 사라져 버리는 것이 아니라 손자에 의해 다시 보존되며 되살아나는 모습을 보여 줍니다. 작가는 이를 통해 세대 간의 갈등 문제도, 가치관의 차이도 화합을 통해 극복될 수 있음을 보여 주고자 한 것이 아니었을까요?

마지막으로 성규가 기획한 봉산 탈춤 공연에 대한 이야기를 하며 마칠까 합니다. 작품 속 대학생들이 민 노인을 환영하고 에워싸면서 칭찬과 격려로 함께 공연을 이루어 내듯, 우리 사회는 노인과 젊은이들의 새로운 화합이 요구되는 시대로 나아가고 있지요. 이 작품은 민 노인이 함께하는 대학생들의 공연을 통해 나이를 초월한 신구 세대의 화합이 안정적인 사회 변화를 이끄는 초석이 될 것이라는 메시지를 오늘날의 우리들에도 전달하고 있다고 생각합니다.

이 작품을 감상하는 데 작은 도움이라도 되길 바라면서, 세 가지 열쇠말로 여는 문학 이야기 「흐르는 북」 편을 마칩니다.

 현세이 (제주국어교사모임)

본문 작품 자료 출처

양귀자, 『모순』, 쓰다, 2013
임철우, 「사평역」, 『사평역』, 사피엔스21, 2012
정지아, 『아버지의 해방 일지』, 창비, 2022
전광용, 「꺼삐딴 리」, 『꺼삐딴 리』, 문학과지성사, 2009
김경욱, 「페르난도 서커스단의 라라 양」, 『장국영이 죽었다고?』, 문학과지성사, 2005
김사량, 『빛 속에』(eBook), 토지, 2019
서영은, 「사막을 건너는 법」, 『사막을 건너는 법』, 책세상, 2007
김동인, 「태형」, 『감자: 김동인 단편전집 1』, 애플북스, 2014
루쉰, 「아Q정전」, 『아Q정전』, 열린책들, 2019
김주영, 「새를 찾아서」, 『새를 찾아서』, 나남, 1987
김동리, 「역마」, 『김동리 문학전집 10: 역마』, 계간문예, 2013
이문열, 「필론의 돼지」, 『이문열 중단편전집 1: 필론과 돼지』, 민음사, 2016
이범선, 「오발탄」, 『오발탄』, 문학과지성사, 2007

김소진, 「자전거 도둑」, 『자전거 도둑』, 문학동네, 2002
정이현, 「안나」, 『상냥한 폭력의 시대』, 문학과지성사, 2016
밀란 쿤데라, 『참을 수 없는 존재의 가벼움』, 민음사, 2018
김동훈, 「키치 개념에 대한 존재론적 고찰-키치와 숭고의 변증법을 중심으로」, 『철학논총』, 통권 65호, 2011
김연수, 『파도가 바다의 일이라면』, 문학동네, 2015
이청준, 「병신과 머저리」, 『병신과 머저리』, 문학과지성사, 2010
장류진, 「나의 후쿠오카 가이드」, 『일의 기쁨과 슬픔』, 창비, 2019
박경리, 「불신 시대」, 『불신 시대』, 문학과지성사, 2021
하성란, 「곰팡이 꽃」, 『옆집 여자』, 창작과비평사, 2013
전상국, 「우상의 눈물」, 『우상의 눈물』, 민음사, 2005
편혜영, 『홀(The Hole)』, 문학과지성사, 2016

김연수, 「이토록 평범한 미래」, 『이토록 평범한 미래』, 문학동네, 2022
황순원, 「너와 나만의 시간」, 『카인의 후예』, 문학과지성사, 2006
최진영, 『단 한 사람』, 한겨레출판사, 2023
정채봉, 「오세암」, 『오세암』, 샘터, 2006
김완, 『죽은 자의 집 청소』, 김영사, 2020
구효서, 「시계가 걸렸던 자리」, 『시계가 걸렸던 자리』, 창비, 2005
김희선, 「골든 에이지」, 『골든 에이지』, 문학동네, 2019
김초엽, 「우리가 빛의 속도로 갈 수 없다면」, 『우리가 빛의 속도로 갈 수 없다면』, 허블, 2019

이청준, 「출」, 『병신과 머저리』, 문학과지성사, 2010 (*「줄광대」로 수록되어 있습니다.)
김동인, 「배따라기」, 『감자: 김동인 단편전집 1』, 애플북스, 2014
서이제, 「0%를 향하여」, 『0%를 향하여』, 문학과지성사, 2021
이문열, 「금시조」, 『금시조』, 맑은소리, 2010
최일남, 「흐르는 북」, 『흐르는 북』, 문학사상, 2004